天爱 著

江湖快报

江苏凤凰文艺出版社

零柒	医者【一四七】
零捌	讼【一七二】
壹拾	细腰【二一九】
拾贰	十方经纬【二六七】

零玖	姑娘,莫怕【一九五】
拾壹	浮生缘起【二四三】
尾声	人语驿边桥【二九二】

目录

楔子 浮生【００１】

零壹 江流【００７】

零贰 和离真假【０二三】

零叁 抄袭者莫笙【０四五】

零肆 百年树人【０七二】

零伍 天生戏子【０九七】

零陆 狐之死【一二三】

这是一个富庶年代的繁华城市，资本之萌芽、现代之拂晓，朝代与方位暂且不表，于庙堂之外，江湖之中，东南西北，四维上下，谓之十方，所以就叫十方城。

本是鱼米之乡，再加上商贾往来，城中居民多衣食无忧，民风开放，于是八卦之风盛行，娱一时之乐。

这八卦流散之源，便是浮生阁。

楔子 浮生

但凡在十方城中生活的人，没有不知道方宴生的。

方宴生名鉴，字宴生，但时人只知其字不知其名。他八年前来到十方城，一掷千金，在城中心最繁华的锦观街置下一处宅院，取名为浮生阁，自此做起了民间小报的营生。

八年后的今天，《江湖快报》已经成为十方城脍炙人口的读物，一经印发，上至达官显贵，下至贩夫走卒，争相购买。

可即便这样，也没有人清楚方宴生的背景和过往，世人只知道，此人有着玉树临风的倾世美颜和用之不竭的万贯家财。

有江湖的地方，就少不了传言八卦，而关于方宴生的传言，更是多得数不清。最早的时候，有人说他是乘着青龙而来的，后来又有传言，说他是白狐所养育，最近甚至有坊间传闻，他和一群妖精鬼怪生活在一起。

方宴生听到这个消息的时候，正在浮生阁里喝茶，在他对面书桌负责抄发小报的书童阿梨把笔耍得飞快，道:"简直一派胡言,这青天白日的,哪里有什么妖怪!"

方宴生淡淡一笑,道:"世间万物皆有灵性,你怎么知道你手中握着的这支笔,不是精怪所化呢?"

阿梨吓得把笔一扔,气道:"阁主明知道我胆小,还要吓唬我,不抄了!"

方宴生好生宽慰道:"阿梨乖,抄完这一份,带你去吃醉香楼。"

阿梨傲娇道:"我要吃红烧狮子头和烤鸭!"

方宴生微笑着点点头,道:"可以,再给你加一碗桂花冰酿。"

阿梨这才满意地拿起笔,继续抄写道:十方城在城主的英明管理下,发展迅猛,人口暴增,导致房屋紧缺,房价上涨。城主发布最新法令,凡是夫妇二人名下有房者,不可再买。

为了表达一个无房之人的哀怨,阿梨特意加了一句自己的批注:城主英明!

方宴生说到做到,待阿梨一份小报抄写完毕,二人就去了醉香楼。

一碟碟精致的点心一字摆开,碟子很小巧,每碟只盛放少许,但色泽花样很多。狮子头、烤鸭、桂花冰酿,一样不少。阿梨吃得高兴,觉得今晚回去还能抄写十份《江湖快报》。

傍晚的锦观街十分热闹,商铺百肆杂陈,庭院鳞次栉比。耍杂技的,捏糖人的,斗蛐蛐的,变戏法的,应有尽有。小贩们早早摆出了各式各样的摊位,木架子上的冰糖葫芦、摆放成好几个小堆的酥糖糕点、热腾腾冒着气的白面包子……

忽然,方宴生的眼睛眯了起来。

楼下,一个衣着落魄的女子在路过包子摊的时候,顺手拿了两个。她掩饰得很好,用身体和衣袖挡住了各方的视线,所以没有被发现。但是从醉香楼上方宴生和阿梨坐着的这个角度看过去，正好把她的动作看个清楚。

阿梨也注意到了那个女子，咬着烤鸭愤愤不平，道："那一定是个惯偷，眼睛眨都不眨！"

方宴生道："要不你下去把她抓起来送去官府，下一次小报的头条就写：阿梨路见不平，当街抢回两个包子。"

阿梨快快道："阁主，你不要老拿我开玩笑。"

"我很认真的啊，"方宴生一脸真诚，"你也知道，十方城说小不小，说大又不大，最近着实没有什么新鲜的事情，再这样下去，就只能写写对未来几日的天气预测和粮食收成了。"

阿梨继续啃鸭子，道："那样才好，百姓们又会传说，阁主你是个半仙，连天气都算得准。"

方宴生循循善诱，道："这不难的，今晚我教你看星象。"

"不，"阿梨拒绝得很干脆，"我要睡觉。"

正说着，却见楼下那女子离开摊位，拐进了对面的小巷子，将两个包子给了小巷子里的一老一少两个乞丐。

阿梨顿时心生感动，道："原来是给他们吃的啊，还好刚才没去抓她。"

方宴生面色不变，道："那也是偷。"

阿梨哼了一声，道："你这么刚正不阿，怎么不去做县太爷？"

方宴生似是已经习惯了书童的出言不逊，并未理会，只是让小二又上了一只烤鸭，打包带走。

主仆二人下楼，阿梨美滋滋地说道："阁主对我真好，还给我带夜宵回去，要不我来提吧，别累着你了。"

方宴生笑笑，拿着烤鸭，出了醉香楼，径自往对面那小巷子走去。

那女子正要走出巷子，就被迎面而来的方宴生和阿梨拦住了。确切地说，拦住她的是方宴生，阿梨负责在旁边看戏。

方才在楼上隔得远，未能看清楚那女子的具体样貌，只觉得是个邋遢人，现下近距离一看，她的样貌倒十分清秀，头发也梳得整整齐齐，衣着朴素，不施脂粉，清水萝卜一般。

方宴生礼貌道："姑娘，请留步。"

那女子后退一步，警惕地打量着他。

阿梨正等着方宴生出言掰扯一番，岂料不遂他愿，当看着方宴生把那打包的烤鸭递给女子的时候，阿梨的心都要碎了。

方宴生温和道："烤鸭送给你，再给你十文钱，去给那包子摊的大娘。"

这女子瞪着大眼睛，一副难以置信的表情。

"那个大娘的儿子上个月得了重病，用光了家中的所有积蓄，虽然两个包子不值什么钱，但你也偷错了地方。"方宴生继续说道，"我不是要为难你，你过去把钱还了，就说刚才是自家小孩子拿的，相信大娘也不会责怪。"

这女子的眼圈微微红了一下，但也只是一小下，很快就恢复如初，接过了烤鸭和十文钱，往那包子摊走去。

"大娘，对不起，刚才我拿了你家的包子没给钱，这个还给你。还有这只烤鸭，送给你儿子，希望他快点好起来。"她说完，也觉得十分不好意思，放下东西，飞快地跑了，留下大娘一脸诧异地看着。

她回到小巷子，正见方宴生和阿梨要走，忙上前拦住他们，问方宴生道："你叫什么名字？"

"方宴生。"

"我刚来这十方城，觉得这儿不错，打算留下挣点小钱，要是挣到了，我就把烤鸭钱还给你。"她言谈之间轻松得很，仿佛已经把包子的事情忘记了。

方宴生点点头,道:"好,姑娘怎么称呼?"

"柳音音。"

她说完,肚子"咕"地叫了一声。

零壹 江流

锦观街和万荣街的交界处,地段极佳,闹中取静,两排梧桐树中坐落着一处大宅,便是江府。

江家在十方城,也是百姓们茶余饭后的谈资。江禹斋大半生从商,到如今可算是富可敌"城",他娶了十房姨太太,可膝下唯有独子江流,再无所出。

江流自幼丧母,在江禹斋和十个姨娘的宠爱下,娇生惯养,不可一世。十方城的人但凡说起江流,都是一边露出羡慕的眼神,一边摇着头叹气,纨绔啊纨绔。

而纨绔子弟江流,其实也有着不为人知的心酸。就好比今天,他刚踏出房门,就看到十个姨娘站成一排等在门口,手里都拿着各种女子的画像。

大姨娘见到他,眉开眼笑,道:"流儿,我给你物色了城东王员外家的女儿,知书达理,秀外慧中,与你很是般配。"

江流吓得后退一步,道:"大姨娘,我卧病刚好,你可别又把我吓晕了。"

大姨娘还没反应过来,二姨娘又凑了上来,道:"我就说王员外家的女儿不是流儿喜欢的类型。"她边说边举起手中的画像，极力推荐道："看看这个姑娘，长得眉清目秀，说话也轻声细语的，想必你会喜欢。"

江流再退一步，险些踢到门槛儿。

三姨娘在旁笑道："都不中意啊？那看看这位，刘家的三女儿，论品行和样貌，都是万里挑一的。"

这下，江流两眼一翻，彻底晕了过去。

姨娘们惊慌失措地让仆人把江流抬回房里，请了大夫来看，确定没事之后，才一个个离开了。

江流的书童江小七哭天抹泪地喊："我可怜的少爷，你怎么活得如此脆弱，二话不说就晕倒了呢？大病初愈才没几天，这一躺，又不知道要躺多久，万一再也醒不过来，可让我怎么活啊……"他往外看了看，快速关上房门，道："少爷，人都走了。"

江流从床上跳了起来，已全然不是之前那副病恹恹的样子，道："小七，我做了一个郑重的决定，我要离家出走。"

江小七的眼中几乎冒出了星星，高兴道："好啊好啊，我这就收拾行李。"

得仆如此，江流甚是满意。

江流带着江小七，江小七背着小包袱，小包袱里装着大把大把的银票，二人欢欢喜喜出了江家大宅。

江小七问道："少爷，我们住哪儿？"

江流财大气粗地回道："买房啊，咱们就在十方城里，找个离江家最远的地方，买个宅院。"

"为何不干脆出城？"

"出了城，你罩我？"

"那我可罩不住……"江小七掐指算了算路程，道，"十方城里离江家最远的地方……就是妙灵街了！"

江流道："走，这就去！"

"恐怕不行啊少爷，"江小七道，"新的条例刚出来，说是买卖房子和土地，必须让牙行经手，不然就按惩处盗贼的相关律法处置。"

"这么麻烦。"江流咕哝一句，当下打定主意，"走，这就去找个牙行。"

十方城的房产牙人，眼观六路，耳听八方，见到江流这样的阔少爷，更是当即就知道了他的身份。

江流说："我要买妙灵街的房子。"

这牙人五十多岁，姓魏名高昇，生得很是和善，笑呵呵地列出了一张单子递上去，道："江少爷，您名下已经有十八套房产，上个月您要买，那没问题，也就是税比房子贵，但这个月新条例一出，您可买不了房了。"

江流瞪大眼睛看着魏高昇给他的房产单子。

锦观街，四合院一座。

庙前街，商铺三家。

万荣街，临河别院。

…………

寻常人若是突然冒出来这么一大笔房产，怕是梦中都要笑醒，江流却气得脸色发白，喃喃道："太过分，太过分了！"竟然都不让他自己选择房子！

江流道："把这些房子都卖了。"

"这可卖不了。"魏高昇为难地笑笑，"江老爷买房的时候定下了一个规矩，除非他不在了，不然这些房子要卖，得经过他的同意才行。"

江小七看着那房产单子，眼睛都直了，道："少爷，要不您就选一个住着？"

江流摇摇头,道:"这些房子都是我爹买的,我住在里头,和住在家里有什么区别?"这会儿江流大概忘了,他包袱里的银票,也都是他爹的。

江流看向魏高昇,十分坚定地说:"我就是要自己买房,你一定有办法。"

魏高昇笑了笑,道:"办法倒是也有。"

他转过身,从柜台上的一沓图纸中拿出一张,递给江流看:"这是锦观街新开售的商住两用房,可自住,可经商,没有任何购房限制。"

江流一看那图纸,地方宽敞,房型正气,亭台楼阁样样俱全,点点头道:"这里倒是不错,可就在锦观街,离江宅也太近了。"

江小七道:"少爷,这地方我知道,倒也不是很近,一头一尾。"

锦观街很长,从头走到尾,少说也要一个时辰。

江流思忖片刻,道:"好,就它,我要了,小七,拿定金。"

魏高昇眉开眼笑。

就在此时,一个女子走了进来,见着那牙人,激动地大喊一声:"师叔!"

魏高昇一愣,见这女子虽然长得清秀,但穿着实在有些邋遢,不禁皱了皱眉,道:"姑娘,你叫我?"

"是啊!"

"你认错人了吧?"

"师叔,你不认识我了啊,我是音音,柳音音。"她比画了一下,"我五岁那年,我们在彭州见过的!"

江流在旁轻笑着嘀咕:"五岁,认得出才怪!"

柳音音看了他一眼,又转向魏高昇,道:"我师父是王半仙。"

这下,魏高昇反应过来了,看着柳音音,道:"你们来十方城了?你师父呢?"

柳音音道："他老人家前两年仙去了，临走时跟我说，要是走投无路，就来十方城投奔你。"

魏高昇心中一咯噔，投奔？他和王半仙早年是难兄难弟，做着江湖骗子的营生，一路逃难似的来到了十方城，这些年好不容易能混口饭吃，哪有能力再养活这么一个姑娘？

正为难之际，江小七在旁咳嗽了一声，道："能先把我们的买卖做了再叙旧吗？"

"好好好，不好意思啊。"魏高昇这才想起身边还有两个客人，忙走向柜台找地契。

江流道："你带我们去那房子看一下，确定没什么问题的话，我一会儿就把全款给你。"

一听这话，魏高昇可高兴坏了，十方城的普通百姓，买房都会选择贷款，这江少爷一开口就是全款，这笔买卖的佣金，可实在不少了。

做完了文书流程，魏高昇道："江少爷，我们这就去看看房子吧。"

他又看向柳音音，正想着如何应对的时候，柳音音自己已经拿定了主意，道："师叔，我和你们一起去，熟悉一下，以后也好帮你做点事情。"

魏高昇心想，你一小丫头片子能帮我做什么生意？但碍于江流在场，也不好当场拒绝，只好答应她一同前往。

宅院看完，江流十分满意，柳音音十分羡慕。

出了大门，江流才知，原来这宅子隔壁，就是十方城大名鼎鼎的浮生阁。

眼下，浮生阁大门敞开着，门口挂了个招聘的牌子。

牌子上写道：特为《江湖快报》招聘抄写员一名，男女不限，要求心思细腻，字迹工整，薪酬面议。

魏高昇顿时觉得，这是一个安置柳音音的好办法，于是循循善诱地问道:"音音啊,你会写字吗?"

柳音音道:"会啊,师父教过的。"

魏高昇指着那招聘牌子,道:"要不你去试试吧,留在这浮生阁,可比做一个牙人有前途。"

柳音音看了看这幽静雅致的门厅,又看了看门口匾额上那龙飞凤舞的"浮生"二字,觉得这里应当是个好地方,当即回道:"好,谢谢师叔指点。"

江流在旁,饶有兴趣地问江小七:"那个传说中能通鬼神的方宴生,就住在这里?"

柳音音一听方宴生的名字,愣住了,不由得向里面张望。

江小七点点头,道:"没错,就是那个方宴生,老爷定期要看的《江湖快报》,就是他一手做起来的。"

江流早就听说过这个"十方城第一美色",只是一直没有机会见到,眼下,倒是很想看一看是不是真如传说中一样。他打了个哈欠,道:"房子我也不用再继续看了,就直接买下吧,然后小七,你收拾一下,我们一会儿就去应聘。"

江小七一头雾水,问道:"应聘?应聘什么?"

江流道:"抄写员啊!"

柳音音不高兴了,道:"这位少爷,你都有钱买这么大的房子了,还和我抢什么生计?"

"钱都花了,所以要谋生计赚钱啊!"江流笑得眯眯眼,"这位姑娘,今天不是我,也会有别人来应聘的,大家还是各凭本事吧。"

柳音音轻哼一声,和魏高昇道了别,率先走进了浮生阁。

浮生阁内十分安静,一看就知,没几个人住,沿着过堂往里走,是一个开阔的庭院。庭院后面,就是书房,紫檀长方几,红木雕花格。

方宴生坐在书案前，正翻阅一本古籍，看到柳音音东张西望地走进来，放下了书籍。不用想也知道，阿梨又在偷懒睡觉了。

他抬头的刹那，与柳音音的眼神撞个正着。

柳音音笑道："真的是你啊！"

方宴生亦是微微一笑，道："柳姑娘，你怎么来了？"

柳音音指了指门口的方向，道："我看到你们这儿招聘抄书员，就想来试试。"

方宴生略一点头，道："旁边的那张书案上，已经备好了纸笔，你写几行字，我需要看看你的字迹。"

"哦，好。"柳音音说着，走向一旁的书案。

方宴生看她拿笔的姿势，如握筷子一般，不禁笑了笑。

柳音音问道："写什么呢？"

方宴生道："随意。"

柳音音正思考着，江流带着江小七走了进来。

方宴生起身相迎，道："江少爷，大驾光临，有失远迎。"

江流一愣，他们分明是第一次见，他怎么一眼就认出了自己？再一想，就明白了，这浮生阁，可是十方城内消息最多的地方，没有什么事情能瞒过方宴生的眼睛。

江流笑道："方先生客气了，我刚搬到隔壁，一来是拜访一下邻居，二来嘛，是来应聘抄书员的。给先生带了一份小礼物，不成敬意。"

江流说完，江小七就将一个方方正正的盒子递了过去。

方宴生接过锦盒，打开一看，是一方黑里透红的砚台，背面刻着一个小小的"韵"字。

方宴生道："徽州程诗韵，名家所制，想必不凡，多谢江少爷。"

江流道："早就听闻方先生的才华，希望日后可以共事。"

"江少爷事务繁忙，能来到寒舍，已是在下之幸。"方宴生看了看柳音音所在的方向,"如果确实对我这小小的营生有兴趣,等那位姑娘写完字,还请不吝赐教。"

竟然还真要面试?江流腹诽,但面上只是笑笑,说了句好,便往柳音音那边走去。

柳音音看着江流那副玩世不恭的模样,心中越发生气,这个人竟然当着她的面送礼贿赂,可见根本没有把她看在眼里!她看了江流一眼,挥笔写下:

——你命盘克亲,要拜神明。
——你八字克友,须换运势。
——你家宅不宁,得找大师。

江流看着她诡异的握笔姿势和如孩童一般的字迹,正准备放声大笑,却突然发现她意有所指,立刻拉下了脸。

江流:"你这是什么意思?"

柳音音眨眨眼睛,笑道:"随便写写的啊,该你了。"

江流接过笔,二话不说,气冲冲回敬过去:

——你印堂发黑,必有凶险。
——你目光无神,必犯小人。
——你命宫阴暗,必犯太岁。

柳音音越看越生气,最气人的是,他写的字竟然这么好看!

方宴生看到他们的表情,便知有戏,走上前一看,这两张字摆在一起,真是让他忍俊不禁。

"二位都是性情中人。"方宴生看向江流,"江少爷的字迹工整典雅,愿屈尊降贵留在浮生阁，方某十分感激。"

江流喜道："那我明天就可以开始干活儿了？"

"随时都可以，我让书童阿梨给你安排。"方宴生略微放大了声音，"阿梨！"

不远处，传来咚的一声。

阿梨从榻上摔了下来，睡眼惺忪地来到大堂。

"阁主，我在梦中听见你叫我……"

方宴生用折扇敲了敲他的头，道："这下梦醒了？"

"醒了。"

"那就安排江……"

江流插嘴道："叫我江流就好。"

方宴生点点头，道："江流日后就留在浮生阁抄书，具体事宜，由你转告。"

阿梨道："好，我这就去安排，江流，跟我来吧！"

待阿梨带着江流和江小七离开，柳音音才终于找到机会问一句："那我呢？"

方宴生再次瞥了眼她写的字，叹息道："柳姑娘，我三岁时候写的字，恐怕还比这好些。"

"啊……"柳音音面露失望，"我可以学。"

方宴生漂亮的脸上毫无表情，道："浮生阁不需要闲人。"

柳音音无可奈何地指了指自己的脸，道："闲人？"

方宴生道："请回吧。"

他说完，转过身走到桌案前，拿起了之前在看的那本书，旁若无人地继续看起来。

柳音音在原地站了许久，见他再也没有抬起头来，只好怏怏离去。

日落西山，柳音音再次来到魏高昇的店铺，见铺面已经关门，心中十分惆怅。她其实也看得出来，这个师叔并不是那么欢迎自己。

柳音音在门口坐了一会儿，一直到天色完全黑下去，街边小贩都收拾东西回家了，才想起来，自己已经一整天没吃过饭了。

她不由得有些怀念起师父了，她是孤儿，被师父在一棵柳树下捡到，所以姓柳。师父是一个半吊子的算命先生，他们相依为命，过了十多年一边算命一边乞讨的生活。两年前，算命先生得重病死了，自此，她就成了孤身一人。

一直以来，她都做着坑蒙拐骗的营生，也力所能及地劫富济贫，这过程中遇到很多白眼，也有心酸的时候，一路跌跌撞撞，来到了十方城。

师父总说："十方城是个好地方，那是你最后的去处。"

所以她决定，无论如何，都要在这里留下来。

等到师父临死时，柳音音才知道，原来早些年师父路经这里的时候，还给她订过一门娃娃亲。说是娃娃亲，其实多半也是开玩笑的意思，萍水相逢，连对方住在哪里都不知道，只知姓马，留了个小铜铃铛做信物。

柳音音摸了摸脚踝的位置，那里原本一直挂着她的小铜铃铛，可现在却空了。她在周围找了一圈，没有找到，顿时就着急了。虽说不是什么贵重物品，但好歹也是从小戴到大的，柳音音很舍不得。

她回想了一遍白天去了哪些地方，往锦观街跑去。

白日里繁华的街市，现在已经安静下来，浮生阁边上那座空置了许久的宅院，终于在夜晚亮起了灯。

江流和江小七面对面吃着夜宵，烤鸡、烧鸭、鱼翅、蛋羹。

江小七唉声叹气道："少爷，这么吃下去，我们带的钱很快就会花光的。"

江流啃着鸡腿，淡定道："我这不是在赚钱了吗。"

江小七道："就那点微薄的收入……还不够吃一顿饭呢。"

江流道："方宴生不是说了嘛，明天开始，他管吃。"

江小七放下筷子，收起了烤鸡和烧鸭。

江流道："你做什么？"

江小七道："方先生管你的中饭和晚饭，可不管夜宵，留着明天晚上吃。"

"我不！"江流盯着那只肥得流油的烤鸡，"还没吃饱呢，放下！"

江小七想了想，撕了一只鸡腿给江流，把剩下的快速收了起来，道："少爷，这已经是你第八次离家出走，之前每次都是两三天就花光了所有的钱，不得已只能回去。这次我们做了这么充分的准备，你可要有点志气啊，起码也得撑足半个月吧。我们接下来，必须省吃俭用了。"

江流觉得有点道理，道："那就再给我加一只鸡翅膀吧！"

一墙之隔的浮生阁，阿梨早就呼呼大睡了，只有方宴生房间的灯还亮着。他手里拿着一本志怪故事集，看得颇为入神。

忽然，头上的屋顶传来一阵响声，仿佛是屋瓦被掀动了。

方宴生抬头看了看，并无异样。

他继续看书，但没过多久，又传来了哗啦啦的声音，就在他的头顶正上方。

方宴生皱眉，放下了书籍，站起身来，道："什么人？"

随着大片屋瓦的翻动和一个女子的呼叫声，门口传来砰的一声巨响，好像是有人从房顶上摔了下来。

方宴生走到门口，推开门，看到院内果然有个人躺在那里，细细一看，正是柳音音。

柳音音抱着自己的脚，在地上翻滚，一边滚一边喊："好疼啊，摔死我了……"

方宴生走上前去，诧异道："柳姑娘，你三更半夜爬到我的房顶上，是什么意思？"

柳音音停止了滚动，但依旧抱着脚，无辜地赔笑道："我看你房间的灯还亮着，就进来了。"

方宴生越发怀疑："你在院外，还能看到我房间亮着灯？"

柳音音尴尬地转移话题，道："啊，我就是看大门关了，所以只能出此下策，你家房顶真高啊，险些把我摔死。"

方宴生道："房顶高，好防贼。"

柳音音心知他误会了，急忙解释道："我不是来偷东西的！"

方宴生道："那么敢问这位梁上女子，深夜造访，有何贵干？"

柳音音低声道："我好像落了个东西在这里。"

"是一个指甲盖大小的铜铃铛。"柳音音生怕他不信，撩起了裤腿，指着脚踝上那根微微褪色的红绳，"你看，原本是挂在这红绳上的，现在不见了。"

方宴生道："你确定是落在浮生阁了？"

柳音音摇了摇头，道："我不确定，但还是想找一找，那东西不值钱，但对我很重要。"

方宴生抿着嘴不说话，柳音音很怕他把自己赶出去，一脸心虚地看着他。

不料方宴生说道："我给你拿盏灯找吧，黑灯瞎火的，也看不见。"

"谢谢，谢谢。"柳音音忙不迭道谢，她想站起来，却发现刚才那一下摔得着实不轻，现在脚上都使不上力气。

"呃……那个，方先生。"

"嗯？"

"能拉我一把吗？"

方宴生无奈，伸过手去，把她扶了起来。

方宴生的手很暖，而柳音音的手，冰冷。

方宴生顺势扣住了她的脉搏，轻轻一按，旋即又放开。

柳音音嘿嘿一笑，道："干吗？怕我身怀奇功，偷袭你啊？"

方宴生道："你脉象有些虚弱。"

柳音音道："晚饭都没吃呢，能不虚弱吗？"

方宴生看着她的背影，沉默了片刻，转身回屋。

待方宴生拿着灯出来的时候，正见柳音音蹲在花坛边，仔仔细细地搜寻着。他站到柳音音身后，帮她把面前的一丛花草照亮。

柳音音转过头，说了句谢谢。

微光之中，她的笑容有些谄媚，又有些无奈。

"呀！找到了！"柳音音惊喜地大叫一声，往前走两步，从花丛中找出了那只铜铃铛。

她感激地看着方宴生，道："谢谢方先生，真不好意思，大晚上的，打扰你了。"

这下，笑容溢到了眼睛里。

方宴生叹了口气道："你刚才踩坏了我的一株白茶花。"

柳音音回头一看，果不其然，刚才急急忙忙去够那铃铛，都没注意脚下踩到了什么。

柳音音急忙道歉："对不起，方先生，要不我……我赔给你？"

方宴生也不想为难她，道："算了。"

柳音音却不好意思了，道："我还欠你一只烤鸭呢。"

方宴生道："也算了。"

"那不行，"柳音音过意不去，"要不，我留在浮生阁，给你打工吧？"

方宴生回忆起她白日里写的字，险些没忍住笑，道："柳姑娘，你真的不适合做抄书员。"

柳音音道："我可以做别的啊！"

方宴生想了想，问道："你会什么？"

柳音音道："天文地理、风水占筮，什么都会。"

方宴生道："说些正经的。"

柳音音道："扫地，洗碗，洗衣服……端茶递水也行，方先生，要不我留下来，做个跑堂的吧！"

"跑堂的？"方宴生看着柳音音，"你觉得我这地方，需要跑堂的吗？"

柳音音立即点点头，道："这儿地方这么大，你却只有一个不太勤快的书童，现在又加了一个五谷不分的大少爷，连个打扫的用人都没有，万一来个客人，都没人招呼。"

方宴生站在原地思忖了一会儿，还没等他说话，柳音音又换作一脸无辜的样子，道："我初来乍到，对十方城很不熟悉，一个弱女子，实在没有地方去……我保证，不会给你带来任何麻烦。"

方宴生笑道："你还算是弱女子？不是天文地理、风水占筮，什么都会吗？"

"混口饭吃，不容易啊。"柳音音含糊地说着，"你要是不收留我，我今天就只能睡到门口的大街上了。我五行属木，那冷冰冰硬邦邦的街道克我，一定会把我睡出病来。"

方宴生无奈道："我看你是……五行属赖。"

柳音音笑嘻嘻地顺杆儿爬，问道："那您看……我可以赖在这儿吗？"

方宴生道："真要是让你睡在门口，那冷冰冰硬邦邦的街道，把你克出病来，我可不就罪过了吗？"

柳音音激动道："谢谢方先生！我刚刚在屋顶上看到，左边有间厢房，那我住进去了啊！"

方宴生道："那是阿梨的房间，你住右边吧。"

"好！"柳音音说完，一溜烟儿就跑去了右厢房，生怕晚一步，方宴生就会反悔。

方宴生看着她快速蹿进房间，还是忍不住笑了笑，提着灯盏，往回走去。

他关上房门，阖上书页，熄了油灯，安静地躺在床上。外面寂静无声，他开始思考《江湖快报》的下一期头条。

来到十方城已经八年了，创办这份小报，也已经六年。起初没什么人看，慢慢地，看的人一点点多起来，到如今，已经成为十方城百姓茶余饭后不可或缺的娱乐。

正思考着，外面传来一阵喧闹声，好像是隔壁院子有人在吵架。

由于只有一墙之隔，吵闹声隐隐约约透过墙壁，传了过来。

江流："你这是什么意思，我今天刚买的房子，说收回就收回？"

魏高昇："江少爷，我也没有办法，但你给我的银票，钱庄都不认啊！"

江流："这怎么可能，我们江家的银票，难不成还能出错？"

魏高昇："这就要去问那些钱庄了，我也不知道具体情况。今天很晚了，江少爷早些休息吧，我也就是过来提醒一声，明天可得把钱付清了，不然我夹在中间也很为难。"

那边的声音渐渐小了下去。

方宴生叹了口气，躺着没动，心想，真是多事之秋。

零贰 和离真假

　　一大清早，江流和江小七就抱着行李坐在浮生阁的门口。

　　江小七睡眼惺忪，惆怅道："少爷，都已经落魄至此了，你还是不肯回家吗？"

　　江流啃着烧饼，道："我爹把那些银票的票号都作废，就是为了逼我回家跟他认错，小七，做事情要有始有终，这么容易就范，我自己都会看不起自己的。"

　　江小七好意提醒："你前面七次离家出走的时候，也是这么说的。"

　　江流轻咳一声，道："这次情况不一样，好歹我已经有了生计，让他们等着吧，我偏不回去！"

　　江流心中惆怅，后悔昨天没有多买几只烤鸡。

　　阿梨打着哈欠开门，冷不丁的还以为有两个要饭的坐在门口，大吃一惊。

　　"阿梨，早啊。"江流把最后一大口烧饼塞进嘴里，拍拍屁股站起来。

　　阿梨也刚睡醒，有些脸盲，打量半晌，才想起来他是谁，奇道："你这么勤快啊，大早上就来报到了。"

江流道："不，我是搬家。"

阿梨道："恭喜恭喜……哎，不对啊，你不是昨天刚搬来吗？"

江流笑笑，指了指阿梨身后浮生阁的牌匾，道："我是打算搬到这里。"

"是这样的，我们少爷离家出走之后呢，发现从家里带出来的银票都不能用了，所以这房子就买不了了。"江小七尽量免除尴尬地解释道，"浮生阁就住了两人，应该还有多余的房间吧？"

"哦，原来如此。"阿梨理解地笑笑，随后给出一个令人心痛的答复，"右厢房昨天刚住进来个人，你们来得不巧，只能住后院的杂物间了。"

江小七瞥一眼他家少爷，果然，生平终于有机会住杂物间了，江流眼中闪烁着期待的光芒。

阿梨道："没关系，就是有点乱，我会帮你们一起收拾的。"

所谓有点乱的杂物间，江流主仆二人花了一整个上午的时间收拾，所谓帮着一起收拾，就是送来了扫帚和簸箕。对于阿梨的话，他们决定再也不相信了。

当天下午，江流就知道魏高昇为什么急着让他们搬走了，因为那宅子被别人买下了。

"谁这么有眼光，看中了我要买的房子？"江流让江小七搬来个小板凳，放在墙边，站上去爬墙头。

柳音音也搬着个小板凳过来，一起趴在墙上看。

江流看她一眼，没好气道："阴魂不散的，你怎么也在这儿？"

柳音音道："日后就在这儿一起打工了，你对我客气点。"

隔壁已经在搬家，只见数十个仆人抬着一只只大箱子往里走，有个管家模样的人不停地催促着："快点快点，老爷和夫人马上就要到了。"

柳音音小声嘀咕："这是什么人啊，这么大的阵仗？"

江流道:"人都没出现呢,我怎么知道是谁?"

柳音音不屑:"又没问你。"

江流哼了一声:"不识好歹!"

庭院中,方宴生手执折扇,看着趴在墙上斗嘴的两个人,道:"那人是城主的师爷,名叫冯昊宣,原本住在城主府邸,西郊有个自己的别院,一个月前与原配妻子和离,现在带着新娶的夫人,打算住到这里。"

不愧是专业搜刮消息的方宴生,冯昊宣还没搬过来呢,他就把人家家底都查清楚了。

柳音音扭过头去,看着方宴生,诧异地问:"跟原配和离后,才一个月,又娶了妻?"

方宴生道:"确切来说,是间隔了十五天。"

柳音音即刻对此人下了判断:"喜新厌旧!"

江流道:"是和离,又不是休妻,指不定是他原配夫人提出的呢。"

柳音音十分笃定:"那也不能改变十五天就移情别恋的事实!"

江流正要说话,却见隔壁院子里,仆从们簇拥着进来了两个人。走在前面的男子四十不到的模样,长相还算周正,就是有些发福,此人应当就是冯昊宣。跟在他后面的,是一个衣着华丽的年轻女子,由一个丫鬟搀扶着,从这个角度看去,刚好可以看到她微微隆起的腹部。

"珠胎暗结……"柳音音喃喃说道,"好个师爷,看来是早就打好了如意算盘!"

她刚说完,那个夫人就正好往这边看了过来,看到两个人趴在那儿偷窥,吓得大叫一声,道:"你们是什么人!"

冯昊宣和仆从们也看了过来。

柳音音和江流俱是一惊,慌乱地下墙头。江流不慎踩错一脚,踩翻了柳音音的小板凳,眼见柳音音脚下不稳要摔落在地,又赶紧去接住她,推拉之中,自己反而做了垫背的,被柳音音重重地压在了地上,简直要晕厥过去。

江流还没来得及喊疼,就被柳音音顺势一把捂住了嘴,轻声道:"嘘,不要让隔壁听见了!"

江流咬牙,怒目。

他们难道以为藏得住?方宴生摇摇头,无奈地走了出去。

隔壁,冯昊宣刚把他的新夫人方倩芸安抚好,仆人就将方宴生引了进来。冯昊宣忙上前寒暄:"方先生,我正想着去拜访你呢。"

"冯师爷客气了,"方宴生拱手行了一礼,"我是来赔礼道歉的,刚才我那两个伙计在墙头上看热闹,吓着夫人了。"

冯昊宣摆摆手道:"不碍事,不碍事的。"他说着,看了看方倩芸,寻思日后与方宴生做邻居,礼尚往来在所难免,也不藏着掖着了,道:"方先生,实不相瞒,这是我的第二任夫人,前几日搬迁太仓促了,还没来得及办婚事。过几天我会摆酒席宴请宾客好友,一是乔迁,二嘛,也算婚事,届时还望方先生来寒舍吃顿便饭。"

方宴生淡笑道:"恭喜冯师爷,宴生定来叨扰。"

冯昊宣心中窃喜,他原本觉得自己这婚事办得不是那么光明磊落,如今方宴生愿意前来,那说出去,也是一件脸上有光的事情。

柳音音和江流在门口等着方宴生回来,等着等着,却等来了一个妇人。

那妇人满脸愁容,见了柳音音,就上前一把抓住她的胳膊,声音尖厉道:"是不是你?你这个丧尽天良的小贱人,竟然勾引我家老爷,出什么和离的馊主意!"

"你胡说什么啊!"柳音音试图推开她,"认错人了!"

这张氏,正是冯昊宣的原配夫人。她紧紧抓着柳音音不放,还趁势拉住了她的头发,"我已经问清楚了,锦观街十八号,就是这里!你们一定没想到,刚搬来就被我抓个正着吧!"

这妇人力气着实很大,柳音音怎么也挣脱不了,拼命向江流使眼色。

面对这种情况,江流当然也不会落井下石,忙上前解释道:"大婶,你找错地方了,这里是锦观街十九号,十八号是隔壁。"

说罢,一把勾住柳音音的肩膀,自以为找了个无懈可击的理由,"这是我的小妾,和你们家老爷没关系。"

柳音音啪的一巴掌打在了江流手上。

张氏这才醒悟过来,再看柳音音,穿着简朴,眉目清丽,没有半分刻薄相,确实不太像她心目中的小贱人形象。

张氏尴尬地笑了笑,道:"不好意思啊,姑娘,我一时心急,认错人了。"

柳音音整了整衣服,也不追究,心中对她甚是同情,指了指隔壁的十八号,道:"你要找的人,在那里。"

一鼓作气,再而衰,虽然知道了目标,但张氏刚才那冲天的戾气已经逐渐消散了,眼中是深深的痛楚和无奈。"我们有两个孩子,小儿子十二岁,大儿子今年十八岁,要娶妻生子,但家中地方太小。想要把旧房子卖了换新的,却找不到好的地段,眼下十方城的房子又那么贵,所以我们就想了一个办法。"

柳音音反应极快,道:"假和离?买完房后再婚?"

张氏点点头:"这也是没有办法的办法。"

江流不解,问她:"你们为什么不干脆给大儿子买个房?"

张氏叹了口气,道:"我原本也是这么想的,可冯昊宣那个负心汉,想着法子说服我,说这么一来,日后不好分家,倒不如房产都在我们名下,以后可以给两个儿子平分。"

柳音音想安慰她两句,但又想不出什么安慰的话。

江流倒是很直接，道："大婶，说实话，你也有问题，如果奉公守法，也就不会出这样的事情了。"

张氏面部表情僵了僵，道："现在说这些又有什么用呢，不管怎么样，我都要去看看那个小贱人到底长什么样子！"

张氏说罢，转过身，拢了拢凌乱的头发，往十八号走去。

她出门的时候，刚好和回来的方宴生擦肩而过。

方宴生一走进庭院，就看到柳音音和江流又爬上了墙。

"你们是爬墙爬上瘾了？"

刚解决完一次麻烦，又来了。

这回，柳音音和江流意见一致，转过头来，低声解释。

柳音音："有好戏看！"

江流："不容错过！"

方宴生看了看这两个人，招呼阿梨搬了把椅子过来，悠闲地往墙下一坐，晒起了太阳。

很快，好戏开场。

一阵骚乱，张氏一把揪住了方倩芸的头发。

张氏："你这个专勾引男人的小蹄子，小贱人，你……你竟然有了身孕！"

方倩芸："哪里来的疯婆子，你们还不快把人赶出去！"

张氏："谁也不准过来！阿三，你认认清楚，我是谁！你当年在街上要饭的时候，是我把你带回冯家的，还有阿四，你小时候生的那场大病，要不是我连夜让人去请大夫，你能活到现在？你们这些吃里爬外的东西，都帮着冯昊宣和这个小贱人害我！"

方倩芸："疯婆子，也不拿镜子照照你现在的样子，你早就被休了，现在我才是老爷明媒正娶的夫人！"

这种戏码，谁人不爱看呢？柳音音和江流都把头抬得高高的，眼睛和耳朵拼命往前凑，生怕错过点什么精彩的内容。这回，也不用担心被发现了，谁也没空去注意他们的存在。

张氏和方倩芸闹得不可开交之际，冯昊宣从房间里快步走了出来，呵斥一声："吵什么吵！"他一见到张氏，脸色微微一沉，问道："你怎么来了？"

张氏看见冯昊宣，眼泪瞬间就流了下来，道："我不该来这儿吗？这儿本该是我们夫妻二人的房子。"

冯昊宣皱眉道："张氏，我与你已经和离了，切莫再以夫妻相称。"

方倩芸在一旁冷笑，道："我们家老爷都已经发话了，你还不快走，少在别人家里丢人现眼。"

"这是你家吗？"张氏气得发抖，"我和他夫妻二十多年了，这房子也是我和他一起来挑选的，你就算要进门，也不过一个贱妾，有什么资格在我面前说话！"

"你是大梦还没醒吗？"方倩芸怒急而笑，一手摸着自己的腹部，"张口污言秽语，老爷就是忍受不了你这泼妇，才迎娶我的，说好听了是和离，说难听点，其实你就是被休了！"

张氏冲上前，一把扼住方倩芸的脖子，大喊着："贱人，我要杀了你，你不得好死！"

冯昊宣急忙上去拦住张氏，将她拉扯开。张氏狠狠一脚踢过去，若非冯昊宣挡在中间，方倩芸的肚子就会被踢中。

方倩芸躲在冯昊宣身后，顿时哭得梨花带雨，哽咽道："老爷，这个恶妇，刚才想杀死我们的孩子！"

冯昊宣一手还拽着张氏的胳膊，听了这话，毫不犹豫地一巴掌打在了张氏的脸上。

啪的一声，柳音音听得一惊，下一瞬就想翻过墙去，被江流按住了。

江流小声道:"你做什么?"

柳音音道:"总不能眼睁睁看着她被打吧?"

江流道:"他们那么多人,你过去不是一样被打。"

柳音音语塞,再看墙那边,好在已经停手了。

张氏呆若木鸡,怔怔然看着冯昊宣,难以置信道:"你打我?冯昊宣,你我成婚这么多年,一直相敬如宾,你从来都没有动过我一根手指头,今天,你竟然为了这个贱蹄子打我?"

冯昊宣深深看了她一眼,最终只说了两个字:"走吧。"

张氏道:"你这样做,让两个儿子情何以堪?"

"两个儿子?呵,景文你带走就是,至于景逸,自然是跟着我,日后也不劳烦你费心了。"冯昊宣拿出一张银票,扔在张氏面前的地上,道:"拿上钱,赶紧走,不要再让我看到你。"

"畜生,你简直就是畜生!"张氏跪坐在地上,号啕大哭。

冯昊宣挥了挥手,两个仆从犹豫片刻,还是走上前,架起张氏往外走去。

张氏哀声痛哭,哭声一直传到了门外。

柳音音和江流从墙上下来,俱是一脸凝重。

方宴生不知何时也搬了个小板凳,闭着眼睛坐在墙下,像是闭目沉思,又像是在打瞌睡。

柳音音道:"方先生,你不想想法子吗?"

方宴生睁开眼睛,道:"想什么法子?"

柳音音道:"那个张氏啊,现在还在门口哭呢。"

方宴生道:"她自己签下的和离书,白纸黑字,已成事实。"

"但那是冯昊宣骗她的!"

"她开始若没有欺人之心,又怎会反被人欺?"

柳音音愣了片刻,反驳道:"她起初的想法是善意的,但冯昊宣对待她的方式是恶意的。"

方宴生道:"她这种做法,对自己的孩子是善意的,对十方城那些普普通通买不起房子的百姓呢?"

柳音音说不出话了。

江流道:"我有个提议,要不《江湖快报》下一期的头条,就拿这个事情做文章,也好告诫百姓,不要轻信一些旁门左道的方法。"

柳音音道:"好,就这么做!把冯昊宣的名字写上去,让他遗臭万年!"

"为买房假和离,哪料想假成真,为夫者瞒天过海再娶,新旧妇大打出手过招。好想法,够博人眼球。江流撰文吧,隐去事主的名字。"方宴生收起折扇,笑道,"这一期定然大卖。"

柳音音怒道:"方先生,你是掉进钱眼里了吗!"

方宴生道:"君子爱财,取之有道,我做的就是这营生,记录一下隔壁人家的闲事,有何不可?"

他站起身,摇着折扇,进屋了。

柳音音气得原地跺了跺脚,道:"真是小人!"

江流提醒她:"别骂得这么顺溜,你现在可是寄人篱下,人给你口饭吃,不感恩戴德也就算了,口出恶言算怎么回事。"

柳音音憋着气,拿起扫帚,我干活还不行吗!

江流第一次有了份正儿八经的生计,做起来热情洋溢,毫不含糊,当天晚上,就把稿子写了出来。

《江湖快报》头条——"为购房，赔了丈夫又丢房"

十方城内发布最新法令，凡是夫妇二人名下有房者，不可再买。城中有夫妇二人，于庚寅年成婚，如今二十年有余矣，曾于城中繁华处购有一房。膝下两子，愈渐长成，夫同妇言，不若假意和离，再购一房后，复婚。妇甚喜，依言而为。

月后，夫于锦观街置一豪宅，奴仆众人，倾箱而入。中有美妇，风姿绰约，身怀六甲，竟是此夫新妇。旧妇冲进宅院，形容暴怒，谓夫曰，何以朝三暮四、言而无信？夫不悦，一改前态，掷金于地，恩断义绝，不复往来。

妇逡巡门外，茕茕孑立，掩面泣涕。

见者不忍，搁管操觚。

浮生阁主言：始若无欺人之心，又何以反被人欺？可悲，可叹矣！

半个月后，新一期的《江湖快报》开始售卖，整个十方城，都开始议论这对夫妇和离弄假成真的事件。

有好事者很快就找出了其中的当事人，一时间，冯昊宣和方倩芸被千人所指，每天都有人上门扔臭鸡蛋。就连城主在得知情况后，也当机立断停了冯昊宣师爷的职务。

冯昊宣如过街老鼠一般，连着好几日不敢出门，天天躲在锦观街的宅子里，唉声叹气。

柳音音心情大好，每顿饭都多吃了半碗，阿梨总是在一旁数落："你啊，一个姑娘家，又不干活儿，成天吃那么多，也不怕长胖。"

柳音音道："我干活啊，今天开始我就跟你们学写字，以后也可以一起抄抄报，照现在的销量，你们今晚又不用睡觉了。"

江流顶着厚厚的黑眼圈，道："真是有一种悲喜交加的感觉啊，方先生，这种时候，难道不给加点工钱吗？"

方宴生道："加。"

"加多少？"

"晚饭加餐，让醉香楼送过来，想吃什么，跟阿梨说。"

柳音音："方先生你今天真好看，坐在你身边如沐春风。"

阿梨："阁主今天似乎长高了，比东山的山顶还要高大。"

江小七原本也想欢呼雀跃一下，看了看江流的眼神，憋住了。

江流："两个饭桶。"

阿梨这时候就很会维护自家先生，道："你们天天在这里白吃白住，还要吃夜宵，报纸赚的钱都不够家里开销呢，阁主一直都是自己贴腰包在养你们。"

"谢谢方先生。"柳音音嘴里咬着肉，含糊地表示感谢。

方宴生道："吃完饭，就去练字，江流他们几点睡，你就几点睡。"

柳音音心里咯噔一下，嘴里的肉似乎都没有那么香了。

这天下午，张氏又上门来了，依旧愁容惨淡，也不说话，就默默地跪在庭院中。

柳音音走上去问道："冯夫人，你这是做什么？"

张氏道："妇人有眼不识泰山，不知道贵府上住着的是方先生，上次说的话，都是无心的，请方先生高抬贵手，不要再为难我的前夫了。"

柳音音诧异了，问道："像这般负心薄幸之人，你难道还念着旧情？"

张氏一脸愁苦，犹豫了许久，抹干净脸上的泪水，才缓缓说出一句："这一切，都是我的错。"

正欲出门的江流看到这一幕，立即驻足问道："难不成其中还另有隐情？"

张氏点了点头，道："此事要从十六年前说起……"

当年，冯昊宣初来十方城，用三五年时间攒了买房的积蓄，但正当他要买房之际，突然新出了一道政令：非十方城户籍，不得在本城买房。

冯昊宣原本是想在十方城安家立业的，却不料天意弄人，他灰心丧气，收拾好行囊，准备离开。

临行前夜，一位友人突然来访，给他出了一个主意：与一十方城中女子成婚，便有了十方城的户籍，即可买房。

冯昊宣觉得此事简直天方夜谭，他身边已有一个未婚妻，怎可另娶他人？再者，就算是要找本城女子成婚，这当中也得大费周章，因为此时的冯昊宣，空有一些行商积攒的家底，连一份体面的生计都没有。

友人笑他太拘泥一格，道："我说的成婚，又不是真成婚，只是权宜之计而已，你买好房子之后，便可与人家和离，只需给些钱财就行。"

冯昊宣越发觉得难以置信了，道："真是馊主意，这样的权宜之计，我可做不出来！又有哪个好好的姑娘家，会愿意做这种事情！"

友人道："未出阁的大家闺秀，自然是不愿意的，但若是个守寡的妇人呢？"

冯昊宣当即便愣住了。

友人继续劝说道："人家孤儿寡母的，没有任何收入，为了有口饭吃，也着实不容易。提前与人家说好，你出钱，她帮忙，一举两得，反正也不是什么伤天害理的事情。"

冯昊宣有些动心了，这事情听来虽然有些荒唐，但的确是一个能解决问题的好办法。

冯昊宣道："给我几天时间，我考虑一下。"

友人笑道："我等你的答复。"

说是考虑，其实冯昊宣心中已经有了确切的答案，只是花上些许时间，安抚好心中的礼义廉耻而已。

冯昊宣根本没用太久的时间，当晚就给未婚妻写了封信，决定要这么做。第二天，他就找到友人，商谈酬金。

酬金说多不多，说少也不少，冯昊宣一咬牙，当下就给了友人一半钱款，事情办成之后，再给另一半。

很快，他就见到了张氏和她的幼子景文，景文躲在张氏后面，偷偷瞥了眼冯昊宣。冯昊宣对他笑了笑，还从街边小贩处买了块麦芽糖给他。

二人的婚事办得非常草率，只请了那位友人做证婚人，张氏亲自下厨，做了几个小菜。

第二天，邻居们都知道，寡妇张氏再嫁了。

冯昊宣第二天就匆匆忙忙把房子买了，回来与张氏提和离之事。

张氏劝告冯昊宣，如此一来，所有人都知道他是为了买房才假意娶的自己，万一传出去了，让府衙知晓，这婚姻可就不作数了，到时候不光买的房子要退回去，今后他们在十方城也无立足之地。这做戏嘛，也要做足，既然买了新房，夫妇二人一同搬进去，住上两三个月后，再找个借口和离，到时候即便有人怀疑，也还有个能遮掩的说辞。

冯昊宣觉得张氏的提议很有道理，于是，带着她连同景文，一起搬入了新居。

接下来的两个月，冯昊宣在十方城中顺风顺水，甚至在城主选择师爷的笔试之中，也夺得了头筹。

第三个月，冯昊宣再次提出和离，这一回，张氏却变了卦。

"老爷，我与你成婚这两月，可有什么过错？"

冯昊宣道："并无过错。"

张氏道："既然你我二人相处得这么融洽，又为何要提这种令人伤心的事情呢？"

冯昊宣猜到张氏的想法，震惊道："这是我们一开始就说好的啊，你还收了我的钱！"

张氏道:"那些钱,我一分都没要,就当作是给媒人的礼钱吧。"

冯昊宣指着张氏,气道:"你少在这儿胡说八道,离,今天就离!"

张氏端坐在屋里,没有一点着急的模样,笑道:"老爷是读过书的人,定然知道不欺不罔的道理,眼看着你要成为城主的师爷了,这时候若让人知道,你是一个为了在十方城落地生根,不惜拿终身大事玩笑的人,可还有人会信任你?"

冯昊宣又怒又恨,恨不得把张氏从家中赶出去,但这坑,却又偏偏是自己心甘情愿跳下来的,时至今日,怨得了谁?

张氏温和宽慰道:"老爷,娶妻娶贤,我虽然不是大家闺秀,但对老爷如何,这两月来,你也是心知肚明的。人生在世,左右不过是过日子,我们就好好过下去吧。我日后一定本本分分伺候你,把这个家打理好,让你没有后顾之忧。"

冯昊宣绝望地瘫坐在椅子上,双眼空洞地望着前方,想到那两小无猜的未婚妻,想到她还在心心念念等着他,无声地流下了两行眼泪。

为了仕途,他埋下这一生的悔恨,以为埋了也就埋了,未承想,这悔恨入土后,非但没有消失,反而生根发芽,逐渐将他吞噬。

柳音音和江流听完这个故事,默默地看了对方一眼。

柳音音想的是,之前莫名其妙被张氏薅了一把头发,本以为她可怜才不计较的,如今后悔不已,真想薅还回来,但眼下时机又不对。

江流想的是,完了完了,前几日《江湖快报》上的头条,并未写尽事实原委,岂非误导众人?

两人都闷闷不乐起来。

张氏长叹了口气,懊悔道:"现如今,他做出这样的事情,也是情非得已。我虽然气极了,但他若为此失去了一切,这惩罚,也太过了。"

"太过了?"柳音音看向江流,"你觉得过吗?"

江流摇头道:"一点也不啊,这不是罪有应得吗。"

柳音音问张氏:"这些年来,你们也算相安无事,还生了个小儿子,不是过得挺好的吗?怎么突然……"

这话又引起了张氏强烈的表达欲,她急切道:"所以,不能怪老爷,一定是那个小贱人勾引他的!我对他知根知底,他是个本分老实之人,年轻时候都没有做过的事情,现在怎么会做出来?"

柳音音的脸色暗了暗,忍不住反驳她:"但凡冯昊宣不为所动,再勾引又有什么用?难道方倩芸还能强迫他不成?"

"有道理!"江流站在男人的立场上打比方,"换作是我,柳音音再怎么勾引,我都不可能对她下得去手!一个巴掌拍不响,为什么要把这种错误都归结到女人头上?"

柳音音觉得这个比喻严重不妥,但眼下不是转移战火的时候,她沉住气,不跟江流说话,只对张氏道:"你现在还要为冯昊宣说话,说明还念着往日的情分,但这情分并换不回他的一丝惦念。此事无可挽回,与其自怨与怨人,倒不如往前看。"

"我会的,也只能往前看,好在还有景文……"张氏的声音慢慢低下去,"那……他的事情,可有什么解决的法子吗?"

柳音音如实回答:"我们要回去与方先生商量。"

"劳烦二位了,"张氏讨好地笑笑,道,"那我明日再来。"

张氏一出大门,江流便双手抱胸,嘲讽道:"这不是自作自受吗,亏得我们原本还想帮她,可怜之人,必有可恨之处!"

柳音音摇摇头:"也不这么绝对,世上总有真正的可怜人。"

江流问:"我们要去告诉方先生吗?"

柳音音思忖道:"我猜啊,他已经知道了这件事情。"

方宴生午觉醒来,走到大堂,就看见柳音音和江流一左一右坐着。

他们看到他，双双站了起来。

江流汇报道："张氏的那个事情，有新情况。"

方宴生点点头："嗯，知道了。"

江流纳闷："你什么时候知道的？"

方宴生道："你在撰写头条的时候，我查了一下冯昊宣和张氏的过往，这种事情做得不隐秘，很好查。"

"哈！"江流十分不满，"那你是明知道我写的那些有问题，也不告诉我？这样怎么对得起买《江湖快报》的那些人呢！"

柳音音站在一旁，虽沉默不语，但看着方宴生的眼神也透着些许怀疑。

方宴生反问江流："你觉得十方城的百姓们看《江湖快报》，是为了什么？"

江流想了想，回道："为了……开心？"

方宴生道："既然是为了开心，看罢一笑也就达到目的了，至于真相是什么，重要吗？"

柳音音道："为了明理！"

方宴生道："我开的是报馆，不是书院，要明理，念书才是正道。"

柳音音和江流面面相觑。

方宴生问道："你们不反驳我，是觉得我说得没错？"

江流道："乍一听是没错。"

柳音音接话道："但总觉得哪里不对。"

"觉得不对，那就是对了。"方宴生的折扇开了又合，"报，传达之意也，首先要保证的便是内容的真实，如果为了娱众，通篇胡言乱语，那简直比跳梁小丑还不如。"

江流恍然大悟，方宴生这么做，其实是在给他们提个醒，日后下笔，切不可莽撞随意。

他对方宴生抱了抱拳,道:"我这就去重写一篇!"

江流刚转过身,就被柳音音拉了回来,道:"先生才说的你就忘了,要了解事情的全貌,我们不能听张氏的一面之词,应当再去问问冯昊宣本人!"

江流道:"柳音音,你倒也不是很傻!"

柳音音道:"看长相就知道,我比你聪明多了!"

江流问她:"那聪明的你来说说看,为何冯昊宣的未婚妻,和现在的方倩芸,年龄对不上啊?"

"张氏也没说她们是同一个人啊!"柳音音斜着眼看了江流一眼,"木鱼脑袋!"

短短几日,冯昊宣家门庭冷落,连一众奴仆都不见了,江流和柳音音去敲门的时候,还是冯昊宣亲自来开的门。

看到他们二人,冯昊宣微微吃了一惊,还往后退了一步,显然已经有些畏惧。

方倩芸听到动静,以为沉寂已久的家中终于还是来了不计人言的友人,挺着肚子走了出来,面露喜色:"老爷,家里来客人了吗?"她一看是江流和柳音音,脸上的笑容立即消失了,一脸抵触地问:"你们又来做什么?"

江流道:"我们有些事情,想找冯师爷问清楚。"

方倩芸怒道:"我们家都被你们害成这样了,你们还不死心,要来落井下石吗?"

柳音音忙道:"你误会了,是张氏来跟我们说了一些十多年前的事情,我们想找冯师爷证实一下。"

冯昊宣微微一惊,随即道:"倩芸,你先回屋去。"

方倩芸有些不快,倒也没有坚持,转身走了。

冯昊宣无奈地笑笑，道："二位，里边请吧。"

两人随冯昊宣进入屋内，看到一边的墙上挂着幅画像，画像中的女子与方倩芸十分相似。

江流实属没话找话，随口说了一句："画像上的尊夫人，眉目看着更和善一些嘛。"

冯昊宣看着画像，缓缓说道："倩芸也以为画的是她，我从未与她解释过，这其实是我曾经的未婚妻。"

柳音音道："既然冯师爷如此坦诚，我们也就有话直说了，昨日张氏前来，为你说情。"

冯昊宣一怔，对此竟也觉得不可思议。交谈之中，江流和柳音音确定了，张氏之前说的，都是实情。

冯昊宣又补充："只是这中间，还有一些她不知道的事情。"

江流道："愿闻其详。"

"是关于我那位未婚妻的。"冯昊宣道，"我与她从小就有婚约，又青梅竹马一起长大，感情非常人能比。"

柳音音道："你为了买房弃她而去，这也叫非常人能比？"

真是毫无谈话技巧，江流瞪了她一眼，示意这种时候不要刺激冯昊宣，万一他被刺激得不肯说了呢。

柳音音没有再说下去。

冯昊宣低着头，继续说道："不是我想弃她而去，而是当时那种情况，根本是有理也说不清啊，总不能让她跟着我，一辈子被人指指点点吧？"

"嗯，的确不能。"江流点点头，"你继续。"

冯昊宣道："当时我们一直写信往来，约定找一个机会，彻底与张氏断了关系。可没想到，两年后，张氏竟怀了我的孩子。"

柳音音气得差点跳起来，一拍桌子，大叫道："没想到？这种事情你好意思说没想到！"

江流赶紧按住她，拼命使眼色，一面安抚冯昊宣，道："女子嘛，总是不太容易控制自己的情绪。"

柳音音强烈腹诽：瞎说八道！

"无碍，我也知道，自己做了这样的事情，绝对落不下什么好名声了。"冯昊宣目视前方，眼中出现痛色，"她得知此事，生了一场大病，病一好，父母就又给她安排了一门亲事。后来，我也只能私下里打听她的消息，她身体一直不好，长年卧病不起……是我对不起她……"

"你的确对不起她。"柳音音直白地下结论。

冯昊宣道："后来的很多年，我彻底失去了她的消息。直到三年前，一位老乡来到十方城，无意间聊起了往事，我才知道，她在五年前病逝了。"

说到此处，冯昊宣双眼通红，微微哽咽，道："我悔恨不已，却又无计可施，终日饮酒，浑浑噩噩。"

江流对他那段时间过得究竟有多浑浑噩噩毫无兴趣，直奔主题道："然后就遇到了夫人？"

冯昊宣点点头，道："第一眼见到她的时候，我以为我的未婚妻又回来了，她们长得……实在是太像了。我觉得这是老天爷给我的机会，就想把所有的亏欠都弥补给她。"

柳音音轻叹了口气，喃喃道："自欺欺人。"

"自欺欺人……"冯昊宣自嘲地笑起来，"你说得一点都不错，可不就是自欺欺人吗？我与倩芸接触下来才知道，她们根本就是截然不同的两种人，可那时候，我什么也不管不顾了，我只是想找一个借口去弥补，不管这个借口多么虚假，多么荒谬……"

柳音音道："你也算是自食恶果。"

冯昊宣道："我知道我自己所犯的都是不可原谅的错误，怨不得别人，所以这几日，我闭门不出，也从未想过要与人解释什么。"

冯昊宣说完，抬起头，看到方倩芸就站在门口，一手扶着门框，双眼红肿。

"倩芸……"

方倩芸什么也没说，捂着脸跑回了房间。

冯昊宣送江流和柳音音出门，到了门口，江流问道："城中百姓听信了我们的头条，对真相一知半解，你想让我们把事实说清楚吗？"

冯昊宣摇了摇头，哭笑不得，道："所谓真相，比现在的情况来得更为难堪。我接受世人辱骂也就算了，还望二位高抬贵手，不要再把无辜的人牵涉其中了。这几天，我就打算收拾行李，带着倩芸和景逸离开这里，我希望剩下这几日的时间，可以过得相对安稳些。"

柳音音道："好，我们答应你。"

江流道："我们说了可不算的！"

柳音音道："方先生那里，我去解释。"

江流一摊手，道："好吧，看你怎么解释。"

临走，柳音音提醒了冯昊宣一句："你现在的夫人，未必就是个无知之人，墙上的画像，纸张都那么旧了，你觉得她是真看不出来，还是装看不出来？"

冯昊宣长久沉默，是啊，看破不说破罢了。把别人的包容当作无知，其实他才是那个自私又愚蠢的。他这一生，负了未婚妻，又负了前妻，断不想再负了方倩芸。

回到房间后，冯昊宣收起了画像，束之高阁？不合适。压箱底珍藏？也不合适。最终，付之一炬。前事尽去，方见来路。

晚上，柳音音站在方宴生面前，还没说话，就急出了一手的汗，生怕方宴生还要拿冯家的事情大做文章。

方宴生慢悠悠喝完茶，放下茶盏，问："你憋了半天的话，还要等多久才说？"

柳音音笑笑，道："方先生，我们今天答应了冯昊宣一件事情。"

江流立即表明立场道："不是我们，是她自己。"

柳音音心底里暗骂江流不仗义，面上仍是笑容满满："我看他们一家人挺可怜的，就答应了他，不再拿他们做文章。"

方宴生道："好啊。"

柳音音和江流都愣住了。

这就完事了？

柳音音追问："然后呢？"

方宴生道："还有什么然后？"

柳音音道："我私自做了决定，浪费了一个卖报的机会，你不生气吗？"

"难道在你们眼中，我是那种为了大做文章，非要把事主逼至绝境、不肯放人一马的奸商？"方宴生十分自信地否决了此种为人，"《江湖快报》又不是只做这一期，更不是就指望着这个抛弃妻子的话题养活你们一辈子。"

柳音音大喜，一脸狗腿相，只差没有一把抱住方宴生。"阁主英明！"

方宴生笑笑。"这个文章既然没有了，那么接下来，你就负责找新的话题吧。"

柳音音忙不迭答应："好，我一定找一个可以大卖的话题！"

零叁 抄袭者莫笙

桌案上放着一沓纸张，纸上是莲雾刚写完的一折戏。

莲雾是个秀才，双亲早逝，孑然一身，十多年苦读也没有再考上个举人，平日里靠着卖一些字画为生。前些日子，他突发奇想想写一个脚本，寝食难安地过了数月之后，脚本完成了，名字叫《桑之未落》。

成稿过程中，投入身心，掰开血肉，至如今稿成，莲雾精疲力竭，如产后妇人一般靠在椅子上。

身是虚的，心却是满的，他看着前方微弱的烛火，低喃："未落，未落……然此一生，未落乎？落矣！"

三个月后，一部新戏《此生未歇》在十方城上演，一时间引起轰动，万人空巷。

故事讲述一个仕途不顺的男子，教诲一个落魄孤女长大成人，又将她嫁去他乡。两人互生情愫，却终生未曾相守。虽是小情小爱，但胜在哀婉动人，十方城中下至十岁孩童、上至七旬老妪，都被赚足了眼泪。

柳音音承诺了方宴生，要找一期大卖的话题，这几日总在大街上游荡搜寻，寻着寻着，就寻去了戏院。

她往那边角的位置一坐，看戏台上，小生搀扶起小旦，问她："欲求安定否？"

小旦泪水潸潸，答道："乡中遇山洪之灾，家人无一幸免，流落至此，无亲无故，不知此何时何地，亦不晓何去何归。"其声如珠敲碎玉，闻之叫人倍感哀怜。

小生安慰道："世事诸多磨难，却不可倦了虚生。若无去处，吾可收容，吾名陆深，字子渊。此地虽不及都城繁华，然鱼米之乡，亦是安逸之所。"

"双亲唤我未落。桑之未落，非好命也。"

…………

结尾之时，陆深见庭院中点点萤火，于儿孙搀扶之下行至老树边，见一故老锦盒中放置着年轻时送给那女子的一对发簪，以及一行写有二人姓名的短笺。

他颤巍巍念道："遇君，生之幸也。不得相守，生之不幸也。子渊、未落。"

随着乐声起，戏落幕，坐在柳音音左边的女子默默擦泪，哽咽叹息道："她也只有以这样的方式，将两个名字并在一起，就好像这些岁岁年年，真的是在一起了。"

柳音音也悲伤地吸了吸鼻子，安慰那女子道："毕竟是戏，你不必太过伤心。"

"戏如人生啊。"那女子继续擦眼泪，"我已经是第三次看了，可想起故事中的人，依旧难过。"

"确实让人难忘。"柳音音低声问道，"这脚本是谁写的？以后他的戏我都要看。"

那女子白了她一眼，显然认定她是个假戏迷，道："你连莫笙先生都不知道，也好意思在这里看戏？"

柳音音觉得十分惭愧，戏一结束，出了戏院，就去打探莫笙的消息。

脚本师莫笙，时年三十有二，自《此生未歌》上演后，名利双收，新买的豪宅就离浮生阁不远。

当柳音音在戏院看《此生未歌》的时候，莫笙前来拜访了方宴生，并将新作交给他，自明日起，单开一个版面，刊载在《江湖快报》上。

"哇！"柳音音激动得欢呼起来，"那我今晚就能看到莫先生的新作了！可惜回来得晚了，不然就能见到他长什么样了！"

"还能长什么样？三头六臂不成？少见多怪！"江流将莫笙新作的手稿交给柳音音，"你拿去看吧，看完让阿梨抄。"

柳音音如同抱着宝贝一般，问："你不看啊？"

"我要等他全部写完后一起看，看一截儿就没了，不得难受得抓耳挠腮、寝食难安？"江流特意强调，"你看完了也别告诉我内容，一个字都别说，不然我看的时候就没意思了。"

柳音音嘿嘿一笑，向着江流摊开手："江少爷，借点钱呗。"

"哈，我凭什么借给你！"江流跳开一步，懒得搭理她。

柳音音拿起手稿就大声诵读起来："弘治十年，冬。寒鸦立顶，少栖复惊……"

"停停停！"江流瞬间败下阵来，"你要借多少钱？"

柳音音奸计得逞，狡猾一笑道："不多，就想再去看一遍《此生未歌》，这次我要买一张第一排正中位置的票！"

"也就这点出息。"江流摸出钱来给她，"发了工钱赶紧还我！"

"看你这小气劲儿，还首富之子呢！"

"这可是我自己凭血汗赚的！"

当晚，柳音音挑灯夜读，看罢莫笙新作的开篇，心绪久久难平，一想到后续内容不知何时才能看到,心中无比煎熬。

已经过了平日睡觉的时辰,她越发睡不着觉,干脆就推门而出,在夜色下游荡、游荡、游荡……

方宴生正坐在榻上看书,瞥见外头那一抹身影,从左走到右,又从右走到左,不是梦游,便是发癫,终于忍不住叫她:"音音?"

柳音音应声而来,推开门,见方宴生手里拿着一本集子,也正看得入神。

"方先生,找我干吗?"

方宴生将面前一盘松子往外推了推,道:"你若闲得发疯,就坐下剥松子。"

"哦。"柳音音在方宴生旁边坐下,一边剥松子,一边瞄他手里的书:"《瓜棚夜话》,讲什么的?"

"一本志怪故事集,有魑魅魍魉,妖鬼传说。"

见方宴生看得颇为入神,柳音音也心痒难耐。"你几天能看完呀?看完了借我也看看。"

"好。"

"这里面是一篇篇的小故事吗?相互之间有没有联系?"

方宴生不答。

"恐怖吗?会不会吓到晚上睡不着觉?我胆子小,太恐怖的不敢看。"

方宴生还是不答。

"莫笙的新作,到底写出来多少了?方先生,你能不能先去把后面的故事要来?"

方宴生终于无奈地放下书:"你聒噪个不停,很影响我看书。"

"那我不说话了。"

柳音音说完之后,果然闭嘴,房间里就只剩下剥松子的声音,还有书页翻动的声音。

不多会儿，方宴生伸手去拿盘子里的松子，却只拿到一把松子壳，他将目光从书本上移到盘子里，皱眉道："你剥了半天，松子仁呢？"

柳音音理所应当地回答："我吃了啊。"

"我让你给我剥松子，你自己把仁都吃了？"

"不然呢？"柳音音再一寻思，反应过来，"难道是让我给你剥？对不起啊方先生，我以为你是让我自己吃呢。"

方宴生心中叹息，已经有一个好吃懒做的阿梨了，又来一个头脑简单的江流，再加上这个毫无眼力见儿的柳音音，浮生阁要维持下去，真的好艰难。

他把《瓜棚夜话》收起来，对柳音音道："夜深了，回去吧。"

柳音音抓紧时间剥开一粒松子，把松子仁放到方宴生手里。"孝敬方先生，早些安寝吧，明儿见！"

方宴生看着柳音音出门，对着掌心里的松子仁笑了笑，送进嘴里，嚼两下就没了。松子仁嘛，当然是要抓起一大把一同放进嘴里，才好吃啊。

莫笙新作的连载，对《江湖快报》的销量大有益处，他的拥趸纷纷抢购，把手抄小报的阿梨和江流都累出了黑眼圈。

方宴生开始亲自教柳音音练字，期望她能快点为二人分担，接连几日，倒也有了明显的进步。

到了晚上，柳音音看莫笙的新作，方宴生看他的《瓜棚夜话》。柳音音剥松子，方宴生大把地吃松子仁，当然，他的余光经常看到柳音音偷吃，也任由她吃。

就在柳音音要去看第二遍《此生未歇》的那天，方宴生做出了一个十分突然的决定：停止刊载莫笙的新作。

莫笙的拥趸得知此消息，觉得《江湖快报》店大欺客，抵制不说，还蜂拥而至，讨要说法。柳音音作为忠实读者，也极为不解，若非江流阻止，她也要加入这声讨大军了。

方宴生始终避而不见，众人哄闹一阵后，也只好散去。柳音音眼看着看戏的时间到了，决定看完回来再跟方宴生理论。

戏台上，陆深和未落的故事缓缓上演，未落的生辰日，陆深送了她一对簪子。

陆深："未落年至十五，已有媒人频频入家中提亲，日后嫁得夫君，岂非成双？"

未落："未落不欲嫁人。"

陆深："簪子名为南山，为余之心愿，望未落快活长寿、一生无忧。余渐渐老矣，未落尚小，至婚龄，自是要许一人家。"

柳音音看着看着，忽然听到一旁有看客在议论浮生阁的事情。

"方宴生那个小人，一定是嫉妒莫笙的才华，才不给他刊载新作了！"

"瞎说八道，方先生办《江湖快报》已经八年了，文风犀利，岂是莫笙这种莺莺燕燕的小儿女情话可比？"

"那你坐在这里干吗？不好看别看啊！莫不是方宴生找来的托儿吧？世上有些没本事的人，就是见不得别人比他好，方宴生就是这种人里的典型，又蠢又坏，假仁假义！"

柳音音虽不知方宴生为何突然做这决定，却也见不得别人如此诋毁，当即反驳道："就爱边看边说，你管得着？都是付了钱进来的，好不好还不准人评价了吗？你该不是这戏院的托儿吧……"

"放屁！"那人抓起一把瓜子就要扔过来。

却不料柳音音也是个凶悍的，直接抄起了长凳："干吗，要打架？"

戏院的人赶紧前来阻止，客客气气退了票钱，将柳音音和那看客都请了出去。

戏未看成,还惹了一肚子气,柳音音回到浮生阁,就去找方宴生理论。

"莫笙的新作给你赚了那么多钱,为什么要停刊?"

方宴生将一盘子剥了壳的松子仁递到柳音音面前:"先消消气。"

柳音音抓起一大把吃了,果然也就没那么生气了,要不怎么说吃人嘴软呢,方宴生终究是衣食父母,不好对他乱发脾气的。

"我知道,方先生这么做,一定有自己的理由。"

方宴生道:"三天之内,我会给个答复。"

柳音音唉声叹气:"我还想着,有机会可以见一见莫先生呢,这下好了,他跟浮生阁算是结仇了吧。"

"我倒没想到,音音你竟如此喜欢莫笙。"

方宴生淡笑着离开,留柳音音一人在原地,因为与偶像的失之交臂而隐隐哀伤。

这一哀伤,就哀伤到了晚饭后,柳音音坐在门口,看着夕阳西下,笼罩着莫笙家的宅院。她双手撑着下巴,一副花痴的模样,喃喃自语:"要找个什么借口过去呢……"

方宴生在他身边坐下,折扇一合,道:"去哪里?"

他冷不丁地出现,柳音音吓了一跳,道:"方先生,你怎么神出鬼没的?"

方宴生笑道:"我在自家门口,怎么能算是神出鬼没?倒是你,又在动什么歪脑筋?"

方宴生顺着柳音音的目光看去,见一方白墙青瓦,逐渐隐没于晚霞中,有那么几分诗情画意。

柳音音叹了口气,翘着兰花指,学着戏腔故作哀婉状,道:"我的意中人，就住在那里。"

方宴生道："可喜可贺啊音音，来十方城没几天，连意中人都有了，准备何时大婚啊？"

柳音音的兰花指放了下来，越发哀怨："人家根本就不认识我，就是你，断送了我的良缘。"

"哦……"方宴生夸张地拉长了音调，但是很快又出言安慰，"不用哀叹，有的时候啊，中意一个人，比起被人中意上，更为难得。"

柳音音一听，觉得十分有道理。

方宴生忽然提议道："若只为看他一眼，翻墙上屋，不是你的强项吗？"

柳音音惊了："你让我去翻莫笙的屋顶？"

方宴生眉毛轻挑，道："怎么？我的屋顶翻得，莫笙的屋顶就翻不得？"

柳音音心道：那可不一样，毕竟是意中人啊……

方宴生循循善诱道："莫笙是名声大噪的十方城第一脚本师，而你柳音音，只是浮生阁一个打杂的，现在又闹得这般不愉快，你觉得，还有什么能接触到他的机会吗？"

柳音音摇了摇头。

方宴生道："翻墙，就可以，最直接，最稳妥。"

柳音音道："万一他把我当贼抓起来了呢？"

方宴生："你忘了翻我墙的时候是如何与我解释的？那么多说辞，随便找一个就好了。最重要的是，你们有了第一次的见面，从今往后，也算得上认识了。万一真的出了什么状况，放心，我会去救你的。"

柳音音顿时觉得方宴生的形象又高大了，她对方宴生抱了抱拳："感谢方先生指教，我这就去了！"

柳音音说罢往浮生阁走去，方宴生折扇一横，道："方向错了。"

柳音音羞涩地笑笑，道："我要去换件衣服，打扮一下。"

戌时，柳音音打扮妥当——她自己以为的妥当——出门了。

方宴生站在门口送她，笑盈盈的，给了柳音音一个鼓励的眼神。

江流看着柳音音脸颊上两坨厚厚的脂粉，惊得合不拢嘴。

待柳音音一走，江流就问方宴生："她这是去做什么？大半夜的，把自己抹成个猴子屁股。"

方宴生道："去翻莫笙的墙。"

"翻墙？还这扮相！方先生，你怎么不阻止她呢？"江流觉得自己今晚睡不好了，柳音音要是被抓起来，自己大半夜还得去官府把她赎出来。

方宴生一脸讳莫如深，道："今晚去翻墙的，可不止她一个。"

这是一个月黑风高，适合鸡鸣狗盗的夜晚。

果然是熟能生巧，柳音音轻轻松松就爬上了莫笙家的屋顶。

她放下卷起来的裙子，理了理自己的头发，故作端庄地笑了笑。

一会儿要怎么说呢？

莫笙大大，我是你的仰慕者，请赏赐我一张亲笔签名！

或者，莫笙先生，我对你日思夜想，只为等这相遇的一刻。

呸呸呸，柳音音摩挲了一下自己的手臂，全是鸡皮疙瘩。

她坐在屋顶上，忽然又觉得自己鲁莽了，万一莫笙长得差强人意怎么办？万一是个女子又怎么办？万一……

正想着，只听正下方的房间里传来一阵杯碗碎裂的声音，好像是被人用力摔在了地上。

难道是莫笙半夜写不出新的本子，摔东西发泄？想不到啊，竟然是个狂暴之徒。柳音音不禁皱了皱眉。

来都来了，不管是个什么样的人，好歹也要看一眼真容啊。

柳音音掀起一片屋瓦，这一看，分外激动。

好一个英俊的小生！

只见屋内那年轻男子，眉眼温润，略带忧伤，眼神有些空洞地看着前方，仿佛刚从画中走出来一般。

哎……不对啊，莫笙不是三十多岁了吗，怎么看着像是才二十出头？

柳音音再一看，才见屋内还坐着一个人，背对着柳音音，正在和那二十出头的英俊小生说话。

原来此人才是莫笙。

柳音音侧过耳朵去听。

莫笙道："莲雾，木已成舟，你这个时候来找我，又有什么用呢？"

那名叫莲雾的少年走到莫笙面前，语声竟有些哽咽，道："莫笙，是非黑白，你当真可以不管不顾吗？我若将此事说出去了，你不怕被人耻笑吗？"

莫笙满不在乎地笑了笑，道："你说出去，谁会相信？你又如何能证明，你的《桑之未落》，写在《此生未歇》之前，又恰好拿给我看过？"

莲雾几乎要哭了，努力争辩着："公道自在人心！你骗得过别人，却如何能骗过自己的良心！"

"我的良心怎么想的，不重要。"莫笙起身，弯腰捡起地上的茶杯碎片，"重要的是，我已经是十方城尽人皆知的莫笙，而你，只是一个秀才，没有人会相信我抄袭你。"

柳音音耳中仿佛一道惊雷响起，二人言下之意，竟是莫笙抄袭了莲雾的脚本！

她恨不得立刻跳下去，为弱势的莲雾说几句话，警告莫笙，要把他的所作所为公之于众。但是转念一想，这么做除了引起莫笙的警觉之外，没有任何作用。倒不如先按兵不动，才能出其不意，攻其不备。

莫笙转身走了几步，出了柳音音的视线，很快又回来，把一个钱袋扔在桌上。

莫笙看着莲雾，道："拿着吧，以后别再来找我了。"

莲雾看着桌上那个小小的钱袋，眼中满是不屑。

莲雾："你以为我在意的是钱财？是名声？都不是，莫笙，你也是脚本师，应当知道，自己写的故事，便如同自己的骨肉一般，眼看他管别人叫父亲，在世人眼中他成了别人的孩子，你心中是何滋味？"

柳音音看着莲雾，十分同情，一手紧紧抓着瓦片，生怕一激动就把瓦片砸下去。

莲雾转过身，丢下一句话："我会继续写下去的，我功成名就之时，便是你江郎才尽之日。"

莲雾走得很快，柳音音追了很久，才在近郊的一条小河边追上他。

莲雾蹲在河边，哭得伤心欲绝。

柳音音慢慢走了过去，正要说话，却见莲雾站了起来，一步步往河中走去。

柳音音大喊："莲雾，你要做什么！"

莲雾一只脚已经踏进了水中，回过头看到了柳音音。她穿着一身红衣，长发散乱披肩，两颊和嘴上都涂成了深红的颜色。

莲雾："鬼啊——"

柳音音上前一把抓住了莲雾，道："你刚才说得好好的，要继续写下去的，现在怎么就想不开了！"

莲雾吓得连连往水中躲避，一边推搡着柳音音，仰天长啸道："就连阎王爷也欺负人，我这都没死呢，就让厉鬼来给我带路了！这女鬼长得比牛头马面还恐怖！"

柳音音道:"我不是鬼,我是人!"

莲雾道:"管你是人是鬼,能不能不要在这个时候打扰我!"

"难道让我看着你死?"

"谁说我要死了!"

二人推搡之中,已经到了小河中央。

柳音音低头一看,河水只到自己的腰部。

莲雾气鼓鼓地推开柳音音,道:"我原本是想到河里洗把脸清醒一下,这下可好,成洗澡了!"

柳音音尴尬地笑了笑,道:"那我们去岸上说吧。"

柳音音和莲雾到了岸边,莲雾一边把衣服上的水拧干,一边对柳音音说道:"你为什么要把自己打扮成这样?"

柳音音道:"我今天原本是准备向意中人表露心意的。"

莲雾大笑,道:"你意中人是牛头马面不成?"

"很难看吗?"柳音音在水中照了照自己的影子,但是黑漆漆的,什么也看不见。

莲雾忽然反应过来,警惕地看着柳音音,道:"你知道我刚才跟莫笙说的话,你当时也在场?"

柳音音点点头,道:"我原本是莫笙的仰慕者。"

莲雾听到莫笙的名字,面色沉了下去。

柳音音立即补充道:"但是听了你们刚才的话,我才知道,我应该仰慕的人,是你。我看了《此生未歌》的戏,你写得真好!原来是叫……《桑之未落》,对吧?"

莲雾听柳音音这般说来,眼神又柔和下来。

柳音音上前一步,道:"十方城的人都喜欢你的故事,莲雾,你给我签个名吧?"

莲雾有些惊讶，道："你要我的签名，又有什么意义呢？现在世人皆知，这个故事是莫笙写的。"

柳音音道："不知真相的人，误以为是这样也就算了，我既然已经知道了真相，当然也瞧不起那种欺世盗名之辈！"

莲雾感激地看了看柳音音，转而又叹了口气，道："这世上，愿意相信我的，大概也就你一个人了。莫笙说得没错，我拿得出什么证据呢？"

柳音音拍了拍自己的胸脯，道："你现在有证人了啊！"

莲雾摇摇头，道："没有用的，口说无凭，到时候莫笙反咬一口，反而会把你也拉下水。"

柳音音："我是没什么本事，但是我家先生有啊。你随我回去，我们好好商议一下，怎么解决这个事情。"

莲雾不相信，摇了摇头道："已经没有办法了，别浪费时辰了，多谢好意，早些回家去吧，已经很晚了，你一个姑娘家……"

柳音音打断他的话，道："不碍事，我自幼在外，习惯了。"

莲雾道："我的意思是，你打扮成这样，会把别人吓到的。"

柳音音轻咳一声，转而问道："你原来的手稿还在吗？"

莲雾："在。"

柳音音："走，我跟你一起去拿。"

莲雾上下来回打量柳音音，道："三更半夜，还要随我回家，姑娘，你莫不是个狐仙，见我潦倒落魄，故而存了什么邪念吧？"说罢，双手护住了胸口。

柳音音恨不得一巴掌拍到他头上，气道："你这个书呆子，难怪莫笙要偷你的本子呢！"她一把抓住莲雾的胳膊，"走，现在就去！"

浮生阁的大门一夜没关，江流顶着厚重的黑眼圈，四仰八叉躺在一张椅子上。

天蒙蒙亮，公鸡叫了三声。

江流一个激灵，从椅子上滑了下去。

"呀，我的腚！"

江流一手撑在椅子上，摸着屁股站起来的时候，正看到柳音音和莲雾一前一后走进来。

柳音音看到江流，十分诧异，问道："你怎么在这里？守夜呢？"

"还不是为了等你？"江流正要发脾气，看到柳音音身后的莲雾，"哟，怎么还带了个俊俏小生回来？"

柳音音道："一会儿细说，方先生起了吗？"

刚问完，方宴生的门"吱呀"一声打开了。

方宴生衣着完整，伸了个懒腰，慵懒地走了出来，道："昨夜无梦，睡得很好，诸位如何？"

三对黑眼圈同时看向他。

柳音音道："方先生，你是不是一早就算计好了，所以才让我去爬莫笙的屋顶？"

方宴生道："说不上算计，不过是生来爱好八卦，又喜欢道听途说罢了。"

柳音音对莲雾道："这里是浮生阁，你面前这位，就是阁主方宴生，莫笙抄袭你的事情，他会为你讨回公道的。"

莲雾是知道方宴生大名的，听柳音音这么一说，当即恭敬作揖拜谢。

方宴生一把托起他，道："先不急着道谢，我也未必能给你讨回什么公道，浮生阁开门做生意，为茶余饭后添些谈资，唯恐天下不乱而已。要公道，当去衙门。"

莲雾的笑容敛去了大半，支支吾吾看向柳音音。

柳音音道："放心，就算方先生不帮忙，我和江流也会给你做主。"

江流原本又快睡过去了，听到柳音音说到他的名字，勉强睁了睁眼，道:"这跟我又有什么关系!"

早饭过后,柳音音已经换了身衣服,也把脸洗干净了。

入得客堂,正见莲雾坐在方宴生对面,江流在旁打着哈欠做记录。

莲雾:"去年冬日,我在一个黑市上看到支簪子,说是盗墓人从一个三百年前的孤坟里挖出来的。"

江流道:"不是说莫笙抄袭你的事情吗?说盗墓的做什么?"

莲雾解释道:"我是在说我创作的灵感来源。"

方宴生道:"不碍事,你说。"

莲雾继续:"简而言之,我就是因为看到了那支发簪,才想写这个故事的。"

方宴生问道:"那发簪可还在?"

莲雾从腰间拿出一支锈迹斑斑的发簪,道:"就是这个,我当时用尽了身上的钱财,才把它买了下来。"

柳音音难以置信,道:"你本就没什么钱了,还买这玩意儿,值得吗?"

莲雾道:"当然值得啊,就是它,让我写下了我人生中的第一个本子。"

莲雾说起自己的创作,双眼仿佛放着光。

方宴生细细端详这发簪,透过锈迹,依稀看见簪身上刻着细小的"南山"二字。

"南山?"

柳音音道:"南山?戏中陆深送给未落的发簪,不就叫南山吗?"

莲雾道:"正是如此。"

柳音音大喜,问方宴生:"这算不算证据?"

方宴生摇了摇头,道:"算不得。"

莲雾道:"这本子原名《桑之未落》,一是合了女主人公的名字,二是应了结尾处的'然此一生，未落乎？落矣！'。莫笙将名字改成《此生未歇》，其实并不合适。如此，可算作证据？"

方宴生道："也算不得。"

莲雾简直要放弃了，方宴生却拿出了那本他前阵子在看的《瓜棚夜话》，道："证据，在这里。"

江流和莲雾都没明白，倒是柳音音一拍桌子："我知道了，莫笙的新作，抄袭了这本《瓜棚夜话》，方先生发现了，所以才停止刊载的！"

方宴生点点头："正是如此。《瓜棚夜话》这本书，作者不详，成书时间早，知道的人又少，所以尚未被其他人发现。我这几日，正打算做详细的比对。"

江流喜道："那比对结果一出来，就能证实莫笙抄袭了，到时候公之于众，那些人就不会再来找浮生阁的晦气了！"

"还不够。"方宴生看着莲雾，"他的新作抄了《瓜棚夜话》，是实证，但凭此证据，不能推断《此生未歇》也抄袭了《桑之未落》。你若想要一个公道，这样远远不够。"

莲雾一脸颓丧："那我……真的找不到什么实打实的证据。"

江流提议道："不如先把这个事情给捅出去，让人议论起来，看那莫笙会不会露出什么马脚。"

柳音音道："不会打草惊蛇吗？"

方宴生道："就先这么办，报纸一出，我就去莫笙处拜访，想办法做些周旋，看能否诓骗他说出些实情。"

柳音音对莲雾笑了笑，胜券在握，她觉得方宴生既然这么说了，就一定已经想到了办法。

《江湖快报》头条——"脚本师莫笙，抄袭者也"

十方城尽人皆知今年轰动上演的《此生未歇》，却不知去年年末的一则脚本《桑之未落》。

据悉,秀才莲雾曾将其所创脚本交与莫笙评鉴。莫笙看罢脚本,一言不发,却暗自将其篡改标题,据为己有,便有了众所周知的这出戏。

一城中名望,一落魄书生,孰是孰非,安能定论?

浮生阁连夜查验字迹,比对脚本,就纸张新旧与墨迹色泽而言,莲雾所言非虚。特奉上二者脚本,供评。

浮生阁主言:此生未歇乎?歇矣!

借着莫笙和浮生阁本已高涨的热度,新一期的《江湖快报》很快传遍十方城,自然也传到了莫笙的手里。

莫笙看完后,大汗淋漓,一手将报纸紧紧攥着,沉默片刻后,将它撕成了碎片。

房门就在这时候被敲响。

莫笙警惕地问道:"什么人?"

"浮生阁,方宴生。"

莫笙急急忙忙收拾起地上的碎纸片,擦了擦汗后,将门打开。

方宴生站在门口,言笑晏晏:"莫笙先生,不请自来,还望恕罪。"

莫笙心中恨方宴生已然恨出个洞来,但生怕他手里有自己什么把柄,也不敢乱来,面上还要装得良善体面。

"哪里哪里,我与方先生之间怕是有些误会,若你不来,我也要登门拜访的。"莫笙做了一个请的手势,"进来坐吧。"

方宴生大摇大摆走了进去,不客气地在桌边坐下,问道:"先生怎么不问问,我为何不经下人通报,直接就到了你的门口?"

莫笙:"为何?"

方宴生:"我是翻墙进来的。"

莫笙:"啊!你!"

方宴生："不光是我，我家伙计前几日也翻了你的墙，所以才听到了你和莲雾的对话。"

莫笙瞪大了眼睛，心中激怒，面上却又不敢贸然动怒，只愤愤说了一句："想不到方先生，与传闻中差异甚大！"

方宴生道："所谓名望，不过是用以敛财而已，莫笙先生想必也了然于胸。你我二人，彼此彼此，名不副实，有何怪哉？"

莫笙道："你想做什么？"

方宴生凑近莫笙，低声道："一为财而来，二为先生解困。"

莫笙："你且说来。"

"浮生阁停止刊载你的新作，是为着制造更高的热度，好让我们双方的利益最大化，事先未与你明说，也是想把这戏做真实。"

莫笙原本最担心的，就是抄袭《瓜棚夜话》一事被发现，听方宴生这么说来，反而放松了警惕。果然，他选了一本没什么人知道的书抄，是安全的。

"方先生，此事好说，接着刊载就是了。"

方宴生又道："至于莲雾一事，若想有个善终，就听我一言，同他一起对簿公堂。"

莫笙道："城中没有与此事相关的律法，对簿公堂又有何用？"

"原来就是因为无法可依，先生才如此行事啊。"方宴生见莫笙的脸色变了，忙笑起来安抚，"何须动怒呢，你我都是敢作敢当之人。"

莫笙冷言道："怎么个当法？"

方宴生道："你可曾听说两个妇人夺子的故事？"

莫笙道："县令断一案子，两个妇人都说孩子是自己的，县令便命二人争夺，谁抢赢了，孩子便归谁。一个妇人不忍心伤到孩子，罢手了。另一个妇人得意扬扬之际，县令却命人将其抓起来，说她才是拐卖孩子之人，因为生母是不忍孩子受伤的。"

方宴生道:"就是这个。"

莫笙:"这与我的事情,有什么关系?"

方宴生:"你与莲雾,都说自己是脚本的原创者,不就如同那两个抢孩子的妇人吗?"

莫笙认真听着,若有所思地点了点头。

方宴生循循善诱,道:"明日公堂之上,我会做类似提议,让这脚本从此罢演,真正的原作者,定然舍不得自己的作品就此雪藏。"

莫笙眼睛一亮,道:"我只要反对这一提议,就可以了?"

方宴生道:"没错,至于莲雾会说什么,我也会事先点拨的。"

莫笙道:"先生此举高明啊。"

方宴生不怀好意地看着莫笙:"既然是高明之举,是否该拿出相应的表示来?"

莫笙心中了然,料定了方宴生也不过是如此之人,说道:"要多少,你只管开口。"

方宴生道:"《此生未歇》你赚了多少,我便要多少。"

莫笙脸色大变,怒道:"方宴生,你别欺人太甚,那可相当于我的一半家财了!"

方宴生道:"留得你这第一脚本师的名声在,以后还怕赚不到钱?换言之,声名狼藉之后,守着你现在所得的这些,能过一辈子吗?"

莫笙皱着眉头,沉默了下来。

方宴生面色沉静,道:"给或不给,还请先生现在就决定。我拿了钱财回去,大家才有话好说。"

莫笙道:"你现在就要?"

方宴生点点头,道:"明日不候。"

莫笙怀疑地看着方宴生,道:"若是你骗了我……"

方宴生爽朗而笑,道:"所谓盗亦有道,我方宴生若是这点生意都盘算不清,浮生阁不是早就该被人砸了?"

莫笙坐在那里思考了半天,终于咬咬牙,答应道:"好!"

回到浮生阁,方宴生将莫笙给的钱放到了莲雾面前,道:"《桑之未落》的脚本费,尽数给你拿了回来。"

莲雾掂了掂钱财的重量,眼睛都红了,道:"方先生,这我不能收!"

方宴生道:"这本就是你应得的。"

莲雾跪下,正要给方宴生磕头,却被方宴生的折扇挡住了。

方宴生道:"我也不是为了帮你,浮生阁是做生意的,不是做救济的,我为你办事,就要收你费用,这些钱财,予我十一。"

"是,是……"莲雾忙把钱都拿出来,"方先生,十一太少了,要不……"

"不多不少,正好。"方宴生招呼阿梨,"把钱收起来,今晚吃醉香楼!"

阿梨兴高采烈来收钱,速度飞快。

方宴生嘱咐莲雾:"明日公堂之上,就按之前说的行事。"

莲雾连声答应。

抄袭一案,县令原本是不想管的,因为他觉得根本管不出个结果来。但是碍于方宴生的面子,还是勉勉强强答应出面审理了。

一大清早,围观群众就把县衙大门口围了个水泄不通,窃窃私语声不停。

"这莲雾是何许人也?莫笙先生能抄他的本子?"

"指不定想借此给自己造势呢。"

"我看不一定啊,浮生阁的方阁主都出面为他说话了呢。"

县令拍了惊堂木,众人才算是安静下来。

莫笙和莲雾各站一边，方宴生坐在县令边上的座位上，柳音音站在他的身后。

县令轻咳了一声，道："事情的始末，本官已经知道了，莲雾，你口口声声说，莫笙的《此生未歇》抄袭了你的《桑之未落》，可有证据啊？"

莲雾道："浮生阁的柳音音柳姑娘是人证，她亲耳听到了我和莫笙的谈话，莫笙当时承认的确有抄袭之举。"

莲雾看向柳音音，柳音音对他点了点头。

莲雾又呈上最初的手稿和那支古簪，道："这份手稿写于去年冬天，可以根据纸张和墨色得出此结论。发簪是我写这个故事的灵感来源，看过戏的人都知道，戏中有一对南山簪，算是定情之物。"

县令问柳音音："他说的可是实情？"

柳音音道："莲雾所说都是实情，确有此事。"

莫笙有些不高兴地看了看方宴生，都已经收了他的钱，怎么浮生阁的人还帮着莲雾说话？

方宴生坐在那里，摇着折扇，镇定自若。

莫笙见他如此，想必是他故意安排了人一同做戏的。

县令道："方先生，纸张和墨色，当真可断定时辰？"

方宴生道："也不完全是这样，如果加以不同的温度和湿度，亦可作假。"

县令道："那可就算不得证物了啊。"

莫笙知道方宴生开始为他说话了，放下心来，一副志在必得的样子。

莲雾略显着急，道："大人，我不可能作假的。"

"如此一来，这案子可就不好断了啊。"县令思忖片刻，看向方宴生，问道："方先生可有什么高见？"

方宴生道："著书作文而不署名者，自古有之，始皇读《五蠹》，尚以为是先人所著。正因如此，化典、借用者，层出不穷，此类案件，的确难以评断。为免大动干戈，不如这样，第一个办法，自今日起，但凡此戏上演，莲雾和莫笙一同署名，收益所得二人平分；第二个办法，此戏在城中罢演，不管是莲雾还是莫笙，都不得再以此戏脚本师的身份见于世人。待二人写出新的本子，再交予看官们评论。"

此话一出，首先反对的就是围观的百姓们。

"为什么？这么好的一出戏，为什么不让演了？"

"也没说要选第二种啊，这算什么馊主意！"

莫笙道："当然是选择第一种方式，我辛辛苦苦写出来的作品，为什么要将其雪藏？"

莲雾却对县令拱手说道："我同意第二种。"

有狂热者在门外大喊："莲雾，你凭什么，是你写的吗！"

"就是啊，你既然证明不了是莫笙抄袭你的，就不要在这里混淆视听了。"

莲雾转过头，看着义愤填膺的群众，道："各位，你们没有亲自写过脚本，不明白那种一字一字写下整个故事的心情，这与养育一个孩子，没有区别。是我的作品，流传也好，沉寂也罢，在我看来都没有区别。与其用这个孩子名不正言不顺地与盗窃者分享收益，我宁愿让它就此绝于世，只留存在自己的心中。"

莲雾眼中带着泪光，语音坚定，道："我相信自己可以写出比它更好的脚本，也相信像莫笙这种鸡鸣狗盗之辈会自掘坟墓。今日之后，万望十方城中所有的读书人引以为鉴，不要将自己的心血拱手让人！"

群众仿佛被莲雾这掷地有声的话语打动，一时间，再也没有人站出来反对他。

莫笙又惊又怒，道："你拿不出证据来，就说这些话来煽动别人，莲雾，你个穷秀才，你……你是何居心！"

"是何居心，显而易见。"方宴生说着，站起身来。

莫笙见方宴生要为自己说话了，面露喜色。

方宴生道："莫笙，莲雾所说，便是一个创作者的肺腑之言。若笔下字字句句，皆是倾注骨血而作，你怎能忍心与夺取之人共享利益？"

莫笙变了脸色，怒指着方宴生，道："方宴生，你别忘了自己的立场，你在胡说什么！"

方宴生道："我的立场？自然是想让真相大白于此。"

正说着，江流从人群中挤了进来："大家让一下，让一下。"

他捧着一沓纸张，满头大汗地跑了进来，与方宴生和柳音音交换了一下眼神。

县令问道："来者何人？"

江流呈上手中的纸，道："在下浮生阁江流，来送莫笙抄袭的铁证。"

莫笙一看到那些纸张，脸色顿时煞白。

"铁证？"县令拿起纸，一张张看去。

看罢，县令有些诧异，问道："这些文章，是什么意思？"

江流道："这些都是从莫笙家中翻出的手稿，大人，据我所知，其中的两篇文章，是仿照了东城一个私塾先生的文章所写的；一首诗，大幅借鉴了古人之言；而他新创作的话本，之前曾在《江湖快报》连载，因我们阁主发现是抄袭了一本名叫《瓜棚夜话》的集子，故而停刊！"

众人哗然。

莫笙愣愣地站在下面，几乎汗流浃背。

县令敲了敲惊堂木，严厉地看着莫笙："好你个莫笙，看不出啊，还是个惯犯！江流说的这些，你认还是不认！"

莫笙低着头，一言不发，只是用余光看了看方宴生，一脸被耍了的心酸和无奈。

方宴生站在旁边摇着扇子，一脸狐狸似的微笑。

县令最终判案了,将《此生未歇》改回原名《桑之未落》,为莲雾一人所有。因无法可依,对莫笙就不能做出什么惩处,只能严厉警告他,日后再不可为之。

浮生阁中,柳音音抚掌而笑道:"看到莫笙那猪肝色的脸,真是大快人心啊!只可惜,不能把他抓起来关上个一年半载的!"

江流道:"那又如何?反正方先生已经把他的不义之财都骗过来了。再说了,他现在的名声已经那么臭了,以后出个门,怕是都要把脸给遮起来。"

柳音音笑呵呵地看向方宴生,道:"先生,你这次怎么这么大义?"

方宴生正在看书,闻言,反问道:"都骗人钱财了,还大义?"

柳音音道:"我原本还以为你不会管莲雾的事情呢。"

"不想管,但应该管。"方宴生放下手中的书,看着柳音音和江流,"仓颉造字,夜有鬼哭,为何?"

柳音音和江流面面相觑。

方宴生看着窗外那一方小小的天空,说道:"先人开启智慧之时,龙飞匿于云,神灵隐于山。因为有了文字,智才得以传承,人才得以为人。"

江流恍然大悟,道:"先生的意思是,我们做这《江湖快报》,其实也是与文字打交道的,应当尊重它,对不对?"

方宴生点点头,道:"可以这么说。"

柳音音道:"我虽然大字不识几个,但怎么着也算是做了件拨乱反正的事情,大快人心!"

方宴生对柳音音道:"这次你是首功,从莫笙那里得来的钱,你去阿梨那边取一份。"

柳音音道:"那可不好意思,我已经在这里白吃白住了。"

方宴生道:"天气将寒,给自己添些衣裳。"

柳音音看了看自己磨破的袖口,又感激地看着方宴生:"谢谢先生。"

江流道:"那我呢?我也想买新衣裳。"

方宴生笑道:"你倒是不必。小七,把东西搬进来!"

"来啦!"江小七在门外喊了一声,随即,带着人把十几口箱子搬了进来。

江流看那些搬箱子的人,可不就是自家的用人?

江流:"这是怎么回事?"

江小七道:"你今天在县衙的事情,已经有人告诉老爷了。老爷觉得方先生是名士,你在这里跟着他也好,所以命人送了这些东西过来。除了一些常用之物,还为方先生带来了一千两银子,老爷说了,日后浮生阁若有什么需要,可以随时跟他说。"

方宴生道:"多谢江老爷好意,正解了在下的燃眉之急。"

柳音音脱口而出:"方先生原来缺钱啊。"

"长年入不敷出,确实如此。"方宴生看向江流,"既如此,江流从今往后,便也是浮生阁的主人了。"

幸福来得太突然,江流目瞪口呆。

方宴生笑着站起身,一边往回走一边说道:"准备一下,今晚江流请客,醉香楼不醉不归。"

"我请我请,吃到你们扶墙而出!"金钱的力量使人强大,江流瞬间从小报抄写员成了江家大少爷,还特意大方地告诉柳音音:"之前借你的钱,不用还啦!"

柳音音拱手道:"我可谢谢您嘞!"

零肆 百年树人

柳音音在浮生阁安定下来之后不久，便到了桂子飘香的时节，她走在街头，时不时就能闻到沁人心脾的花香。

和初来乍到之时不同，她现在有了正经的生计，有了一起生活的友人，不担心住所和温饱，手里甚至有了微薄的积蓄，感觉自己的未来真是充满希望。

这是她来到十方城的第一个中秋节，心中唯一有些失落的是，在这家人团聚的日子里，她却没有什么家人。看水果摊上摆放着的瓜果分外可人，柳音音寻思着不如就买一些去探望魏高昇。不管怎么说，这偌大的十方城，与她沾亲带故的，也就这么一个人了。

从街头走到街尾，柳音音买了些瓜果，还特意给魏高昇准备了一套文房四宝，她溜溜达达来到魏高昇家门前，却因眼前的景象大吃一惊。

魏家大门开着，门庭挂着两个大白灯笼，有妇人凄惨的哭声从门内传出："我苦命的儿啊，你年纪轻轻的，怎么就忍心扔下为娘去了呢？你不在了，娘这后半生可怎么活……"

糟了，难道是魏师叔的孩子过世了？柳音音心下一沉，上前敲了敲门。

无人回应，但大门是虚掩的，她走了进去。

正对着大门的中间位置，放了一口棺材，一个妇人正趴在棺材上痛哭，柳音音刚才听到的声音正是来自这里。

魏高昇坐在妇人边上，全然没有了上次见面时的精明气，仿佛老了十岁，耷拉着肩膀，也在抹眼泪。

柳音音轻声喊道："魏师叔？"

魏高昇看到柳音音，有些惊讶，问道："音音啊，你是听闻了我们家冀儿的消息，特意来的吗？"

魏夫人只抬头看了眼柳音音，又扶着棺材继续痛哭。

"师叔，我之前并不知道……我是想着，中秋到了，许久不见，来看望一下您呢。"柳音音说着，将手里的礼品往前一送。

"啊，你这孩子，真是有心了啊。"魏高昇哪能想到，这个之前被她拒之门外的丫头，竟然还能不计前嫌来看他呢，心中大为感动。他接过物品，放下后又抹了把眼泪，"今年这中秋佳节啊，可怜我们冀儿，不能一起赏月了。"

魏夫人呜咽道："何止是今年啊，是从今往后的每一天、每一年，我们都见不到他了！"

夫妇二人想到伤心之处，又是抱头痛哭。

柳音音给死者魏冀上了一炷香，随后安慰道："师叔师娘请节哀，若有需要音音帮忙的地方，请尽管说。"

魏高昇犹豫了一会儿，道："我们还在等着衙门的验尸结果。"

"验尸？"柳音音心下一惊，"是……被人谋害了吗？"

魏高昇似有难言之隐："现在，还不好说……"

"有什么不好说的！"魏夫人眼中除了悲痛，还夹杂着愤怒，"冀儿就是被那群畜生害死的！"

那群畜生？柳音音估算了一下魏冀的年纪，十几岁的少年，能有什么要人命的仇家？

正要再问，忽见魏夫人眼中狠戾之色一闪，盯着门口，手不自觉用力，指甲几乎要抠进棺材的木缝中。

柳音音顺着魏夫人的目光看去，见门口走进来几个神情不安的少年，都是十四五岁的年纪，腰中系着白带。他们你推我我推你地进来了，其中一个娃娃脸的男孩看到魏高昇夫妇，不禁吓得后退了两步。

另一个长脸的少年用胳膊捅了他一下，递给他一个严厉的眼色，示意他上前说话。

那少年鼓足勇气，站了出来，对着魏高昇和魏夫人仓促地鞠了一躬，道："伯父伯母好，我们是魏冀的同窗，特来吊唁的。"

魏夫人看到他们，赤红的双眼满是怒气，吼道："你们竟还有脸来！冀儿就是被你们害死的！"

她说着，冲上前抓住那个说话的少年，厉声质问道："你叫什么？是不是你！你打他了对不对！"

那少年脸色惨白，急道："我没有……不是我！"

"那是谁！"魏夫人转而抓住那个长脸的少年，他似乎是其中发号施令的那个，"是你！一定是你！你这个杀人凶手！"

那少年站着不动，任由魏夫人拽着他胸前的衣服，但是面上毫无前来吊唁的悲痛之情，只冷冷地反驳道："伯母，你可别血口喷人啊，魏冀明明就是上吊自杀的！"

柳音音看看这些少年，又不禁看了眼魏冀的棺材，心知此事必有蹊跷。

魏高昇上前拦住魏夫人，掰开了她的手，将她拉到一边，问那几个少年道："你们是来做什么的？"

领头那人道:"奉了夫子的命前来吊唁。"

"这么说就是心不甘情不愿的?"

"也不好这么说。"那人往前走了两步,"在下周文宇,除了前来慰问,还要从魏冀房中拿回之前借给他的东西。"

魏高昇按捺着怒火,低吼道:"进他房间?怎么,莫不是之前留了什么罪证在他手里?"

周文宇松松垮垮地一笑,道:"您言重了,不过是两本闲书罢了。"

魏夫人厉声道:"你们休想进冀儿的房间!快从我家滚出去!"

柳音音看了这半天,也大致有些明白了,她走上前一把扶住了魏夫人道:"师娘不要动怒,既然是来吊唁的,就让他们先给魏冀磕头上香吧。"

魏高昇明白过来柳音音的意思,让开道来,对众人道:"请!"

这下他们反而止步不前了,等着看周文宇的举动。

周文宇沉默了一会儿,往前走几步,竟放肆地一手按住了魏冀的棺材。

魏高昇呵斥道:"你做什么!"

周文宇弯曲手指敲了敲棺材,歪头看着他们,道:"你们摆着个空棺材在这里,又有什么意义呢?"

空的?柳音音惊讶之余,看了看魏高昇夫妇,从他们的表情来看,就知道周文宇所言非虚。

周文宇继续道:"表面上在办丧事,实则暗中让衙门验尸,为何要做得如此偷偷摸摸?"

"大家心知肚明,就是为了防着你们啊!"魏夫人气急败坏,"你们都是有权有势的,我们小老百姓,就只是想讨个公道而已!"

周文宇道:"伯母想哪儿去了,难道我们还能插手办案不成?"

"现在不好妄下定论,还是得等衙门查明真相。"魏高昇不想再与他们说下去,"我们家没有你们的东西,既不是来上香的,就赶紧走吧。"

"告诉他们又何妨,还能抢了去吗?"魏夫人目光森森,"真当我们做父母的一无所知?前阵子,冀儿每天回来都是带着伤的,问他什么也不说,总是自己一个人在屋子里。他从前不是这样的,一定是在书院受尽了屈辱,如若不然,怎会留下那封血书!"

几个同窗吓得相互看了看,娃娃脸的那个壮着胆子问道:"什么……什么血书?"

"你们怕了吧?"魏夫人悲痛地冷笑,"冀儿走之前,把你们的名字都写了下来。周文宇,张潇潇,王治,钟惠然,刘旭,冯钊,你们一个都逃不掉!冀儿死不瞑目,他就是变成了鬼,也会回来找你们的!"

被叫到名字的少年,一个个战战兢兢,有胆子小的,甚至双腿发颤。

周文宇抿着嘴,走上前,在桌子上放了一沓白纸包着的银票,对魏夫人道:"我们就是来送魏冀一程,既然伯母情绪不佳,我们也不便久留,这就告辞了!"

说罢,几个少年匆匆离去。

魏夫人拿起那沓银票,撕成碎片,撒在了地上。

柳音音看着满地的碎片,上前扶住魏夫人,道:"师娘,到底是怎么回事?"

魏冀今年十四岁,一年前,开始在永信书院念书。书院中多是富家子弟,魏高昇当初费了很大的力气,才把魏冀送进去。

魏冀是个好学之人,知道父母不易,一心向学,只想着日后可以考取功名,孝敬二老。

开始的时候,倒也一切如常,但慢慢地,魏夫人发现,魏冀越来越沉默寡言了。她和魏高昇说了这事,魏高昇却觉得,孩子长大了,有点心事也是正常的。

这种情况一直持续到一个月前，魏夫人在给魏冀洗衣服的时候，发现他的裤腿上带了血迹。她当即去问魏冀到底发生了何事，魏冀支支吾吾，说是自己走路的时候不小心摔的。

魏夫人不太相信，便私下里留意观察，不料却发现，魏冀身上经常带着大大小小的伤口。他从来不与人说起，自己在房间里把伤口包扎好，随后便装作什么事也没有发生过一样。

魏夫人将情况告知魏高昇，魏高昇立马就坐不住了，质问魏冀是不是在书院与人打架了。素来好脾气的魏冀，保持沉默又屡遭逼问后，竟然与父亲大吵一架。魏高昇气极，用竹竿将魏冀打了一顿，最后魏冀伏在桌上痛哭，魏夫人两头劝，此事也就不了了之了。

柳音音问道："那后来弄清楚究竟发生什么事了吗？"

"没有，他就是不肯说啊。"魏夫人哽咽着，"他自小对我们言听计从的，可是这段时间，像是变了个人。"

魏高昇叹息自责道："都怪我不好，当时就认定是他学坏了，好几次冷言冷语，他也就越发不想跟我说话了。"

魏夫人回忆道："前几日他回来了，接连三天也不去书院，我们夫妇二人正商量着，要和他彻底长谈一次，不料就出事了。"魏夫人一想到这里，就泣不成声。

那是前天的早晨，魏冀一直没起，魏夫人去叫他吃早点，怎么叫都不开门。她试着推门，发现房门竟然没有锁，进去一看，就见到魏冀笔直地吊在横梁上。

魏夫人险些昏厥过去，惊叫声引得魏高昇前来，赶紧将魏冀放下来，发现他已经没了气息。

书桌上，是鲜红的两行字：

周文宇，张潇潇，王治，钟惠然，刘旭，冯钊，我死了，你们当满意了。

本是同窗，相煎何急！

当晚，月色清寒。

张潇潇缩在自家的床上，怎么也睡不着，分明盖着厚厚的被子，却一直觉得冷。

从魏冀死到现在，他没有一刻安生，总觉得身后像是有什么人，也总是忍不住回头去看。

他拿起镜子，镜中的娃娃脸熟悉又陌生，像是自己，又好像不是自己，时而是可怜的，时而又是可恨的。

魏冀生前跟他说过："别担心，有我在，谁也别想欺负你。"

从小到大，张潇潇都没有什么要好的朋友，更不会有人与他说类似的话。只有魏冀，热心肠的魏冀，对人不设防的魏冀。

现在这个人死了，再也不会跟他说话了，害死他的人中，就有自己。

张潇潇初识魏冀那天，十分狼狈，被周文宇等人扔到了水池中。他从水池中顶着一头乱发爬起来的时候，眼前伸出了一只手。

张潇潇看着这只手，有些发愣，因为周文宇对整个书院的学子都警告过，谁若敢与张潇潇为伍，就是与他作对。所以，一直以来，他被欺负的时候，从未有人援助。

魏冀催促道："傻愣着做什么，快上来啊。"

张潇潇握住了那只手。

魏冀自我介绍道："我是刚来永信书院的，日后请多指教。"

张潇潇还没来得及回应，就看到周文宇一伙人正往这里走来，吓得低着头不敢说话。

周文宇径直走到魏冀面前，挑衅道："新来的，不知道这里的规矩吗？"

魏冀不卑不亢，道："书院的规矩，我当然知道，同窗之间，当互敬互爱。"

"互敬互爱？"周文宇讥笑起来，他身后的一众少年也哈哈大笑。

周文宇凑近**魏冀**，在他耳边小声说道："怎么个互敬互爱，你以后会知道的。"

魏冀拱手道："这位同窗有心指教，那我便等着。"

周文宇等人扬长而去，临走，给了张潇潇一个警告的眼神。张潇潇吓得一抖，心里明白，**魏冀**往后的日子怕是不好过了。

而此时的**魏冀**哪会想到那么多，他将自己的外衣给张潇潇披上，将他送回房中，换了干净的衣裳，还拿出母亲准备的点心，分了大半给张潇潇。

张潇潇十分不习惯，紧张道："你不用对我这么好。"

魏冀一边把茶饼掰开来泡茶，一边笑说："我初来乍到，也没有什么朋友，不如你跟我说说，这书院里有什么规矩？"

两人一边吃点心喝茶，一边言谈交流，张潇潇向他介绍书院的几位先生、授课时间、作息传统……只是绝口不提刚才那几个人，也不说自己为什么会被推入水池。

他不说，**魏冀**便也不问，没有半分强人所难的意思。这样的相处，让张潇潇感到了难得的安心舒适。

他是那种生来就不容易被同伴喜欢的人，人群中若要有一个受排挤的，永远是他，若要有一个垫背的，也永远是他。他不知道为什么会这样，也不知道如何改变这样的状况，再怎么小心翼翼地讨好，也换不回别人的真心相待。

魏冀是他生命中第一个主动走近的人，顺其自然地结识，顺其自然地交往，顺其自然地成为朋友。

但这样的日子并没有维持多久，几天后，周文宇找到张潇潇，带着一副将笑不笑的表情："你最近和魏冀走得挺近啊。"

张潇潇吓得险些要跪下了，忙解释道："宇哥，不是我要与他走近，是他……他在书院不认识别人，就总来找我。"

"这么说是他缠着你啊？"周文宇拍拍张潇潇的肩膀，"你也真是的，既然不待见他，就要跟我们说嘛，不说，我们怎么给你出头，是不是？"

他一靠近，张潇潇就双腿发软，道："怎么……出……出头？"

周文宇道："那也得看你怎么想了，是想跟他继续做朋友呢，还是想让他别再骚扰你。"

周文宇身边的狗腿道："张潇潇，我们看那装模作样的小子也很不顺眼，你不是一直想跟我们成为弟兄吗？只要这件事情办得让宇哥高兴了，以后我们干什么都带着你。"

张潇潇连连点头道："好，好，我一定让宇哥高兴。"

张潇潇自认不是什么穷凶极恶的人，但真是被周文宇等人欺负怕了，眼下，是他唯一的机会。

如果一群人中，总要有一个被排挤为异类，为什么这个异类总是他？为什么不能是别人？他可以，魏冀也可以。只要魏冀代替了他，他就可以喘口气了。

张潇潇这般咬牙说服了自己，当天下午，他便找到了魏冀，邀请他去家里吃晚饭。

魏冀有些意外，却也十分高兴，一口答应道："伯父伯母平日里爱吃什么？我带着小礼去。"

张潇潇道："不用了，他们常年在外做生意，只有过年才回来。"

魏冀道："那好，下午我先回趟家，告知父母，今日晚些时候回去。"

张潇潇点点头，尽量笑得从容自然，但是再怎么维持，他都感觉到自己脸部的僵硬。当然，魏冀全然没有发现什么。

那晚的月光很明亮,张潇潇和魏冀面对面坐着,相谈甚欢,仿佛是认识了多年的老友。

张潇潇特意从床底下拿出了父亲藏了多年的酒,要和魏冀一起喝。

魏冀推拒道:"我哪会喝酒啊,别糟蹋了好东西。"

张潇潇已经不由分说地给魏冀倒上,道:"夫子都说过,'唯酒无量,不及乱',小酌而已,又何妨。"

魏冀笑道:"我看就是你嘴馋了,好,那我就陪你喝上几杯。"

张潇潇道:"不过光喝酒无趣,不如我们一边喝酒,一边背诗。"

魏冀道:"好,都听你的。"

张潇潇道:"须在一口酒的时间之内背出一句与酒有关的诗,不得重复用同一首诗,没有其他的限制,否则就罚一杯。"

"你先请。"

张潇潇似是有备而来,喝了口酒,立即便道:"幡幡瓠叶,采之亨之。君子有酒,酌言尝之。"

魏冀也喝了一口,被呛得咳了几声,快速应对:"对酒当歌,人生几何?"

张潇潇:"陈王昔时宴平乐,斗酒十千恣欢谑。"

魏冀道:"我心中准备的是'呼儿将出换美酒,与尔同销万古愁',是不是重了?"

张潇潇给魏冀的杯子里倒满了酒,道:"自是重了,罚酒罚酒。"

魏冀喝下一整杯酒,辣得立即喝了口茶。

张潇潇道:"可还能继续?"

魏冀道:"当然可以。我发现这酒啊,喝的时候辣,但喝下之后,就觉得暖和,并无不适。"

"那我们继续。"张潇潇一边倒酒,一边吟诵,"今日斗酒会,明旦沟水头。"

魏冀:"报答春光知有处,应须美酒送生涯。"

张潇潇:"海榴花发应相笑,无酒渊明亦独醒。"

魏冀忽然觉得酒劲儿上来,有些发晕,看着眼前的酒杯道:"红泥小火炉,绿蚁新醅酒。"

张潇潇笑道:"反了。"

"好,罚酒。"魏冀拿起杯子就喝完了,这下,越发觉得脑袋沉沉,眼前发晕。

张潇潇有些神不守舍地看着魏冀,道:"是不是喝得太快了?"

魏冀冲着张潇潇呵呵而笑,笑罢,倒了下去。

"魏冀,魏冀!"

张潇潇看着魏冀,发了会儿呆,站起身,从角落舀起一瓢井水,咕咚咕咚喝了下去。

他清醒了片刻,看着醉倒的魏冀,喃喃说了一句:"你别怪我,我也是被逼的,是你自己多管闲事。谢谢你,对不起,我也想要有人救救我啊……"

魏冀被一桶冷水浇醒了。

他醒来的时候,天色晦暗,眼前站着周文宇等人,一个个虎视眈眈地看着他。

魏冀慌忙想站起来,却发现自己被反绑了双手,当即大怒道:"你们想做什么?大晚上的私闯民宅,是何道理?潇潇呢?"

众人哄笑,拉出藏在他们身后的张潇潇。

张潇潇一脸歉意地看着魏冀,似是想说什么,但又什么也没说。

魏冀冷静道:"潇潇,他们又欺负你了?别怕他们,明天我陪你到衙门说理去!"

周文宇笑得越发放肆，一把抓过张潇潇，拉到跟前，说道："来，告诉他，是谁私闯民宅？"

张潇潇眼睛看着地上，低声道："是魏冀。除了他，你们都是我请回来的客人。"

魏冀愣住了，难以置信地看着张潇潇，这一瞬间，他明白过来发生了什么。

周文宇继续问张潇潇："来，告诉他，又是谁把他绑起来的？"

张潇潇的头更低了，道："是……是我。"

"潇潇，我不曾与你有什么过节，是不是他们威胁你了？"魏冀看着张潇潇，试图唤回他的良知，"你不用怕他们，更不必受他们支配，这些人，你越是忍让，他们就越是张狂！"

周文宇的笑容消失了，拽着张潇潇的衣领，眼中透出狠戾，道："你不是要认我做大哥吗？现在你大哥被人这样污蔑，你该怎么做？"

说罢，松开了他的领子。

张潇潇深吸口气，看着魏冀。

魏冀也看着他。

张潇潇眼睛一闭，上前狠狠一拳头打在了魏冀的脸上，怒道："叫你乱说话！"

魏冀整个人被掀翻在地上，嘴角流出了血。因为双手被反绑了，他起不来，只能保持这个倒在地上的姿势。

"哈哈哈哈……"周文宇大笑着搂住了张潇潇的脖子，"打得不错，不过啊，大哥之前没教你吗，打人少打脸，这样才能让人看不出来。"

张潇潇高声道："谢谢大哥教导！"

周文宇道："那还愣着干吗？"

张潇潇走到魏冀面前，重重一脚踢到了他的肚子上，紧接着，又是一脚。

魏冀半张脸贴着地面，看不到张潇潇的脸，只能看到他的脚。

少年人中有个身材矮小的，叫刘旭，在旁边不屑道："就这么点力气？人家都没喊疼呢！看我的！"

刘旭上前，对着魏冀的腹部猛踢几脚。

魏冀开始还强忍着，后来实在疼得忍不住了，痛呼出声。

张潇潇瞪着眼睛，刚才压下去的酒劲儿仿佛又上来了，只觉得胸腔火热，可心中却是凉的。

看着魏冀在地上痛苦哀号，他仿佛看到了从前的自己。

张潇潇觉得自己的拳头应该落到周文宇他们身上，毕竟他们才是之前欺负自己的人，但是拳头打出去的时候，却不由自主地落到了魏冀身上。

他知道这种痛是什么感觉，正因为太过熟悉，所以害怕，太害怕了。如果没有魏冀，如果不这么对待魏冀，他怕自己又会回到之前暗无天日的生活中去。

如今有个人代替他，也是好的。

张潇潇这般想着，拳头完全停不下来。

沉浸在回忆中的张潇潇，浑身发抖，满头大汗，他蓦地一抬头，看到窗外依稀出现了人影，吓得惊声尖叫。

门被一脚踢开，传来一个女子的声音，"张潇潇，你别怕，不是闹鬼！"

张潇潇仔细看去，借着月光，看清楚是白日里在魏冀家见到的那个女子，与她一起来的，还有个眉目英朗的男子。

正是爬墙功力已经练到炉火纯青的柳音音和方宴生。

今日早些时候，柳音音回浮生阁，将魏高昇家发生的事情说了。方宴生觉得永信书院的事件或可以做一期小报，便当机立断，要从看上去最容易突破的张潇潇入手。

张潇潇还以为他们是魏高昇买的凶手,万分惊恐:"你们是想杀人灭口!"

"放心,我们都是守法良民,来问几句话而已。"方宴生将屋里的蜡烛燃起,明灭的火光中,他问道,"你心中有愧,可是因为害了魏冀?"

不能说!张潇潇记着之前周文宇警告过的,无论谁来问,一个字都不能说!

"我什么都不知道!"

柳音音道:"那你在怕什么?"

"谁见了死人不害怕?"张潇潇厌恶地看着二人,"我不知道你们是什么人、来我家中做什么,但你们找我真的找错人了!"

方宴生缓缓问道:"记得魏夫人说的,魏冀那封血书吗?"

张潇潇一凛。

"其实上面没有你的名字。"方宴生语气柔和,"魏夫人记错了,之所以把你也带上,是因为你的名字出现在了魏冀的手札上,他说,初入永信书院,遇到了第一个朋友,感觉自己很幸运。"

张潇潇低着头,沉默不语。

"所以我们才来找你。魏冀看似自杀,实则遭人所逼,若你知道什么隐情,大可说出来……"

"啊!"张潇潇大叫一声,重重的拳头捶在床板上,"滚!你们都滚出去!"

他发了疯一般,抓起手边能抓到的一切,向二人扔过去。

方宴生只好拉着柳音音离开,临走留下一句:"若你有什么想说的,可来浮生阁找我们。"

张潇潇看着他们离去,才逐渐冷静下来。

原来血书上没有我吗?原来他到死都不恨我吗?

那个晚上以后,他第一次打魏冀的画面,总是会在夜深人静的时候出现,挥之不去。

尤其是在魏冀死后,他仿佛一闭上眼睛,就能看见魏冀的影子。在门口,在桌边,在墙壁上,在房梁上。

张潇潇越发恐惧,他不知道自己是不是要永远背负着这种罪行,痛苦地活下去。

他起身,脚步不稳,趔趔趄趄地来到桌前,摊开纸,拿起笔,慌乱地写下几行字。

张潇潇写完后,哆哆嗦嗦,将墨迹尚未全干的纸张团了起来,捏在手中,久久没有松开。

第二日清晨,浮生阁中,方宴生和柳音音正在吃早点。

柳音音咬着菜包子,问道:"先生,你骗张潇潇说那血书上没有他,他能信吗?"

方宴生道:"我也不知。"

"你们看我发现了什么!"江流急匆匆跑进来,手里拿着一张布满了折痕的纸。"方才,我在庭院中看到了一个纸团子,打开就是这封书信。"

方宴生拿过纸一看,道:"是张潇潇写的。"

柳音音也赶紧拿过去看。

"这上头说,永信书院的学生逼死人了!"江流蹙着眉,"如果人真是被逼死的,怎么不去告官?所有名字也都是匿名,我们难道还要一个个去查?"

"我知道这是些什么人。"柳音音看完后放下纸张,将之前在魏高昇家的听闻,尽数告知了江流,"除了周文宇,其他人的名字我都记不得了,但我见过他们,师叔那里,也有死者魏冀留下的血书。"

江流纳闷道:"为何这个张潇潇宁愿把消息传给浮生阁,也不去衙门状告?"

方宴生说道:"永信书院是十方城的百年书院了,仕人富贾,都会将自己的孩子送到这个书院中念书,所以这个书院中的大部分学子,非富即贵。"

"难怪了。我也曾在这个书院待过。"江流又立即补充道,"但我可没有做过这种欺负同窗的事情。"

方宴生道:"此事先不急着下笔,还需调查清楚再说,江流,书院的院长你应当认识吧?"

江流道:"自然认识,是庄鸿之老先生。"

方宴生道:"我们就先去拜访一下他。"

永信书院门口,有一块石碑,上书:一年之计莫如树谷;十年大计莫如树木;终身大计莫如树人。

方宴生在石碑前驻足良久,才与江流一起往里走去。

庄鸿之已年近七十,大半辈子都在永信书院教书,近些年眼睛花了,记性也不好了,授课的任务便交给了几个后辈。而他依然常住书院,在后院辟了个安静的小屋,颐养天年。

方宴生和江流来到小屋的时候,庄鸿之正在擦拭书架。书架上放满书籍,他每一处都擦得仔仔细细,细小的扬尘在阳光下飞舞。

江流喊道:"庄先生,弟子江流前来拜访。"

庄鸿之手下顿了顿,转头看向江流,又看看方宴生,最后还是把目光放在江流身上,笑道:"你这小猴子,终于想到来看看为师了。"

江流嘿嘿一笑,道:"怎能说终于呢,我年初才来看过您。这位是浮生阁的阁主方宴生,先生您坐下歇着,和方先生聊聊天,这个书架交给我就行。"

江流上前，拿过了庄鸿之手里的布。

庄鸿之再次看向方宴生。

方宴生长长一揖，道："晚辈宴生，给先生问好。"

庄鸿之道："年轻人，我知道你，来，过来坐吧。"

方宴生扶着庄鸿之坐下，动作十分小心。

江流在心中偷笑，方宴生平日无论见谁，都是一副客气又疏远的模样，但对庄鸿之，还真是充满了敬意。

方宴生坐下的位置，正好可以看到窗外的一排杨树，高大挺拔，树叶青翠。

"这些杨树都是先生所植？"

庄鸿之道："是啊，十年前种下的时候，幼苗还不及人高，一转眼，就长这么大了。"

方宴生问道："若是树苗年幼之时长歪了、虫蛀了，该当如何呢？"

"若是长歪了，就用木板把它绑直了，若是虫蛀了，就把虫蛀的部分剔除。我日日都看着它们，所以即便有什么问题，也可以及时挽救。"庄鸿之说起自己的树，显得有些自豪。

"管子言：'一年之计莫如树谷；十年之计莫如树木；终身大计莫如树人。'晚辈在书院门口的时候，看到了这句话。"方宴生叹息道，"种树，的确比育人容易啊。"

庄鸿之有些诧异，问道："此话，似有深意？"

方宴生话入正题，道："先生可知，前几日，贵院有个学子上吊自杀了。"

江流手下擦得认真，但耳朵也一直在听着，听到这里，手下的动作不由得慢了下来。

庄鸿之沉默了片刻，道："我知道，那孩子叫魏冀。真是可惜啊，我虽然没有亲自教过，但也听子阑说过，是个好苗子。"

程子阑，是永信书院年轻一辈的教书先生。

方宴生道："先生可知魏冀为何自杀？"

"子阑说，是课业太重的缘故。再者，你应该也知道，永信书院中贵族子弟多，寻常人家的孩子压力自然更大。"庄鸿之一脸心痛惋惜，"这孩子也是太傻，其实有什么困难，大可以跟我说啊。"

方宴生道："先生可有怀疑过，或许，魏冀之死，并不如子阑所说。如若有许多树，虽然都种植在一起，但其中一棵不幸被房屋遮挡，晒不到阳光，以至根基薄弱。而其他的树木汲取了足够的阳光和雨露，根基越发壮大，逐渐盘踞了那棵弱小树木的树根，这棵小树，会如何？"

庄鸿之虽然年纪大了，但也并未到糊涂的程度，听方宴生这么一说，脸色沉了下来。

他沉默了片刻，对江流道："小猴子，去把子阑叫来。"

方宴生道："庄先生，我也只是猜测，先莫错怪了人。"

庄鸿之问道："你不会无故猜测至此的，烦请告知老朽，究竟为何？"

方宴生道："请先生给晚辈一些时间，待查明真相，定会告知。而此次前来，就是想问先生一句，若晚辈猜测属实，书院该当如何？"

庄鸿之道："'德器深厚，所就必大，德器浅薄，虽成亦小。'若书院中出了失德之人、失德之象，还望告知，老朽虽时日无多，却也绝不姑息。"

方宴生站起身，再拜，道："先生此言，宴生铭记。"

方宴生和江流去书院拜访庄鸿之的这段时间，柳音音去查明了魏冀遗书上的那些人。

周文宇，时年十六，富商周霖独子，自小溺爱，无法无天。

张潇潇，时年十五，小商之家，父母长年在外，性格懦弱。

王治，时年十六，县尉王远之子。

钟惠然，时年十四，县令钟亮之侄。

刘旭，时年十五，县衙牢头义子。

冯钊，时年十六，父母务农。

"张潇潇在书院中，也经常被其他人欺辱。"柳音音拿着名单问江流，"这上面，可有你认识的人？"

"周文宇、王治和钟惠然，小时候结交过，但这几年没什么交集了。"江流想了想，又补充道，"以周文宇的性格，这种事情的确是他能做出来的。"

方宴生道："依你们看，要先去一趟县衙吗？"

江流道："此事牵扯的关系太多，如果贸然昭告全城，我怕日后浮生阁在十方城的日子不好过啊。"

柳音音道："此事由我师叔的家事而起，你们都不方便出面，要不，我先去趟县衙，探一探县令的意思？"

方宴生道："好。"

柳音音是个急性子，当下就找魏高昇去了。

她一走，江流便对方宴生道："方先生，无论县令是什么态度，这事都不好办啊。如果他铁了心要压下此事，难道我们真的要与他作对？如果他真要治罪，周文宇他们都还未及冠，要如何治罪？"

方宴生道："人命关天，的确不像莲雾的事情那么好处理。可再怎么不好处理，毕竟，人命关天啊。"

江流道："这颠来倒去的，可要把我说糊涂了。"

魏高昇夫妇全身缟素，和柳音音一起，跪在县衙门口。

钟县令虽无大智，却也素有仁德，忙命人将三人带进了县衙。一见柳音音，不禁脱口而出道："怎么又是你？"

柳音音道："大人，今日是为了我师叔一家人来的。"

钟县令看着魏高昇，道："你昨天刚把你儿子的尸体从县衙带走，仵作也说得很清楚了，他身上的那些都是皮外伤，确实是自杀而死的。"

魏高昇道："我儿在永信书院中，因不堪同窗折磨，才会自杀，请大人为民做主。"

钟县令一听"永信书院"，心中便有些疑虑了，待柳音音呈上魏冀的遗书，上面果然有自己那个不成器的侄子，连王治和刘旭也在其中，当下更觉头大。

钟县令把遗书放在一边，咳嗽两声，道："这份遗书，也不能完全证明你说的话啊。年轻人之间，有些口角争斗，是难免的，真要么容易因此而死，岂不满大街都是死人了。"

魏夫人听了，忍不住又哭泣起来："我苦命的儿啊，县令大人都不愿意给你做主啊……"

"魏夫人，不是我不想办啊。"钟县令站起身劝慰道，"你们的丧子之痛，我也能理解，但若真凭这封遗书就给人治罪，我也要被人责骂昏庸了。"

柳音音道："若有证人呢？"

钟县令想了想，道："若证人所说之证词，确实能证明魏冀之死与这些人有关，本官定当秉公明察。"

柳音音道："好，烦请县令大人将永信书院的张潇潇带来问话。"

钟县令问道："他就是你说的证人？"

柳音音道："没错，他曾匿名给浮生阁写过一封书信，详细说明了书院中的情况。"

钟县令正要安排，门口匆匆忙忙跑进来一个衙役，道："大人，有人来报，在自家水井中发现一具尸体，疑似自杀。"

"又是自杀？"钟县令大惊，"你带弟兄们把尸体运回来，先贴告示让亲属来认尸，找到亲属后，再决定要不要让仵作验尸。"

衙役："是。"

柳音音和魏高昇对视了一眼，心中有种不祥的预感。

在井中发现的尸体，正是张潇潇的。

因为张潇潇的亲人都不在本城，钟县令只好先命仵作验尸，证明了他的确是自杀而亡。

柳音音得到消息，在浮生阁气得拍桌子，道："这个张潇潇，要自杀，也等给我们做完证人之后再自杀啊！把事情告诉我们的是他，现在事情都没完呢，他倒是一死了之了！"

方宴生道："从张潇潇的那封信来看，魏冀也可说是因他而死。他一定是备受折磨，实在承受不住了，才会以这种方式解脱的。"

"那现在可如何是好？我们是报呢，还是不报呢？"江流十分矛盾，一边是书院的声誉，一边是难得的小报话题，难以取舍。

方宴生道："先别急躁，事情很快就会出现转机的。"

柳音音和江流都知道方宴生是不会乱说话的，但真要让他们一点都不急躁，也做不到。

方宴生说的这个转机，很快就出现了。

永信书院中，庄鸿之拿着戒尺站在孔子的画像下，看着垂首跪地的子阑。

庄鸿之气得胡子颤巍巍的，用戒尺敲着桌子，怒道："子阑，你是我一手带大的，我自以为了解你的秉性为人，还想着等百年之后把书院交给你，可是你……书院出了这等事，我竟然在死了两个孩子之后才知道！"

子阑的头贴着地面，道："先生息怒，子阑之过，您要打要骂皆可，切勿气伤了身体。"

庄鸿之的戒尺狠狠地打在子阑身上，子阑强忍着，一声不吭。

到最后，子阑满身血痕倒在了地上。

庄鸿之扶着桌子，道："此事，必须给全城一个交代。"

子阑忍着痛，气息微弱道："子阑教徒不严，该认的都认，可是先生，那些犯错的孩子，怎么办？"

庄鸿之长叹："教不严，师之惰啊！"

庄鸿之带着子阑来到浮生阁。

方宴生一看子阑的模样，便知道发生了什么，命阿梨拿了个软垫子放在躺椅上，让子阑坐下。

子阑道："不敢坐。"

庄鸿之道："宴生，我已查明，你之前所言属实。子阑明知这一切，却因收了他们的重礼，不敢得罪，故而装作不知。子阑育人不善，我已经教训了他，可老朽也育人不善啊，该如何惩罚自己呢？"

方宴生道："先生言重了，所教之人，个个贤德，便是至圣先贤，也达不到的。"

"学生犯下大错，岂能让您老人家代为受过？"子阑痛哭流涕，对方宴生作了一揖，"方先生，恳请您将子阑所作所为公之于众，子阑不配为人师表。"

方宴生道："即有改过之心，便可从头再来。只是不知那些少年，可有改过之心？"

子阑愣了会儿，道："在下实在无能为力。"

庄鸿之道："这也是老朽为难的地方，但是，能拿他们怎么办？都还是孩子，难道要杀人偿命？更何况，他们也没有真的杀人啊。"

方宴生道："这些少年背后涉及的人太多，但是若因此姑息，也绝非善举。我有一计：写两份《江湖快报》，一份带人名，一份不带人名，若县衙同意将这些做错事的少年禁足在学堂,拨款派人看守,则我们只放出不带人名的那一份。再者,涉事之人的父母要拿出钱财抚恤魏、张两家。"

庄鸿之道:"若县衙不愿意,就放出带人名的那一份?"

方宴生道:"这也是不得已而为之,县衙如若不管,便只能让全城百姓一同监管了。"

子阑问道:"他们要在学堂里被禁足多久?"

方宴生道:"依个人所作所为的轻重而论,重则十年,少则三年。"

庄鸿之点头,道:"只要魏家和张家同意,这不失为一个好办法!"

方宴生道:"这两家,我已经派人去沟通了。"

当天晚上,柳音音和江流回到浮生阁,都表示已经分别说服了魏家和张家,让方宴生依计行事。

《江湖快报》头条——"树木不易,况树人乎!"

城中某书院出现率众欺辱同窗之事,孤立之、辱骂之、殴打之、断其志、诛其心。

受辱之人不堪忍受,自尽于室。

或曰,教不严,师之惰。

浮生阁主言:教不严,师之惰,然否?

《江湖快报》头条——"树木不易,况树人乎!"

城中永信书院出现率众欺辱同窗之事,孤立之、辱骂之、殴打之、断其志、诛其心。

受辱之人不堪忍受,自尽于室。

欺人之人以周文宇为首,率王治、钟惠然、刘旭、冯钊,以金遗死者之亲,欲掩其行径。

或曰，教不严，师之惰。

浮生阁主言：教不严，师之惰，然否？

钟县令放下两份《江湖快报》，按捺住自己的怒气，看向方宴生，问道："方先生，最近缺钱否？"

方宴生道："一直缺。"

钟县令露出喜色，料定方宴生是来勒索的。

却不料方宴生又说道："但今日前来，非借钱也。"

钟县令的笑容收了回去。

方宴生道："虽非亲自举刀，却也是祸之根源啊，县令大人以为然否？"

钟县令道："方先生是想让我治他们的罪？"

方宴生道："当治。若不治这些少年，等他们长大后，大人更难治此县。"

钟县令沉默了。

方宴生道："我既然拿着这两份东西来找大人，便是已经想好了解决之法。"

钟县令道："愿闻其详。"

方宴生道："将他们禁足在学堂，并派人看守，率众者禁十年，从属者禁三年。若有改进，可减。其中所有花费，皆由县衙支出。"

钟县令听到最后一句，不高兴了，道："我这里是县衙，不是票号。"

方宴生笑道："大人一定有办法的，相信那些少年的双亲，为了保全孩子的名声，这点小事，还是能配合的。"

钟县令想了想，没有当场答应下来，只道："我与他们的家人商议一下，晚两天给你答复。"

"宴生静候。"

回到浮生阁，方宴生把县令的话告知柳音音和江流。

柳音音有些疑虑，问方宴生道："万一钟县令不答应呢？"

方宴生道："钟县令是个怕麻烦的人，这些人尚未及冠，已经给他惹出了这些麻烦。现在这个法子，既能保全大家的颜面，又可以对这些少年严加管教，何乐不为？难道真要等着他们做出更难以收场的事情，钟县令再来想破脑袋处理？"

江流点点头道："嗯，要是我我也答应。"

果不其然，两天后，钟县令的答复来了，便按照方宴生的法子，再另派两位有德望的先生，入学堂任教。

江流喜滋滋地命江小七抄小报去，自己拎着瓜果，去看望庄鸿之。老爷子被此事气得不轻，他要去哄哄。

走至书院门口，里面传来琅琅读书声："无恻隐之心，非人也；无羞恶之心，非人也；无辞让之心，非人也；无是非之心，非人也。恻隐之心，仁之端也；羞恶之心，义之端也；辞让之心，礼之端也；是非之心，智之端也……"

零伍 天生戏子

莲雾在告倒了莫笙之后，一改往日的穷酸模样，脚本事业风生水起，新写的脚本《南有嘉鱼》，又在十方城掀起了一阵风潮。城中百姓近日来议论得最多的事情，也就是这个故事。至于当初红透半边天的莫笙，如今已无人问津。

作为首席大恩人的柳音音，自然是拿到了莲雾赠送的第一排看台座位。

这一日，她捧着两块香喷喷的烤红薯，跷着二郎腿，喝着戏院赠送的雨前龙井，舒舒服服享受了一次前所未有的豪华待遇。

这是一出以女性视角叙述的戏，女一号本名姜三娘，是十方城的新晋花旦，生得一副好面容、好身段，加之有副好嗓音，演起戏来也十分生动，看得人如身临其境。柳音音不由得心想：真是老天爷赏饭吃啊。

戏罢，台下一片掌声，柳音音拎着没吃完的半块红薯，去后台找莲雾。

一进后台，正看到姜三娘在卸装，举手投足，都好看得紧。

莲雾站在一旁,正低头哈腰地跟姜三娘说着话。

莲雾道:"三娘,我上回和你说过,那两句词不能改啊,这一改呢,意思就完全不一样了,因为……"

姜三娘轻轻放下梳子,打断了莲雾的话,道:"我知道,你觉得一改这情绪就弱了嘛。但是我不这么觉得啊,照我改的那么说起来,不是更顺溜吗?"

莲雾努力给她解释:"其实顺溜不顺溜,是你个人念出来的感觉,但观众听来……"

姜三娘再次打断莲雾的话,转头看向自己的丫鬟双双,问道:"你觉得呢,听起来如何?"

双双立即拍马屁道:"自然是姑娘念得顺溜。要我说啊,莲雾先生写得太文绉绉了,我这种没读过书的,都听不明白。"

"听见没,这就是观众最直接的反馈。"姜三娘一脸骄傲,看着莲雾道,"莲雾先生啊,我才是站在台上的那个,台下人看的,也是我这张脸。那一句两句话,对他们来说,又有什么区别呢?"

双双十分会察言观色,看出姜三娘不耐烦了,在旁道:"姑娘,身上行头重,我们先去换了吧。"

"嗯。"姜三娘站起身,走过莲雾身边的时候刻意警告了一句:"别每次一演完就找我说这说那的,下次有什么想法,让王班主来跟我说。你总这么批评我,万一我下回上台的时候心情不好,演砸了,谁来担这责任?"

莲雾一脸憋屈,却说不出一句话来。

姜三娘快走到门口的时候,脚下忽然踩到了什么东西,滑得大叫一声。双双来不及上前搀扶,眼看着姜三娘从眼前重重摔了下去。

"啊呀呀!"柳音音夸张地上前道歉,"对不起啊!我也真是不小心,怎么就把红薯放地上了呢,这要是摔到我们三娘可怎么办呢!"

姜三娘扶着一侧的膝盖，疼得龇牙咧嘴，一脸怒气地看向柳音音。

双双已经眼明手快地把姜三娘扶了起来，一边喊叫道："怎么随便放闲杂人等进来！看门的都死哪里去了？"

姜三娘也气不过，正要开骂的时候，柳音音一脸内疚道："我们方阁主特意让我来采访三娘，想把你作为下一期的头条呢，这下可糟糕，我闯大祸了。"

方阁主？十方城数得上名头的方姓阁主，也就只有浮生阁那位了。姜三娘将信将疑地问道："《江湖快报》？"

"正是啊。"柳音音一脸自责的样子，"都怪我毛手毛脚的，看这样子，也不敢跟三娘提采访的事情了，不如我送你去医馆看一看，可别伤筋动骨了。"

"哪至于就伤筋动骨呢。"姜三娘的怒意立即消失了，十分好脾气的样子，"我没事，不就是不小心滑了一下吗？皮外伤而已。"

柳音音笑道："都说三娘人美心善，传言果然不假。"

姜三娘一脸温和，越发配合道："我们在哪里采访？"

"三娘啊，我是你的戏迷，刚才不小心害得你摔跤了，还哪敢让你受累呢？"柳音音心疼道，"要不这样，这次我就先采访一下莲雾先生，下次我们再约时间吧。"

姜三娘一听，心中十分不快，但也自恃身份，不能表现得过于急切，只好笑笑，道："好，那下次就和双双约个时间吧。"

柳音音真挚道："好好好，我会再来找双双姑娘的。"

姜三娘点点头，转过身，一摇一摆地走了。

柳音音在她身后做了个鬼脸，低声嘟囔一句："哈，这也太会装了吧！"

莲雾见姜三娘走远，一脸苦相地看着柳音音，哀怨道："柳姑娘，你可算来了，帮我想想法子吧。"

柳音音道:"好啊,找个地方边吃边说,红薯都不管饱。"

醉香楼的包厢中,摆了满桌的菜。

柳音音酒足饭饱,打了个饱嗝,对莲雾道:"说吧。"

莲雾滔滔不绝地开始讲述:"自抄袭的风波过去后,戏班子的王班主就找到我,买下了我新写的脚本,就是《南有嘉鱼》。姜三娘之前在戏班子一直都是演配角的,王班主觉得这次女一号的角色很适合她,就让她出演。这一演啊,就演红了。可烦心的事情也随之来了,先是姜三娘突然提出要增加演出费用,而且是几十倍地加,王班主虽说生气,但奈何观众喜欢她,也只好给了。"

柳音音咂咂嘴,道:"这倒也无可厚非,反正有人买单嘛。"

"可她得寸进尺啊!"莲雾一脸痛心疾首,"说好的费用,白纸黑字也写下来了,可她接二连三要求加价,就在昨天,又提了,王班主简直要被逼疯。其实别看戏班子每天赚这么多钱,多半都进了姜三娘的口袋。"

"贪得无厌啊。"

"可不是吗!"

柳音音问:"那这次,班主同意了吗?"

莲雾道:"还没有呢,正在协商,他觉得太贵了,无论如何,首先要保证戏班子盈利嘛。实在不行,只能考虑换人演了。"

"价格没谈拢,姜三娘心情不好,所以……"柳音音捏起一粒花生,搓掉外面的红衣,"就找你的麻烦?"

莲雾道:"也不是今天才开始找我麻烦的。她第一次提价之后,就开始对我的脚本提意见,一会儿说人物不够出彩,一会儿说剧情不够凄美,一会儿说台词太长背不出,一会儿说演出时间过长……"

柳音音不禁笑了,道:"问题倒还挺多。"

"柳姑娘，你还笑，我都要愁死了，恨不得把脚本直接给她，让她自己写去！"莲雾颓丧着脸，"这当然也是气话，谁忍心把自己的心血拱手让人胡编乱造呢？"

柳音音道："她若真能写了，还刁难你做什么？"

"哈，她不会写，但硬要说她手底下那个双双会写，甚至跟王班主提过，让双双代替我做这脚本师呢。"莲雾说到此处，义愤填膺，"好在我们班主是个明事理的人，严词拒绝了。"

"认识几个大字，看过几出戏，就觉得自己也能写脚本了呀？这么大的自信，有本事就该自己写去啊，何必来改别人的成果呢。"柳音音在见证了之前的抄袭风波后，对他们这种创作者非常能够感同身受。

"就知道你能体会。"莲雾充满希冀地看着柳音音，"你们的本事，我是见识过的，帮忙出出主意吧。除了浮生阁，我也找不到其他人求助了。"

柳音音想了一会儿，觉得当红花旦盛气凌人确实是一个很好的话题，便说道："你先别着急，我回去和方先生商量商量。"

莲雾万分感激，急忙让小二打包了一堆点心给柳音音带走。

柳音音提着一大盒子满满当当的吃食，刚进浮生阁的大门，便和一个骨瘦如柴的男子撞了个正着。

"兄台，走路小心点啊！"柳音音捂着自己被撞的胳膊提醒了一句。

对方仿佛没听见似的，行色匆匆地走了。

走至屋内，柳音音见江流正双眼放光地看着桌上放着的一块玉佩，猜测和刚才撞了自己的那个人有关，走上去问道："谁的啊？"

江流拎起玉佩，用指甲盖在上头敲了一下，喜滋滋地说道："从现在开始，就是我的了。"

说罢，怕柳音音要抢去似的，快速收进了怀中。

"瞧你那德行，好歹也是十方城首富家的少爷！"柳音音没好气道，"快说，到底怎么回事？你要是敢私藏什么贿赂，我立马就告诉先生去！"

江流道："哈，柳音音什么时候成了个爱告状的小人了！"

柳音音道："我一直都是，只是你眼拙，没发现。"

江流道："不瞒你说，我接了个活儿。刚才那个人，用这块玉佩为酬金，让我帮他做一件事。"

柳音音问道："什么事？"

江流低声道："让一个人，身败名裂。"

"不行！"柳音音十分正义地一拍桌子，"江流，浮生阁虽说做的是小报生意，但也不是什么话都能乱讲的。更何况，好好的毁人清誉，这种手段实在下作！"

江流像是发现了什么稀罕物一般看着柳音音，道："你和我刚认识的时候，不太一样了啊。"

柳音音愣了一下，发现江流说得的确没错，她不知道从什么时候开始，慢慢把浮生阁当成了自己的家，也把《江湖快报》当成了一生的事业。

她很快回过神来，道："你要是敢这么做的话，我还是会去告诉方先生的！"

这时候，方宴生从门外走进来，问道："要告诉我什么？"

不等柳音音说话，江流就答道："我接了一单生意。姜三娘这个人，你们可曾听说过？"

方宴生道："有所耳闻。"

"当然，最近十方城最红的旦角啊！"柳音音指着桌上的大堆点心，"这些是莲雾送的，他也有关于姜三娘的事情让我们帮忙呢。"

"难不成是同一件事？"方宴生捏起一块桃花酥放进嘴里，"江流，你先说。"

江流把刚才揣进怀里的那块玉佩拿了出来，道："我先来给你们讲一桩陈年旧事。话说四年前，一个名叫邢江的水路商人路过某个海边小渔村时，遇到了一个打鱼人，这打鱼人家中有个女儿，名叫三娘，生得十分水灵。原本只是萍水相逢，但这个三娘不甘寂寞，想离开小渔村，去大城市看看。于是乎，就跟着邢江走了。"

阿梨和江小七不知道是什么时候冒出来的，此刻已经在桌边围坐，一边吃点心一边听八卦，阿梨还充满好奇地问了一句："那他们睡没睡啊？"

江小七双颊微微泛红，但也是满眼的求知欲。

柳音音咳嗽两声，道："继续往下说。"

阿梨不依不饶地道："不行，讲故事怎么能落了重点呢。"

柳音音一巴掌拍在阿梨头上，道："小小年纪，想法倒是挺多。"

阿梨一脸委屈。

方宴生摸摸阿梨的脑袋，道："阿梨乖，你往下听就知道了，听不明白的自己脑补。江流，继续。"

江流道："邢江带着三娘去了四角城，也不知道是不是两人命中犯煞，八字不合，自从三娘跟了邢江，邢江的生意就越来越差，到最后，家里穷得都快揭不开锅了。这个时候，三娘主动提出，要去青楼做小婢，养活邢江。"

众人听得十分认真，江流也讲得津津有味。

柳音音："想法如此清奇，这三娘可不是等闲之辈啊。"

江小七："离开小渔村的时候就已经证明不是了。"

阿梨："世间竟有如此大义之女子！"

方宴生："我猜，她的目的不是为了养活邢江。"

江流继续道:"方先生说对了。刚开始的时候,邢江也是阿梨这种想法,觉得这个女子竟然能为了自己放下一切,心中万分感动,发誓要与她生死不离。但时间长了,邢江就发现,三娘渐渐存下了不少银子,却丁点儿也不给他花了。他去青楼找三娘,发现和自己想象中完全不一样,三娘十分享受那种奢靡的生活,可以说是乐不思蜀。邢江在那家青楼大闹了一场,想要带三娘离开,反而遭到一顿毒打。"

柳音音:"非等闲中的非等闲啊!"

江小七:"的确是小看她了!"

阿梨:"不……不要脸!"

方宴生:"她又是如何来了十方城呢?"

江流道:"我就长话短说好了。邢江被打的事情过去后,三娘就勾搭了主子的恩客,成功让他给自己赎了身,后又傍上了这个恩客的朋友,把她推荐到了戏班子,再后来就跟着戏班子,来了十方城。穷困潦倒的邢江,一直咽不下这口气,所以也去了戏班子打杂。两人一个台前、一个幕后,邢江总是能见到三娘,但三娘从来都不知道他就在自己身边。"

柳音音:"邢江如今就在戏班子里?这么听着有些毛骨悚然。"

江小七:"他对三娘是真爱啊。"

阿梨:"因爱生恨,我看他是想伺机杀了三娘报仇。"

方宴生:"十方城法治严明,杀人者必偿命,他不会杀三娘,而让她失去一切跌入谷底,才是最好的惩罚。"

江流掏出玉佩,点点头道:"就是这样,邢江把他唯一剩下的这块和田玉给了我们,就是要买姜三娘一个身败名裂、千夫所指!"

柳音音有些犹豫,道:"先生,我们之前所报的那些内容,如果是为了伸张正义的,那必有一方受益。但是这一次,是冤冤相报,损人不利己啊。"

方宴生道:"有利。"

柳音音问:"怎么有利?"

方宴生:"姜三娘正当红,这一期如果这么做了,销量会很高。"

柳音音:"不算害人吗?"

方宴生道:"我们的宗旨是一个字:信。只要所言非虚,又有什么错呢?"

江流拍了拍手,畅快拍板道:"那就这么干!"

众人一脸茫然:"具体怎么干?"

江流分析道:"不能直接写文发小报,因为我们对戏班的具体状况还不够了解,而姜三娘如今从者甚多,稍有不慎被抓住什么把柄,就会给我们浮生阁造成巨大的损失。"

方宴生点头称是:"江流进步飞快,的确不能鲁莽行事。"

柳音音问:"那不鲁莽的做法呢?"

江流早已想到一个万全之策,热情高涨、胜券在握地提出了他的方案:前去卧底,到戏班子应聘群演,接近姜三娘,拿到一手信息,查证真伪。

他甚至已经想好了自己的花名:小六子。

柳音音再见到江流的时候,他已经是一副家丁的打扮。

凭借周正的外表、活络的头脑,化身为小六子的江流,顺利博取了王班主的好感,让他在《南有嘉鱼》中出演姜三娘的仆人。

柳音音在台下看戏,江流在台上演戏,锣鼓喧嚣,十分热闹,满座宾客,无不拍手叫好。

这是江流第一次演戏,虽说在台上有些紧张,但还是顺利完成了他的首演,没有出任何纰漏。

下了戏,他颇有些意犹未尽的感觉,还在后台踱着步子找感觉。

因为太过专注，踱着踱着，他就和姜三娘撞到了一起。

姜三娘怒道："哪个不长眼睛的东西！"

江流瞥见柳音音从门口走进来了，顺势倒在地上，夸张地"哎哟"一声，摸着臀部，像是受了什么了不得的伤害。

姜三娘正要发作，也看见了柳音音，脸上堆起了笑容，上去搀扶江流，道："不好意思啊小伙子，我刚才没看路，你撞到哪儿了？"

江流腼腆地笑道："也没什么大事，但我这人吧，特别贪生怕死，有些什么病痛，就要去看大夫……"

姜三娘心中了然，就是个碰瓷的，竟然狗胆包天碰到她头上了！但柳音音在场，她又不好发作，只能转头对双双道："你带他去拿些银子看病。"

"是。"双双看向江流，十分不屑，满脸嫌弃，"你跟我来吧。"

"哎，好，谢谢三娘！"江流屁颠屁颠地跟在双双后面，把小人得志的样子，演得十分逼真。

柳音音憋着笑，配合地恭维："三娘你人真好，要换作我呀，才不搭理这种小人。也就你大人不记小人过，回头我要把这一段写到小报里。"

姜三娘捂嘴而笑："小事一桩，计较什么呢，人家出来打工，也很不容易。像他们这种小龙套，在戏班子里是很受欺负的，我平日里呀，就习惯了多照拂他们。"

此时江流和双双已经离去，姜三娘拉着柳音音在一旁坐下，客气道："你来多久了？也不提前招呼一声。"

柳音音道："都看完整场戏了，三娘的戏百看不厌。"

姜三娘十分受用，越发热情道："以后来之前，知会我一声，我好给你安排中间的位置。"

柳音音道："不用麻烦，无论坐在哪里看，都好看，三娘是各个角度都没有瑕疵的。"

"能得到浮生阁的人这样夸奖，真是做梦也要笑醒。"姜三娘笑得几乎合不拢嘴，但也不忘言归正传，"这回来，是打算给下一期的《江湖快报》找素材吧？"

柳音音道："亏得你还记得这件事。我呢，前两日去做了一个调查，把十方城中的看官们最想问你的一些问题记录了下来，想代他们问问你，好让大家更了解你，不知三娘方不方便透露？"

姜三娘内心喜不自禁，慷慨地笑道："我做的本就是抛头露面的事情，有什么不方便的，问吧，我保证知无不言。"

柳音音像模像样地拿出了提前准备的纸张和笔墨，在一旁摊开放好，准备随时做记录。她问道："第一个问题，自然就是城中人人议论的，三娘可有意中人？"

姜三娘捂着嘴愣了片刻，小家碧玉的样子装足之后，随即笑了起来。

柳音音也笑，道："看客们为此都快打起来了，你就满足一下大家的好奇心嘛。"

姜三娘叹了口气，道："我年纪也不小了，自然是想找个如意郎君共度余生的，可这又不是大街上买菜，哪能说找就找到呢？我自入行以来，一直潜心戏艺，前些年没红的时候，日夜钻研戏路，想有一番出息，如今大家都知道我了，更是人红是非多，言行举止都要端方，不让人挑出错来。要说意中人，别说没有时间找了，就是想的时间也没有呢。"

"同为女子，我深有体会。"柳音音转而笑问，"但一定有很多公子对你表达过情意吧？我知道这一定是废话了，必然多得数不过来。"

姜三娘故作羞涩道："也没有那么夸张啦，有是有几个，但我觉得不合适，也就没有搭理。往戏院送各种礼物书信的人，倒是不少，不过都是双双收的，具体多少，我也不记得了。"

你装我也装,恭维必不可少,柳音音一脸羡慕道:"怕是十方城的姑娘全都加起来,也不及你受人倾慕。"

姜三娘道:"柳姑娘真是说笑呢,我一个戏子,给人取取乐罢了。"

"话可不能这么说。"柳音音又问道,"大家还很关注的一个问题是,《南有嘉鱼》之后,你会演什么新戏,确定了吗?"

姜三娘道:"目前还没有定下呢,不过也正在和班主还有脚本师商量,新戏打算加入一些我自己的想法,不能只停留在目前的阶段,要有新的挑战。"

柳音音赞叹道:"三娘不光人美、戏好,看来文采也让人刮目相看!"

"过奖,过奖。文采不敢说,只是作为主人公,我对故事中的人物有很深的体会,想要表达更强烈的情感,给大家更好的体验。"

柳音音露出期待的眼神:"很希望能快点看到这个融入你强烈个人表达的戏。"

姜三娘点点头:"我也希望到时候不要让人失望,总之一有消息,我就马上告诉你。"

正说话间,一个华衣公子捧着个锦盒走了进来,他没注意到后台还有别人,进门便说:"三娘,看我给你带了什么好东西来!"

那公子看到柳音音,愣了一下。

姜三娘反应极快地站起来,道:"这不是刘公子吗?许久不见,亏你还记得来看我。"

刘公子有片刻的慌乱,忙接道:"哦,今天正好有时间,就来看看你。既然你有客人,那我就先走了。"

"公子留步。"柳音音站起身,"我和三娘正好也说完话了,你们慢聊,我先告辞。"

姜三娘礼貌地笑了笑,道:"那我就不送你了。"

柳音音一出门,那刘公子便急不可耐地上前抱住了姜三娘,亲热道:

"你这小妖精，可想死我了。"

姜三娘一手将他推开，低声警告道："别乱来，也不看看这里是什么地方，人多眼杂的。"

刘公子嬉皮笑脸道："什么地方？这里可是我们定情的地方！三娘，我真是厌烦了这种遮遮掩掩的日子，要我说，你别做什么戏子了，回去做我的小妾吧，我保证你下半辈子锦衣玉食。"

姜三娘有些怒意，道："说什么笑呢？做你的小妾，还不被你家那母老虎整死？姓刘的，我们一开始就说好了，大家你情我愿，互不公开的，你可别这时候来给我找不痛快！"

刘公子松开了姜三娘，气道："三娘，你跟我说实话，是不是还有别人？"

门外，柳音音并未离开，她猫着身子，一只耳朵贴在门上，屏息凝神地听着里头二人的对话。

姜三娘："有什么别人？"

刘公子："自然是与你相好的人！"

姜三娘："你这猪油蒙了心的狗东西！我清清白白的身子给了你，你却这般冤枉起我来！想要娶我进门？好啊，先去把你家那母老虎休了，她前脚走，我后脚就披着红盖头住进去，这脸皮我是不要了，反正我豁得出去，但你行吗？今天就把话说死了，你若做不到，以后我们一拍两散，看谁是那个没良心的！"

刘公子："啊呀我的亲亲好三娘，这是说的什么胡话？我错了我错了，不该这么怀疑你，但也是你近日对我忽冷忽热的，让我心里好不痛快。不生气了，你罚我吧，认罚！"

姜三娘："罚你一月别来烦我！"

刘公子："这罚得也太重了！"

姜三娘："不答应就两个月，没得商量。我心情不好，你现在就走！"

柳音音担心一会儿他们出来撞个正着，觉得消息也知道得差不多了，当即离去。

屋内，刘公子还要讨好，被姜三娘严词警告："再不走我就喊人了！"

他无奈，骂了句扫兴，便甩袖而去。

姜三娘在座位上想了片刻，慢慢卸去了妆，看着镜子中的脸，又摸了摸。

她心中很烦，其实刘公子说得并不是没有道理，像她这样的出身，能嫁给一个不错的人家做妾，已经是福气了。这一行最悲惨的事情就是年老色衰无人问津，她不知道自己这张脸，还能维持多久。

但人哪，总是一山望着一山高，总觉得自己还能遇着更好的，总不愿只守着眼前的光景，将未来其他的可能都放下。

"我还可以爬得更高。"姜三娘对着镜子里的自己说。

戏一结束，前台的看客就逐渐散去了，剩下戏班的幕后人员和几个龙套在打扫归置。

江流拿了姜三娘的钱，开开心心哼着小曲来到了前台，对众人道："各位，我初来乍到，今天请大家吃点心吧，日后还望多多关照。"

众人与江流接触时间虽然短，但也知道他是个开朗大方的性子，也不推辞，高高兴兴谢了他，放下手中的活，有的已经跑去厨房拿茶水了。

不一会儿，置备好了，大家边吃边喝，自然就聊起了天。

江流唉声叹气道："实不相瞒，有个事，希望你们帮我出出主意。我刚才在后台的时候，不小心撞到了三娘，当时她好像很生气，只是碍于有别的人在场，没对我发飙，反而让双双给了我钱。你们说说，她脾气如何啊？以后会不会找我麻烦？"

众人都同情地看着江流。

一个后台打杂的说道："这可真不好说，上一个得罪她的，已经被班主辞退了。"

"啊!"江流一脸担忧,"我好不容易找了个活计,要是就这么回去,可要被我爹打死了!"

打杂的说道:"你有爹,还让你来当戏子?是不是亲爹啊?"

江流道:"当然是啊,他看当戏子风光得很,又能赚不少钱,就让我来了啊。"

"那全是表象!"其他跑龙套的人说道,"风光的,赚钱的,就那极个别的几个,和其他任何行当一样,最上头的人总归是赚钱的。但下面的人苦啊,我跑了十年的龙套,永远在最底层摸爬滚打,至今也不过有口饭吃。"

江流看他样貌,着实不太好看的样子,直言道:"兄台,你别怪我说话不好听啊,我自认为长得还不错,咱们班主也说了,未来还是很有前途的。"

那人道:"要说没前途,你现在不就走了吗?光好看顶什么用啊?其实厚厚的妆一上去,谁知道你原本长什么样?要我说,还是看命啊!"

扫地的大婶低声道:"小伙子,你是不知道,这个行当不好做啊。上个月,演三娘丫鬟的那个人,可是被毁了容才走的!"

江流大惊:"毁容?"

打杂的说道:"小六子,你赶紧去给三娘赔礼道歉吧。那个姑娘,就是一句话说得不好听,三娘不高兴了,就拿起桌上滚烫的茶壶,往她脸上扔了过去,当时那个惨啊……"

江流气愤道:"发生这种事情,就让人家走了,然后不了了之?"

"当然也是赔了钱的,但那点钱管什么用?看又看不好,人家一辈子就这么毁了啊!"一个长得有些凶相的龙套大哥说道,"依我看,三娘是故意的,因为那个姑娘长得比她好看,班主又有意栽培,她担心未来会被取而代之……"

几人围在一起窃窃私语之际，后方传来一个严肃的声音："你们在说三娘什么！"

江流等人转过头，见是扮演男一号的安青羽，他此刻已经换下戏装，远看是个英俊小生，近看脸上竟然坑坑洼洼。

安青羽一改台上的温文尔雅，板着张脸警告众人："做好自己的分内事就行了，少在这里说三道四的！"

众人噤声。

安青羽走后，龙套大哥勾着江流的脖子，在他耳边道："安青羽和姜三娘台上台下都有一腿，所以什么话都帮着她说。我刚才对比了一下，你小子长得可比他俊，应该是三娘喜欢的那种类型，加把劲吧！"

江流有些茫然，他不知道这龙套大哥说的加把劲，是演戏加把劲，还是对姜三娘加把劲。

当天晚上，邢江又来到了浮生阁。

柳音音和江流同时说出了他们在一线得到的最新消息：姜三娘在戏班和某个男子有染。

邢江道："这我早就知道了，她第一次上台的时候，那姓张的就看上她了，殷勤送礼，后来一回生二回熟，就搞到一起去了。"

柳音音和江流同时大叫了起来："等等！"

柳音音："难道不是姓刘的公子吗？"

江流："难道不是一起演戏的安青羽吗？"

怎么还冒出来个姓张的？

二人分别添油加醋地讲述了在戏班子的见闻，姜三娘和刘公子如何相爱相杀难分难舍，和安青羽又是如何眉来眼去彼此支持。

众人听罢，纷纷感叹，台下的戏，可远比台上的还要精彩啊，可惜莲雾不在，不然可以给他提供极好的素材。

邢江怒极反笑道:"好个姜三娘,朝三暮四、水性杨花,同时将几个男人玩弄于股掌之上,我真是太小看她了!"

阿梨叹气道:"戏子当道!"

江小七接话道:"这还得了!"

方宴生喝了口茶,悠悠说道:"你们谁想来下笔?"

江流和柳音音同声道:"不继续查了?"

他们这几天在戏班配合着演戏,玩得不亦乐乎,就这么忽然抽身,还真有些舍不得。

方宴生道:"一女、三男,这个故事已经很好看了啊。看客们看得起兴,议论纷纷之际,如果能再来个反转什么的,不是更有趣吗?"

原来方宴生是想等天然的反转,这的确比人工炮制的,来得更为真实自然。

柳音音道:"先生觉得,会有什么反转?"

方宴生道:"那就要看,这个姜三娘会如何应对了。"

第二天一早,江流依然去戏班子工作,一进后台,就看到姜三娘坐在那里。她没有上妆,看着比往常更真实一些,甚至更好看一些。

江流讪讪问候:"三娘早!"

姜三娘似笑非笑看着江流,问道:"病好了?"

江流狗腿地笑笑,道:"原本还有些疼的,一见到三娘,就好了,也不知道是怎么回事,竟然比大夫的药还管用。三娘,我真没想到,你不上妆,比上了妆还好看!"

姜三娘冷笑:"你这小子,油嘴滑舌的,可别告诉我,之前来那么一出,就是为了引起我的注意?"

江流憋着气,深情凝视姜三娘,道:"果然瞒不住三娘你啊,说实话,我倾慕三娘已久,就是因为你,我才来这戏班的。昨日一同登台,可别提我有多紧张了……但是我一个小小龙套，若不想点法子，连跟你说话的机会都没有。"

姜三娘细细端详了一番江流的脸，蓦地笑了："你这小子，模样倒是挺俊。"

江流心想：完了完了，她莫不是对我有了什么邪念？我虽花名小六子，但并不想成为姜三娘的第六者啊……心中虽这么想，面上还要信誓旦旦："三娘，给我个机会吧！"

姜三娘伸手在他的鼻头上一点，轻声说道："你乖乖听话，我就跟王班主说，让你演我的贴身侍卫。"

江流原本想色眯眯地问她怎么个贴身法，想想戏太过了，演出来可能穿帮，也就作罢，以一句放之四海皆准的废话作为收尾："多谢三娘！我一定不会让你失望的！"

这时，门口议论纷纷，原来是新一期的《江湖快报》送到了，这小报是戏班子每期都订的。

姜三娘想着这一次的内容应该是柳音音对自己的采访，整了整衣着和头发，笑意盎然地走了过去，等着听众人对她的夸奖。

大堂里，安青羽原本正在看报，眉头紧锁，看见姜三娘，立即把手中的《江湖快报》藏到了身后。

"对着事主还藏什么呀，我都知道了。"姜三娘伸出手道，"给我看看。"

"三娘，你……"安青羽见她这般反常模样，以为是压抑着怒气，支支吾吾道，"你先别动怒，我们一起想想办法。"

姜三娘见他这神情，有种不好的预感，当即一把夺过了小报。

《江湖快报》头条——"戏子当道，奈何奈何！"

三娘本为渔家女，一朝偶遇邢君，与其订终身。世事难料，邢君家道中落,三娘落入红尘。本为养家糊口,后为图名利,与人私奔,又辗转梨园。

梨园多是非,三娘寻人以傍身,寻便有三。其一张君,城中望族;其二刘君,财源不断;其三安君,样貌俊俏。

此戏子为保地位,不惜毁人容貌,尚沾沾自喜,以为钱财到位,天下无从知晓。

邗君原欲寻妻,见此荒唐事,掩面而去。

浮生阁主言:天下熙熙攘攘,当真只剩名与利?

姜三娘看罢,面色惨白,手指发颤,尖锐的指甲戳破了小报。

安青羽一把抓住她的手,急切地问道:"三娘,这上面说的是真的吗?说的是你吗?那个姓安的,就是我?"

姜三娘一把甩开他,将《江湖快报》撕了个稀烂,纸张碎片飞了满地。

"我问你话呢!到底是不是!"安青羽执着地大声追问,"那姓张的是谁?姓刘的又是谁?还有你曾经,真的去过青楼吗……"

姜三娘冷声道:"你没脑子吗?是与不是,自己不会想?"

安青羽一脸痛色:"我需要你亲口给我一个答复!"

姜三娘不理会他,夺门而出,但是刚走到门口,就看到一大群人正往这边拥来。

这些都是平日里喜欢来这里看戏的人,有些还给姜三娘重金打赏过,她依稀还能记得他们的脸。

都是因为看了小报来堵门的吗?姜三娘心中发虚,快速回到屋内,将大门关上,插上了门闩。

几乎就在关门的瞬间,门外传来敲击声。

"三娘,开门啊,我们都看到你了!"

"浮生阁的消息是不是真的,你给我们个解释啊。"

"如果你是无辜的,就快站出来说话啊!"

姜三娘急得满头是汗,匆匆往后院跑去。

她冲进了自己的房间,抓住正在给她叠被子的双双,急道:"快,把你的衣服脱下来!我们换一下!"

双双诧异道:"怎么回事?为什么要换衣服?"

姜三娘上手解开双双的扣子,怒道:"废什么话!快点!"

双双不明所以,却还是顺从地脱了衣服。

姜三娘飞快地换上丫鬟服,又把自己这些年存的金银首饰全都装了起来,放进包袱。

双双在旁急道:"姑娘,你这是做什么?究竟发生什么事了?"

姜三娘塞了一串珍珠项链给她,道:"我走了,你别跟任何人说见过我,若有人问起关于我的事情,你就说不知道。"

姜三娘出了房门,悄然走在走廊上,正想着要怎么出去的时候,江流忽然从旁闪现,把她吓了一大跳。

"小……小六子,你怎么在这儿?"

"我路过呀。"他装出一副傻傻的样子,"三娘,你怎么穿成这样,要演丫鬟吗?那我还能演你的侍卫吗?"

好在是个蠢人。姜三娘看着江流,仿佛看着自己的最后一根救命稻草,道:"小六子,你现在愿意做我的侍卫,保护我从这里出去吗?"

江流高兴道:"这是彩排吗?当然愿意啊,小六子做梦都想再和三娘同台演出!若能给那么一两句台词,小六子日后一定会好好报答你的!"

姜三娘道:"这出戏是这样的,现在,前后门都有追兵在追我,被抓到的话,我就会被他们杀掉。所以,我们要翻墙。"

江流道:"这太容易了!"

江流和姜三娘来到墙边，他站到一块大石头上，再让姜三娘踩着他的背，从围墙上跳了下去。

江流在围墙里面喊："三娘，那我怎么办啊？"

姜三娘没有回应，一溜烟地跑了。

一路跑到渡口，姜三娘才敢停下来喘气，她一手扶着腰部，上气不接下气地问船家："什么时候开船？"

船家道："有个客人提早预订了位置，等他一到就开船，姑娘你先上去等会儿吧。"

姜三娘上了船，心中着急，眼睛一直盯着渡口，就怕那些冲动的看客会追过来。

好在，并没有。

终于，船家说："那个客人来了。"

姜三娘心中一喜，她知道这么一走，就再也没有人认识她了，她可以带着丰厚的钱财，开始新的生活。本来就想走的不是吗？只是找不到合适的理由罢了。现在可以了，是老天爷想推她一把，之前每一次改变，都是往着更好的方向，这次一定也是。她一个年轻漂亮的女人，带着大把的财产，去哪里不能开启新的人生呢……

然而，当那个客人走近的时候，姜三娘的笑容便硬生生僵在了脸上。

是邢江。

姜三娘匆忙下船，但是一脚踩空，眼看着就要摔入河中，被邢江一把拉了起来。

"邢……邢江……"

"原来你还记得我啊。"

这么多年来，他一直在后台默默注视着她，而她从来不知道。这是第一次，他可以这样光明正大地直视她。

邢江看着姜三娘，道："记不记得我们第一次见面的时候，也是在渡口，我差点掉到河里去，是你像这样拉住了我。"

她还是很美，和第一次见面的时候一样，那会儿她是个渔家女，眼睛亮闪闪的可真好看，站在船头，用带着地方口音的官话笑他："公子你这么大个人了，还怕水啊！"

那时候他就决定了，要带她离开小渔村，去外面的世界看看。可外面的世界真大，他们走着走着，就分道扬镳了。

如今，姜三娘拉着邢江的手，泪水涟涟道："阿江，真的是你啊，这么多年，我终于又找到你了。"

"找我？"邢江大笑一声，"你应该是对我避之不及，恨不得我死了才好吧！"

姜三娘哭泣道："怎么会呢？阿江，我是你的三娘啊，我做的一切，都是为了我们的将来啊。"

邢江道："将来？难道不是你亲手毁了我们的将来吗？"

"我后悔了！阿江，离开你的时候，我就后悔了！我一直在想，要怎么样才能回到我们以前的生活。"姜三娘把包袱里的金银财宝都拿出来给邢江看，"你看，这是我这些年存下来的钱，我是想着，等赚够了钱，就去找你的。我现在，就是要带着这些去找你，阿江你要相信我。"

邢江看着她真挚的眼神和悔恨的表情，几乎就要相信了。但他还是很警觉地问："那三个男人，是怎么回事？"

"我是骗他们的啊！"姜三娘想也不想就回答，"我一个弱女子，在十方城无依无靠的，不找人傍身的话，根本就不知道能不能活着回去见你。"

姜三娘抱住邢江，伏在他的肩膀上，越哭越伤心："阿江，你要答应我，以后无论发生什么事情，我们都不要再分开了……"

不远处，江流和柳音音走了过来。

柳音音看着抱在一起的两个人，皱着眉道："这姜三娘的演技也太好了，邢江不会就这么相信了吧？这样一来怕是会功亏一篑啊！"

"谁还不会演戏啊。"江流气定神闲地笑道，"看我的，小六子我可是凭真本事混戏班的！"

他走到邢江和姜三娘面前，大喊一声："三娘！"

姜三娘正演得酣畅淋漓，被他这一喊，愣住了，一时没反应过来。

江流哀怨道："三娘，你怎么和别人抱在一起了，你忘记我们的约定了吗？"

姜三娘道："什么……约定？"

"就是让我做你的贴身侍卫啊。"江流靠近三娘，眼神中充满着浓烈的爱慕，"就是，昼夜不离，特别特别贴身的那种……侍卫啊！"

不远处的柳音音摸了摸手臂上的鸡皮疙瘩，决定回去必须说说他，太浮夸了，太太太浮夸了！

"你……你在乱说什么！"姜三娘气得发抖，颤声道，"小六子，我在戏班处处与人为善，对谁都是一样的好，你可别自己想太多了。"

江流微微一笑，笑容中夹杂着些许酸楚和无奈，他一脸认真道："三娘，我知道你的心中放着很多人，没关系的，我从不介意。就算最后，你选择了别人，我也不会怪你的，因为你是我心中独一无二的三娘啊！你曾经对我说过的那些话，已经让我觉得自己足够幸运了，我这辈子，都不会忘记你的！"

釜底抽薪，好样的！柳音音暗中比了个大拇指。

果不其然，邢江再也听不下去了，愤怒之中把手中的包袱扔进了水里，金银财宝，尽数落入水中。

姜三娘拼命去捞，但什么也捞不回。水流哗哗，卷走了包袱，也卷走了里面所有的东西，卷走了姜三娘后半辈子的希望。

"邢江！你这个畜生！"姜三娘怒目而视，声嘶力竭，上前一把抓住邢江的衣领，"你知道我多么辛苦才赚到这些的吗！你竟然就这样……这样把它们都扔了！你凭什么！凭什么啊！我不就是跟你相好了一阵子吗？你为什么还要阴魂不散地跟着我啊？你一个败了家的穷光蛋，有什么理由让我守着你！"

邢江扬起手，重重甩了她一巴掌。

姜三娘停止了喊叫，捂着脸发愣。

邢江道："从此之后，你我两清了。"

说罢，他转身离去。

姜三娘脚下一软，跪倒在地。她并未看邢江一眼，只是直勾勾地看着水流，嘴里喃喃念着："你们回来啊，回来好不好……"

江流和柳音音都看得真切，这一回，她不是在演戏。

姜三娘最终以欺骗罪入狱，被判刑三年。

曾经迷恋她的看戏人们，一夜之间像是消失了。

果然人生如戏，散场来得猝不及防，哄闹之后，作鸟兽散。

浮生阁中，柳音音吃着烤红薯，问方宴生："为什么还要让江流演那一出？如果邢江真的和姜三娘和好如初了，不也挺好吗？"

方宴生道："你觉得姜三娘是真心悔悟，要和邢江好好生活？"

柳音音沉默了，咬了口红薯，摇头。

江流对这两个人最终如何完全不关心，只笑眯眯地看看方宴生，又看看柳音音，问道："你们觉得，我戏好不好？"

柳音音："勉强凑合。"

方宴生："浑然天成。"

江流得到了方宴生的认可，越发欢喜，道："王班主让我演莲雾下个脚本的侍卫，我要不要答应呢？"

柳音音:"瞧你这点出息!"

方宴生:"我会包场去看。"

江流激动得长笑三声:"哈哈哈,看我小六子,红遍十方城。"

零陆 狐之死

江流最终还是没有把他的演艺事业发展下去,因为他很快找到了一个更适合自己的职业——薅羊毛。

深秋时节,十方城开始举办一年一度的名媛大赛,主持此次大赛的,依然是程家大小姐锦芝,而比赛的内容,竟然是薅羊毛。

程锦芝是当之无愧的十方城第一名媛,每一次名媛聚会的座上宾。据说她才貌双全,十三岁的时候就以一篇《十方赋》名动全城,成为十方城的形象大使。才是所有人都见到了,至于貌呢……只是一个传说。所有人心中都有一个疑问:这个永远白纱遮面的女子,究竟长什么模样?

多年前有那么几个月,传闻说程锦芝失踪了,极有可能被采花贼掳了去,而程锦芝也的确好几个月没有出现在众人的视线中。

过了不久,她回来了,对自己的失踪却不做任何解释。传言更是甚嚣尘上,说她这么做就是表示默认了。

柳音音也计划着要去参加这一届的名媛大赛,倒不是为了见一见程锦芝的真容,而是名媛大赛的第一名,能得到一件奖品——举世仅有的白狐裘大衣。

相传战国时期，孟尝君入秦，赠送给秦昭王的礼物也是一件白色狐裘大衣，秦昭王见了之后大喜。后来秦昭王不同意孟尝君归国，孟尝君也是用这件大衣去贿赂妃子，替他说情的。毛色纯白，是因为狐裘的毛都取自狐狸腋下的白毛，做成一件狐裘大衣，要用许许多多狐狸腋下的白毛。

柳音音一手撑在下巴上，幻想着自己穿上白狐裘之后的模样，站在冰天雪地中，简直美极了。

"柳音音，你哈喇子都快流下来了，这回是想着哪家公子呢？"江流不合时宜的声音打断了柳音音的沉思。

"哼，粗人、俗人！"柳音音鄙视地瞪了他一眼，继续做白日梦。

粗人江流却也有十分细致的一面，道："你上回不是说要去参加名媛大赛吗？我给你找了个名额，要不要？"

柳音音立即伸手，满眼真挚道："要！"

江流从怀中摸出一片用香皂精雕而成的花瓣，道："这就是参赛的票证……"江流说着又把手收了回去，"不过被我这种粗俗的人碰过了，想必你也不想要了。"

"怎么会呢？"柳音音笑得一脸谄媚，"江大少爷长得这么好看，举手投足气质优雅，被你拿过的东西，都透着一股世间独有的清香。"

"别说了，快把我说吐了。"江流把花瓣给了柳音音，同时把她上上下下来回打量了一番，最后摇了摇头，"不是我说你啊音音，你看看你，这全身上下，哪里有个名媛的样子？你去了，也只是浪费一个名额。"

柳音音却是一副志在必得的样子，道："如果要比赛琴棋书画，那我也就不去参加了，但比的是薅羊毛啊，虽说我也没做过，但我相信，其他人也是从头学起的。只要我夜以继日奋发练手，夺魁不是难事！"

江流这么一听也觉得有点靠谱。

江流从周边村民那里借回了好几只羊，承诺帮人家薅完羊毛后再送回去。随后的半个月时间，柳音音就开始兢兢业业地薅羊毛。

浮生阁的院子里从早到晚都有几只光秃秃的羊走来走去咩咩叫，而成堆成堆的羊毛很快就堆满了杂物间。

空气里也满是羊毛飞舞，方宴生走过庭院，喷嚏连连。

一只母羊在院子里生下了小羊后，方宴生终于受不了了，看着那只围着他转的小羊羔，无奈道："我们要开羊毛铺子了吗？"

柳音音十分不好意思，道明了原委。

方宴生并未多说什么，只是喃喃一句："程锦芝……白狐裘啊……"说完就回了自己的房间，也不管这满院子的羊了。

柳音音对江流道："方先生不会也对那白狐裘动心思了吧？"

江流摸着下巴道："那又怎么样呢？方先生的性别决定了，他是参加不了名媛大赛的。"

柳音音心疼了方宴生一刹那。

江流又道："我看更有可能是方先生对程锦芝动了心思。"

柳音音也深以为然。

这天，风和日暖，方宴生搬了躺椅和茶几，放上一盘松子，一边晒太阳，一边慢条斯理剥着松子。

不多久，柳音音搬个小板凳在方宴生身边一坐，笑眯眯看着他，间或捏一粒松子仁，往自己嘴里放。

方宴生都快被她看怕了，皱着眉道："你莫不是薅羊毛把自己脑子给薅坏了？"

柳音音道："我代表浮生阁上上下下，前来对阁主表示关心。"

方宴生往后头一瞥，果然，江流、江小七和阿梨，都躲在墙后偷看。

他当作不知,对柳音音道:"有话就说,你快把我看出个洞来了。"

柳音音一副关怀备至的模样,道:"以我浅薄的处世经验,先生你年纪大了,再这样下去怕是要人老珠黄,没人要了。"

方宴生一把松子刚吃进嘴里,险些要喷出来,镇定了一会儿后,问道:"你不妨说得再直白一些。"

"程锦芝程大小姐,与先生你才貌相配,作为男子,先生应当主动一些。"柳音音随手又抓起几粒松子吃,"我们也知道你为人羞涩,满腔情意不敢言说,所以代你向程小姐做了申请,出任薅羊毛大赛的评委。"

方宴生简直惊呆了。"你们如此行事,太过唐突!"

"不啊,程小姐欢迎得很呢。"柳音音说着,拿出一张盖了程锦芝私人印信的邀请函,"你看,她当日就回复了,浮生阁主出面参与此次大会,幸甚至哉!"

方宴生眼前一黑。"你们只说了我要做评委,没说什么别的吧?"

"先生你也太过偷懒,我们当然只能帮你到这里了。"柳音音有些怒其不争,"机会都给你创造好了,如何博取程小姐的欢心,那是你自己的事情!"

方宴生从躺椅上站起来,高声道:"都给我出来!"

江流等人慢吞吞走了出来,站成一排。一看柳音音就没有把事情交代好,怎么方先生非但没高兴起来,反而有些生气呢?

"我可太谢谢你们的点到为止了,没把浮生阁的脸丢尽!"方宴生拍拍自己的胸脯,不要生气,不要生气,事已至此,只好迎难而上,"我对程小姐没有什么其他的想法,你们千万不要再自以为是做出什么荒唐的举动!"

众人纷纷点头,私下里悄悄传递眼神。

柳音音问道:"那你会去当评委的吧?"

"既然对方都答应了,自然不可不去。"方宴生严厉地看着柳音音,

"但你可别指望我会给你放水!"

柳音音忙不迭点头:"那是那是,我们先生最是秉公办事,绝不会徇私舞弊!"

待方宴生一走,他们便热烈讨论起来。

江流:"先生是不是被说中了心事,所以面子上过不去?"

柳音音:"也许他原本有自己的计划,被我们破坏了。"

江小七:"你们难道就没有想过,也许他真的不喜欢程小姐吗?"

阿梨:"那喜欢谁?喜欢你?"

几人吵吵闹闹个没完,一旁的羊也出来凑热闹。

"咩……咩……咩……"

浮生阁里,一片混乱。

名媛大赛终于如期开展,已经深谙薅羊毛之道的柳音音兴奋地拉着江流参与了开幕式。

果不其然,程锦芝白纱遮面,不得窥其容貌,但是江流啧啧道:"从这窈窕身段和温言细语就能知道,一定是个美人儿。"

柳音音"嗯"了一声,心思全然在台上的一只锦盒上,道:"白狐裘是不是就放在那个盒子里?"

江流正要回答,忽然看到方宴生正坐在评委席中闭目养神,激动地扯了扯柳音音的衣袖,道:"快看,那不是我们家先生吗?"

柳音音道:"你激动个啥,他作为大赛评委,当然应该坐那里啊!"

江流笑道:"你看他装模作样的,都不敢看程小姐。"

正说着,台上的程锦芝已经介绍完在座的名流,开始宣布比赛规则:"此次共有三十七位姑娘参赛,一会儿将牵出三十七头羊,规则很简单,就是用剪子剪下它们身上的羊毛,谁先剪光,就算获胜。需要注意的是,用剪子要小心,如果伤到了羊,就算是出局了。"

有一个参赛的姑娘问道:"羊有肥瘦,身上的羊毛自然就会有多有少,这岂非不公?"

柳音音知道这个说话的人,是县令的女儿钟惠敏,在十方城中也是个颇有名声的女子。

与钟惠敏站在一起的,是富商周霖的女儿周一然,周文宇的同胞妹妹。

她们身后还有四个人,凑在一起,便是十方城最大的名媛团体了。

这名媛团体中却有那么一个人,肤色黝黑,穿着俗气,格格不入。

程锦芝解释道:"三十七只羊,都是经过严格挑选的母羊,体重差别几乎可以不计,羊毛的厚度也相似。"

程锦芝说完,便有人牵着羊儿们上台了。

高低肥瘦,果然都一样。

名媛团中又有人发话了,正是周一然,她轻飘飘地说道:"什么名媛大赛?这分明是村妇大赛!让我们当众剪羊毛,岂不是笑话?"

站在她后面的名媛甲附和道:"就是啊,也不知道出这主意的人是怎么想的,粗鄙又无趣!"

这分明就是在说程锦芝了,但程锦芝只是好脾气地笑了笑,对她们说道:"二位,大赛内容是一早就定下的,如有异议,我们留到下一届再说,如何?"

周一然道:"锦芝姐姐说得对,那我就下一届再参加吧,今日就当是来围观的。反正这种比赛,我定然是要输的。"

最终,周一然和名媛甲弃权。

柳音音看出来了,虽说名媛团中有两个人放弃了,但她们明显还有一个外援,就是那个穿着俗气的人。那个女子一眼便知是乡野村姑,名媛团应当是把宝押在她身上了,其他的人即便参赛,也只是走个过场——毕竟没有哪个大家闺秀会像柳音音这般,在家认真练习薅羊毛。

这简直是意料之外的变故啊,面对如此强劲的敌手,柳音音撸起袖子,做好了准备。

随着一记鼓声响起,比赛开始!

柳音音花了片刻工夫和羊培养感情之后,便快速将羊放倒,让它腹部朝上,并将羊的右后腿夹在两膝之间。她从羊腹部右侧前后腿之间开剪,依次向左侧剪完腹部的毛。

外援村姑和柳音音用的是同样的顺序,腹部剪完,把羊翻转过来,朝右侧卧着。她半蹲在地上,左手拉住羊左后腿,剪羊左后腿处的毛。

忽然听见一只羊叫了一声,然后是一个女子叫了一声,再接着观众席也有轻微骚动。原来是钟惠敏的剪刀不小心扎到了羊,她自己也吓了一跳,忙扔下了剪刀。"快把这羊送去医治!"

出局。

不过看钟惠敏的表情,显然是松了口气的样子。她缓缓下台,和村姑外援对视了一眼,对她点了点头。

柳音音加快速度,右膝压在羊后腿上,左手拉住羊的左前腿,依次剪去左侧、前腿和左肩的毛。

唰唰唰,唰唰唰,羊的脊椎骨秃了。

柳音音已经出了一身汗,她用衣袖抹了把额头,继续蹲下身,按住了羊头。

村姑外援已经抬起羊头,开始剪羊头部分的毛。

江流见柳音音的动作比别人慢了,在台下按捺不住地大叫:"柳音音,你快点啊!"

方宴生在评委席中眯着眼睛,看得倒也认真。

柳音音一手拉着羊头,一手剪掉羊颈右侧的毛。她的手早就已经开始发酸,有些不听使唤,为了不让剪刀伤到羊,刻意放慢了动作,每一剪都十分小心。

村姑外援把羊头按在自己的膝盖上,剪完羊颈侧的毛后,用两腿夹住羊的脖子,剪胸部的毛。整个动作,如行云流水。

"咚"的一声,鼓声响起,村姑外援胜出!

柳音音放下剪刀,看着眼前这只只剩下头上一小撮毛的羊,险些流下悲伤的眼泪。羊光秃秃的,看着柳音音的神情也无限悲伤,它担心自己会冻死在这个冬日。

柳音音摸摸羊头,道:"你乖,一会儿我把你买下,带回家给你做件好看的衣服,保管其他的羊都嫉妒。"

羊在原地转了一圈,仿佛欢天喜地。

程锦芝宣布道:"获得本次名媛大赛第一名的是——鸿运村的李丑妞。"

李丑妞笑呵呵地看着台下,手中的剪刀还没有放下,仿佛意犹未尽,还想继续剪。

"你行,你行,我自愧不如。"柳音音低喃,败得心服口服。

程锦芝亲手将那个装着白狐裘的锦盒交给了李丑妞,并说道:"按照历届大赛的传统,第一名可以当众提出一个心愿,只要是可以做到的,我们都会尽量满足。"

柳音音看着那锦盒,流露出无尽的不舍。

江流安抚她,道:"别哭啊,不就一件狐裘大衣吗,大不了,我和方先生凑钱给你买一件,比那件还漂亮哈。"

原本并不想哭的柳音音,听到这话,真是眼中含泪了。

李丑妞看了看台下的钟惠敏,放大声音道:"我的要求很简单,就是让锦芝姑娘你,摘下面纱,给大伙儿瞧瞧,你长什么样。"

程锦芝似是愣在了那里,许久都没有说话。

她身后的婢女道:"无礼!你这岂不是故意刁难我家小姐!"

周一然道:"怎么能是刁难呢?都说锦芝姐姐长得倾国倾城,我们怎么说也是相识多年，却一直无缘一见呢。"

钟惠敏帮腔道："一然说得对，举手之劳而已，锦芝姐姐就满足一下我们的好奇心嘛。"

围观群众一同起哄，能看见程锦芝的真容，那可比看薅羊毛大赛有意思多了。他们甚至已经在心里想好了回去之后要怎么向那些没有来围观的人炫耀。

评委席中，传出方宴生清冷的声音："在场诸多看客，何以都喜欢强人所难呢？锦芝姑娘，你方才说了，是按照历届传统，尽量满足。可眼下提出的这个要求，已然越界了，依在下看来，姑娘大可不必理会。"

程锦芝对着方宴生轻轻一揖，道："锦芝谢过方先生。"

言罢，又看向台下众人，道："城中多有误传，其实锦芝多年来以纱遮面，是因为相貌丑陋，怕惊扰他人而已。李姑娘所提之事，却也没到强人所难之地步，锦芝不以为意，希望各位看罢，也可不以为意。"

她一手拉住了面纱的一角。

身旁的婢女面露担忧，轻呼一声："小姐！"

程锦芝的面纱已然拉开。

台下，呼吸声、诧异声、惊呼声，此起彼伏。

柳音音和江流也看呆了，众目睽睽之下，哪有什么倾世容颜？程锦芝面上那一大块烫伤的疤痕，注定了她此生与美人无缘。

柳音音看了看钟惠敏和周一然等人，见她们脸上带着戏谑之态，心中已然明了。名媛团嫉妒程锦芝的名声，故而借此机会，当着众人的面，联手摘下了程锦芝的面纱。

"可惜啊可惜，"江流叹息道，"十方城第一名媛的位置，日后怕是要动摇了。"

柳音音气得骂了一句："卑劣之徒！"

"你骂我？"江流很不高兴，"我原本还想着拿出私房钱给你买狐裘呢！"

柳音音道："不是你，是钟惠敏那些人，她们是故意的！"

江流看了看名媛团，又遥遥看了看方宴生，他看着程锦芝的目光，似乎多了几分敬意。

面对诸多的声音，程锦芝十分坦然，又将面纱遮上，道："大家一定好奇，我这脸，是天生如此，还是人为所致。"

她走到李丑妞面前，打开了锦盒，又从锦盒中拿出白狐裘，在众人面前展开。

纯白色的狐裘，仿佛是流动的雪，让人一看到就移不开眼睛。几乎所有人的脸上都流露出了想要收入囊中的表情。

江流低声对柳音音道："我还是收回之前的话吧，买不起。"

柳音音"喊"了一声。

程锦芝道："你们所见这白狐裘，其珍贵之处在于，是由数百只狐狸的腋下之毛所制成的，故而可称为稀世珍宝。不瞒诸位，锦芝脸上这疤，就与白狐裘有关。"

台下又是一阵议论声，对程锦芝的好奇，显然已经超过了名媛大赛本身。

程锦芝明白众人心中疑惑，也没有要藏着掖着的意思，直言道："我年幼时，曾在家中养过一只白狐，有一日，白狐失踪了，我便出门去寻找。众所周知，十方城历来以穿狐裘为荣，我在寻找白狐的路上，也当真遇到了这么一伙人，他们猎杀狐狸，取其毛发，制成狐裘，售以重金。"

所有人都安安静静听着故事，柳音音不禁在心中担忧：难不成程锦芝养的那只白狐，也被杀了，做成了狐裘？

程锦芝继续说道："那日，我走入树林，看到树上血淋淋地挂着百余只狐狸，吓得险些晕厥。那些人直接从活着的狐狸身上划下刀口，扒下它们的皮毛，这个时候狐狸还不会死，被挂在树上，疼得发出惨叫，直到几个时辰后，没有力气叫了，血也流干了，才彻底断气。"

台下，鸦雀无声。

柳音音脊背发麻，有彻骨的寒意从脚底上升，一直升到头顶心，她整个人浑身一颤。

程锦芝叙述着这残忍的过往，没有哽咽，没有哭泣，因为无数个日日夜夜，已经让她将愤怒和痛苦消化，化作今日孤注一掷的行为。她吐字清晰道："你们这般听来，也觉得万分残忍吧？可想我当日亲眼见到这场景时，心中的愤怒和恐惧。"

李丑妞吓得将手中的锦盒直接扔到了地上，什么白狐裘，她才不想要了，万一那些狐狸来找她寻仇怎么办？

方宴生面色沉重，问道："锦芝姑娘，你所养的那只白狐，可找到了？"

程锦芝道："并未找到，我将其看作万幸，想着它应该还活在世上。那树林中死去的，都是赤狐，所以才有取腋下之毛制成白狐裘一说。而我的那只白狐，通体雪白，唯有额头一点赤红，故而我为它取名赤点。"

方宴生听到这里，拿着折扇的手，轻微颤了颤。他看着台上的程锦芝，有些出神。

程锦芝将白狐裘放回锦盒中，又继续说道："我亲眼看到了这个行当的野蛮和残暴，想要制止，与家人商量后，便花了重金，买下这件白狐裘，为的就是和那狐裘商人面谈。但即便如此，那商人也并未出现。我没有死心，多方查访，终于找到了他们藏匿狐狸的一个据点。我做了一些布置后，带人前去，偷偷放走了被他们抓起来的几百只狐狸，却也在撤退的时候被人发现，导致毁容。"

程锦芝语声缓慢、平淡，仿佛在讲述一个久远的、和自己没有什么关系的故事。但在场的人听来，无不佩服这个姑娘的善良和胆识，她那时候才多大？为了那些幼小的生命，竟甘愿牺牲了自己的容貌。

"很抱歉，这次的名媛大会，的确是因为我的私心，才有了一场这样看似荒唐的比赛。"程锦芝对着众人深深鞠了一躬，又起身道，"我想借此机会告知大家，狐裘看似华贵，却是鲜血浇灌而成的，羊毛取材便利，但也有极好的保暖功效。还望大家日后手下留情，莫为了给自己添置一件衣裳，而间接夺了无数生灵的性命。"

程锦芝说完，婢女已经拿上来一根燃着火焰的木柴，递给她。

程锦芝对李丑妞道："这件白狐裘不应存世，稍后我会以重金酬谢你。"

说完，她将木柴移至锦盒，点燃白狐裘。举世罕见的珍贵白狐裘，瞬间便被火焰吞噬。

柳音音此时对那白狐裘，已经没有了初时的垂涎，她看着站在火光边垂手而立的程锦芝，心中无限感慨。多好的姑娘啊，若能有她半分气魄，为世间生灵仗义执言，便此生无愧。

那些对程锦芝心存嫉妒的名媛，本想着借此机会败坏她的美名，不料适得其反，目睹这一切的众人，对程锦芝越发敬佩和赞赏。

世间至美，在骨不在皮。

之前江流给柳音音练习的羊，都是在附近的村民家里租的，现在大赛结束了，江流命江小七把光溜溜的羊群连带着剪下来的羊毛一并还了回去，还付了不少租金。

羊群一走，江流便躺在太师椅上，心满意足地想着，今晚终于可以不用伴着羊叫声入睡了。

正这么想着的时候，柳音音牵着那只头上剩下一撮呆毛的羊回来了，人和羊溜溜达达，都很高兴的样子。

柳音音笑看着江流，问道："你觉得，给它取名叫呆毛怎么样？"

江流看着羊,猛地从太师椅上跳了起来,如临大敌,问道:"你这是什么意思?为什么还要给它取名?"

给一只羊命名,那是多么了不得的事情!这意味着从此之后,这只羊是独一无二的,是绝无仅有的,是和世界上千千万万只羊都不一样的!

羊看着江流,眼中流露出欢喜,内心想:这个少年,样貌甚合我意。

柳音音道:"这是我比赛时候的那只羊,我们已经建立起了深情厚谊,以后就养在家里了。"

江流道:"谁允许了?"

"先生已经答应了啊。"柳音音牵着呆毛往里走,"他还吩咐了,用家里不需要的旧衣服,给它做件棉大衣。"

江流"哈"了一声,气道:"还棉大衣?我今年过冬的棉大衣还没人给我惦记着呢!"

柳音音笑话他:"你跟一只羊置什么气?"

"能不气吗?养猫养狗也就算了,谁好端端的会在家里养一只羊?还没有毛!长得这么丑!"

柳音音忙捂住呆毛的耳朵:"你别瞎说,羊也是有自尊心的,人家明明有一撮毛好不好!等以后新毛长出来,又是一只漂漂亮亮的羊!"

"你不觉得它的眼神里充满了对我的冒犯吗!"

"江大少爷,你也太容易被冒犯了吧?"柳音音懒得搭理他,牵着呆毛就走。

呆毛路过江流身边的时候,伸出舌头舔了舔他的手,内心想:嗯,这个少年,味道也甚合我意。

江流甩了甩手,怪叫一声,躲得远远的,警告柳音音:"我从这只羊的眼神里看出来,它对我有非分之想,你让它和我保持距离!"

柳音音摸了摸呆毛的脑袋,道:"之前薅羊毛的时候也没觉得你不喜欢羊啊，怎么，我们呆毛就惹你讨厌了？"

江流理直气壮道："短租，和长住，是有本质区别的！"

柳音音道："别那么小气，它是吃草的，又不抢你的饭！"

江流知道和柳音音理论没有用，便也不多说什么了，带着十万分的不乐意，去找方宴生。

他在方宴生房门外敲了半天门，没有回应。

奇了怪了，早睡早起的居家好先生，今天这么晚还没回来，难不成是去找程锦芝了？还说没对她动心思？嘴硬！

江流的猜测，对了一半。

方宴生没有回浮生阁，的确是去找程锦芝了，但这心思，却是动在了她之前养的那只白狐身上。

程锦芝的住所在十方城的城郊，依山傍水而建的一个院落，清净雅致，别具一格。

此时太阳已经下山，一根烛火点燃了室内的光线，烛火一头坐着方宴生，另一头坐着程锦芝。

程锦芝依旧用白纱遮着大半张脸，只露出一双眼睛，看着方宴生。

方宴生将一块手帕放在桌子上，说明来意："我冒昧来找姑娘，是因为这块手帕。"

烛光明灭，依稀可见，洁白的手帕一角绣着一个"锦"字。

程锦芝看见那块手帕的瞬间，露出惊讶之色，道："这是我少时所用之物，怎么会在方先生手里？"

方宴生并没有立即给程锦芝解惑，反而问道："锦芝姑娘可有听过传闻，说在下无父无母，由白狐养大成人？"

程锦芝点点头，道："的确有所耳闻，但这种市井传言，多半是胡说，我并不太相信。"

方宴生道:"姑娘明智之人,自然不会信这怪力乱神之言。我的确不是被白狐养大的,但世上有一只白狐,却是我的救命恩人。"

程锦芝心中一动,欲说还休地看着方宴生。

方宴生道:"那白狐周身雪白,只有额头处,是一点红色,与姑娘所说的赤点,似是同一只。我原本还不能非常确定,但既然这方帕子是姑娘的,那就错不了了。"

程锦芝拨了拨烛芯,室内的光线更亮了些。

"还请方先生细细说来。"

那是方宴生初来十方城的时候,冬日寂寂,听闻郊外苍山负雪,便独自前去赏雪。他已经有些想不起来,是如何到那一座山头的,只记得风雪过后,迷了路,四周都是白茫茫的一片,也不能辨别方向。

天很快就暗了下去,方宴生饥寒交迫之际,看到前方有一个山洞,便进去躲避风雪。不料才一跨进洞口,便被山洞上方坍塌下来的雪压倒了。

积雪厚重,压在身上让人动弹不得,他许久没有吃饭,只能眼看着大雪一点点将自己埋没,却一点爬起来的力气都没有。

寒风呼啸,吹得方宴生渐渐失去了知觉。

到了夜晚,方宴生迷迷糊糊之际,被一阵嗷嗷的低鸣吵醒。他睁开眼睛一看,自己还躺在山洞口,但是头部的积雪已经被清理掉了。

从他所在的角度看去,正好可以看到远处的天际,风雪已停,群星闪耀,被白雪覆盖的山头微微发着光。

他支起身子,看到身边那只把他叫醒的白狐,它的身体仿佛和周遭的白雪融为一体,而额头那一抹殷红,像是雪中的火星。

"是你救了我吗?"方宴生把手伸向白狐。

白狐极通人性,舔了舔他的手,不知道从哪里叼来了一个沾着灰尘的馒头，放到了方宴生的嘴边。

"谢谢你啊，小狐狸。"

虽然硬得像石头一样，但就是靠着这个馒头，方宴生强撑着从雪堆里爬了出来。

跟着白狐进入山洞后，方宴生被眼前的景象震惊了，只见洞内是成堆成堆的狐狸尸体，全都被扒去了皮毛，鲜血淋漓。

即便是在极寒之地，他还是闻到了浓重的血腥气。

那时候的方宴生，无论如何也想不到，这些狐狸之所以惨死，是因为有人要穿它们的皮毛做的衣裳。

地上是一个个的小雪坡，方宴生猜测，那些是白狐埋葬的死去的狐狸。

方宴生知道这白狐重义，伸手摸了摸它的脑袋。

悲伤的白狐知道对方是要安慰自己，受用地蹭了蹭他的手，露出的一只脚上，就绑着那块手帕。

听到这里，程锦芝的声音有些急切，说道："那定是赤点没错了！它失踪之前，后腿受了伤，我给它上完药后，就是用这块手帕包扎的。后来呢？后来它如何了？"

方宴生道："我们一人一狐，在山上待了七八日，它腿上的伤完全康复之后，我就把这块手帕解了下来。我帮它把所有的狐狸尸体都埋葬了，再之后，它就走了。"

程锦芝："走了？"

方宴生："是的，不辞而别，有一天清晨我醒来，它便不见了。"

程锦芝不免有些担心，道："会不会是被什么人给抓走了？"

方宴生摇了摇头道："我在那里等了两天，它没有回来，洞内的食物不够了，我就下山了。之后几个月，我断断续续也去山上找过，但是再也没有见过它。"

程锦芝问道:"方先生可还记得那座山在何处?"

方宴生道:"记得,如果锦芝姑娘想去,我可以带路。"

程锦芝感激地点点头,道:"好,待我做完眼下的事情,就劳烦方先生带路。"

"受人恩惠,当结草衔环。白狐救了我的性命,这些年来,我却没有为它们做过些许回报,实在有愧。"方宴生起身,对着程锦芝端正一揖,"姑娘所为,宴生十分佩服,也想从旁协助。"

"方先生愿意出力,自然再好不过。"程锦芝说着,从身后的书架上拿下来一沓纸,一张张摊开,给方宴生看,"这些是我当日在树林中,见到狐裘商人的恶行之后画下来的。"

方宴生细细看去,一幅幅画栩栩如生,触目惊心地记录了狐狸被残忍杀害的过程。

即便是隔着画纸,也能感觉到那些生命被掠夺过程中的痛苦和绝望。

方宴生放下画纸,低低说道:"我明白姑娘的意思了,宴生一定竭尽全力,让全城都知道这件事情,并号召百姓们,不要为了自己的一时痛快,去荼毒弱小生灵。"

程锦芝点点头,道:"劳烦了。"

方宴生道:"应该的,锦芝姑娘这些年来的付出和坚持,才实属不易。"

当晚,方宴生回到浮生阁,挑灯书写关于猎杀白狐的头条文章。

阁中众人深知他对此事的重视,都不敢打扰,默默在外等候着,只等文章一出,抄写成报,好在第二天一早向全城发布。

柳音音这一晚也没闲着,拿着其他人捐献出来的破衣烂衫,为呆毛缝制冬衣。

江流渐渐压下了要向方宴生状告此事的想法,对柳音音道:"方先生正在身体力行地向我们表达，万物共生且平等，所以我决定了，与这只羊达成和解。"

柳音音也知道人敬你一尺，你还人一丈的道理，客气道："放心，我会给它限制活动范围，不让它靠近你的房间。"

江流双手握拳："多谢音音姑娘深明大义！"

夜晚的寒气已经很重，一到半夜，手脚都是冰凉的。

阿梨破天荒地没有早早睡觉，而是和江小七一起在厨房熬汤，熬完了，直接把那口大锅端了来。众人就在方宴生的书房门口一人一碗喝起来，山药排骨汤的暖意，很快就驱散了寒意。

江小七问："要给阁主送进去一碗吗？"

江流道："不必，这个时候，别去打扰他。"

众人守着，守着，柳音音觉得这样熬夜赶工的氛围真好啊，真像是和和气气心连心的一家人——她可能没有想清楚，其实熬夜赶工的唯有方宴生一人，他们都在喝着热汤陪熬夜。

终于，方宴生写完了，打开门，屋内的墨香飘了出来，怪好闻的。

方宴生当然也闻到了屋外的香气，鼻尖一动，道："山药排骨汤吗？给我来一碗。"

众人一同看向空得见底的锅子，齐刷刷保持了沉默。

方宴生简直哭笑不得："你们这些黑心的人啊！"

整个十方城也找不到比他更凄凉的老板了。

阿梨赶紧端起锅就跑："山药排骨配不上你的档次，我去给你煮人参鸡汤！"

柳音音和江流已经抢着去看方宴生刚才写完的内容。

这注定是个不眠之夜。

《江湖快报》头条——"狐之死，死于人手"

十方城素以狐裘为贵，每至冬日，满城争相购买，趋之若鹜。

殊不知，狐之皮毛，乃自其身活剥而下。初，狐哀痛嚎叫，却不当即而亡。至皮毛尽去，血流殆尽，方奄奄断气。

有狐母不忍见亲子受此折磨，流泪将幼子撕咬致死。

汝见狐裘，精美绝伦，却不知得来之法，不堪入目。披之于身，可得安宁？

又有义狐，殚精竭虑，葬其同伴于山巅。皑皑白雪，血肉其下。

浮生阁主言：禽兽尚且有恻隐之心，况乎于人！

小报一下发，方宴生也来不及等结果，就如约带着程锦芝来到山上。

虽然山下还没入冬，但山上已经下过几场雪，白皑皑的。今天是晴日，阳光照耀下的雪山，白光刺痛眼睛。

方宴生对程锦芝道："我们不能停留太久，不然眼睛会受不了。"

"好。"程锦芝点点头，往山洞的方向走去。

洞内，有一层薄薄的积雪，风一吹就散了。一个个凸起的小土坡，昭示着这是一个巨大的狐族坟地。

程锦芝试探性地叫了一声："赤点？"

洞内传来轻微的回声。

"我真是糊涂了，它不可能还在这里。"程锦芝自嘲似的轻轻说了一句，往洞内走去，"但是能看看它曾经生活的地方，也算了了一桩心愿。"

方宴生跟在后面，每一步都小心翼翼地绕开小土坡。

忽然，走在前面的程锦芝停下了脚步，看着地面上一个小小的脚印，惊喜道："方先生，你来看这里！"

方宴生走上前去，低头一看，那是一只狐狸的脚印。

程锦芝又往里走了几步，在一个半封闭的石块堆积处，传出了细小的声音。

她停下脚步,看到一只白茸茸的脑袋探了出来,紧接着,是两只,三只……一共六只。

六只白狐都只有巴掌大小,起初都缩在一起,见方宴生和程锦芝没有恶意,才大着胆子走了出来,圆溜溜的眼睛打量着他们。

程锦芝笑道:"它们一定是赤点的后代!"

方宴生道:"有没有可能,赤点还活着?或许是外出找食物去了,马上就要入冬,到时候食物就不好找了。"

"看来给它们带食物是带对了。"程锦芝把随身携带的包袱打开,用那块绣着"锦"字的手帕垫在一块大石头上,把包袱里的馒头都放在上面。

小白狐们看到馒头,一窝蜂跑了过去,边吃还边看两人。

方宴生问道:"要再等会儿吗?"

"好。"

两人席地而坐,看着小白狐们吃饱了馒头,又将多余的藏起来。它们逐渐放开了胆子,在两人身边跑动。

赤点始终没有出现。

"该下山了,"方宴生提醒道,"天黑之前得回城,不然有点危险。"

程锦芝点点头道:"看到这些小家伙,我就放心了。回去吧,等明年开春,再来看它们。"

方宴生:"好。"

傍晚,方宴生回到浮生阁的时候,见门外站着一堆闹事的人,把大门围得水泄不通。

江流和柳音音正在门口周旋。

江流:"你们再不走,我可就报官了!"

闹事者极为凶悍，高喊："官府来了又如何？我们又没打你们，也没砸了你们这破店！"

柳音音："不好意思各位，那就劳烦你们在这儿等等差役，我们的人，已经在去官府的路上了，想必也不用等太久。"

为首那人是个彪形大汉，粗着声气道："我家主人都说了，只要停卖这一期的《江湖快报》，价格随你们开，别给脸不要脸！"

江流气道："你看我们像是差钱的样子吗？"

"让管事的方宴生出来！你们两个小喽啰，没资格在这里跟我说话！"

柳音音正要说什么，见方宴生缓步上前，也就没往下说。

方宴生站到江流和柳音音的前方，对那人道："这位兄台，在下方宴生。"

彪形大汉对他拱了拱手，道："方先生，久仰大名，我此次前来叨扰，是为了给我家主人解决一个问题。"

方宴生道："我刚才在旁，约莫是听明白了，你家主人，是做狐裘生意的？"

彪形大汉："正是。"

方宴生："这一期的《江湖快报》，影响了你们的生意？"

彪形大汉："正是。"

方宴生："劳烦告知你家主人的名字，我也好开个适当的价格。"

彪形大汉一听，乐了。

江流和柳音音急道："方先生！"

方宴生对他们摆了摆手，示意少安毋躁，随即笑着看向彪形大汉。

彪形大汉凑近方宴生的耳边，说了一个名字。

方宴生"哦"了一声，道："那价格可不便宜啊。"

彪形大汉自信道："我家主人说了，价格随你开，他上下关系都已经打点妥当，只要方先生这里不再报道此事，我们也便既往不咎了。"

刚说完，阿梨带着官府的差役们来了。

带头的差役道："都堵在这里做什么呢？"

方宴生道："你们来得正好，我和这位爷正商议着，他要花多少钱来封我们的口呢。"

彪形大汉不料他竟然这么直白地对着差役说了出来，着实吃了一惊。

方宴生又道："他还说了，你们家县令也收了钱，我正要问他县令收了多少，也好给我做个参考呢。"

彪形大汉又惊又怒，道："方宴生，你别乱说话！"

那差役知道方宴生是个不好惹的，弄不好要把县令拖下水，忙道："方先生，我们老爷为公为民，哪能做这种事情？定是这些人在此胡言乱语，扰了先生的清净，我这就把他们都带走。"

方宴生笑道："那就有劳了。也烦请告知钟大人，我们浮生阁奉公守法，做的是小本生意，可经不起这样三番五次被人上门骚扰。"

差役道："小的明白！"

闹事的人可不想这么善罢甘休，道："我们做的也是小本生意，被他们浮生阁搞得做不下去了，难道县衙不管管吗？让我们以后喝西北风去吗？"

这差役也是看过《江湖快报》，知晓了前因后果的人，道："你们好好地做良善生意，咱管不着，你们活生生去扒狐狸的皮，引得城中百姓抵制，咱也管不着，但堵了人家浮生阁的门，闹哄哄的，扰乱城中秩序，这我们得管！"

"分明是他先搅了我们的生意！"

"你们有本事，就去说服百姓，继续买你们的东西啊！"差役懒得多啰唆，"走不走？不走我把你们都带去衙门喝茶！"

彪形大汉等人无奈，只好灰头土脸地离去。

江流喜上眉梢，对柳音音小声说道："关键时候，还是方先生有办法啊。"

柳音音："我现在算是见识到了，方先生和稀泥的本事，天下第一！"

方宴生道："天下第一和稀泥？说我吗？"

柳音音问道："先生，你真的不怕那些人报复吗？"

方宴生道："你刚才没听见吗？钟大人为公为民，自然会保护好我们这些小老百姓的。"

江流点头称是，又摆出一副无所谓的态度，道："再敢胡来，小心本少爷用钱砸死他们！"

转眼，初冬来临，呆毛的身上已经长出一层绒毛。柳音音还是固执地让它穿着花棉衣，一人一羊，在浮生阁的门口晒着太阳。

江流也在晒太阳，和他们隔了老远，还时不时警惕地看看呆毛。

呆毛不高兴，一来觉得自己的衣服难看，二来认为是这难看的衣服导致了江流对它的疏远。

江小七从门外跑进来，擦了把额头的汗，带来城中的最新消息："今天又有两家卖皮毛制品的店铺关门了。现在十方城中，只剩下最大的那家宝锦阁还能撑下去，但靠的也是售卖其他衣物，皮毛制品，一律没有人买了。"

江流听完，也不顾忌呆毛了，冲到柳音音面前，大喜道："真是太好了！音音，我觉得自从来到浮生阁，这是我们做的最伟大的一件事情了，救了无数生命啊！"

其实他们在写这一期的时候，并不确保能带来什么样的后果，只是尽最大努力去做。而最终，那则配着程锦芝所画之图的血色头条，的的确确改变了十方城百姓的衣着审美。

世间残酷之事很多，但也从不乏守护之人。

柳音音抿着嘴,不知为何眼眶竟然有些湿润,她抬头看了看天,又低头看看呆毛,心中无比感激。

呆毛趁机舔了一口江流,内心道:哇,还是这个我喜欢的味道!

江流慌乱地甩手跳脚,大喊:"柳音音,管好你的羊!说好的距离呢!距离呢!"

零柒 医者

许从善脸色苍白，红肿着双眼，表情呆滞地看着马琰。

许从善："我没太听明白，你再说一遍。"

马琰十分有耐心地讲解："保险的意思就是，一旦你发生不测，我会给你提供后续的保障，直接点说就是，赔你钱。你活得越惨，我赔得就越多。"

许从善："我要是死了呢？"

马琰："那就赔给你的亲人。"

许从善："自杀也赔？"

马琰："你敢死我就敢赔！"

许从善："好，我买你的保险。"

柳音音的事业逐渐稳定，闲暇之余，也会想到自己的终身大事。看着话本里的一生一世一双人，她偶尔会羡慕。但她也很清楚，这种事情，羡慕是羡慕不来的。

万万没有想到的是，那个小时候与她定过娃娃亲的人，真的存在，并且会来浮生阁找她。

彼时，她正在喂呆毛吃草，那个人从门口走进来，轻轻敲了两下门，笑问："请问，是柳音音姑娘吗？"

此人中等身材，长相平平，衣服整齐得一个褶子都没有，看起来特别机灵，圆润的小眼睛忽闪忽闪的。

"我姓马，叫马琰。"他说着，朝柳音音晃了晃手里的铜铃铛。

柳音音下意识摸了摸自己的铜铃铛，猜测到对方的身份，又想到自己清汤寡水的脸上什么也没抹，紧张得立即躲到了呆毛的身后。

"不是不是，不是我！"柳音音尽量掩饰自己的慌乱。

马琰笑说："别躲了，我都听到你的铃铛声了。"

呆毛很识时务地让开了，去一边继续吃它的草，留下柳音音尴尬地站在原地，手都不知道往哪里摆。

马琰走近柳音音，道："我早就知道家里给安排了这么一门亲事，等了你这么些年，你终于还是来了这十方城。"

柳音音听得脸都红了，此人样貌并非她所喜欢的，但毕竟也算是未婚夫啊，难道他今天来是上门求亲的？太突然了吧！

不料马琰话锋一转，道："只可惜啊，眼下家父已经过世了，家中其他的长辈也不知道这件事情，所以我们或许难以按照之前的约定进行下去……"

柳音音听出了他的言外之意，长长舒了口气，脸上的红晕也逐渐消散下去，忙道："马公子，我师父也已经过世了，如果你想悔婚，没有关系的，我暂时也没有成婚的打算。"

嘴上是这么说，但柳音音心中还是有那么点不是滋味的。她长这么大身边就没有过半朵桃花，好不容易来了一朵吧，竟然也只是做做样子的。

"音音一看便是善解人意的好女子啊，但是你想岔了，"马琰又走近一步，道，"你尽管放心，我不是来悔婚的。"

柳音音觉得他靠自己太近，便往后退了一步，疑惑道："那你刚才的话，是什么意思？"

马琰顿了顿，叹了口气，才缓缓说道："实不相瞒，我们家以前是开镖局的，虽然谈不上什么富贵人家，但在这十方城，也算得上尽人皆知了。只是天不遂人愿啊，自从我父亲过世后，镖局的生意就没人打理了，时间一长，便只好关门大吉。"

柳音音越听越不明白，只好问道："然后呢？"

马琰道："然后，我就想着自己发家致富，做起了小本生意。我是这般打算的，待日后，这生意有了起色，我得以在十方城立足了，就可以风风光光地娶你过门。"

柳音音脸上刚褪下去的红晕又泛了上来，低着头，不知道该说什么才好。

等了半天，也没见马琰继续往下说，柳音音想着应当鼓励他一下，便道："你年纪轻轻，就知道自己做事业了，这样也是很好的。"

马琰似乎就是在等她这句话，听完，忙道："音音，这么说来，你是会支持我的吧？"

柳音音点点头，道："自然是要支持的啊。"

"那就太好了！音音，我果然没有看错，你真是天底下最好的女子！"马琰笑着，从怀中掏出一张写得密密麻麻的纸，递给柳音音，道："买一份我的保险吧，这就算是支持我的生意了。"

柳音音："保险？是什么？"

马琰耐心解释道："我们之前做镖局生意的时候，都会给押运的货物作保，运送的过程中，一旦货出了问题，都由镖局承担。我也是由此，才想到了做这种生意，给取了个名字，叫保险。"

柳音音诧异地看那张纸，上面写的，大意就是让她花一笔钱，以确保日后自己身体健康，如果不健康了，就由马琰来支付医药费。

柳音音实在看不明白，道："我身体挺健康的呀，不需要什么医药费。"

马琰道:"你现在是健健康康的,但能保证日后一直这么健康吗?"

柳音音想了想,摇了摇头。

马琰道:"所以,这份契约,就是我给你提供的保障。你想想看啊,万一哪天你生病了,要花很多钱,这些钱就全部由我垫付,你一点都不用出。而现在,你只要花很小的一笔钱。"

柳音音看了眼上面的数字,纳闷道:"一两银子呢,可不小了。"

马琰道:"你要是得了很重的病,看病哪能只要一两银子啊?有时候,便是倾家荡产,也不够的。"

柳音音这么一听觉得似乎挺有道理的,但是她很快又想到了一个至关重要的问题,道:"要是我一直没有生病,寿终正寝了……啊呸!就是说,我要是一直很健康,用不着你的钱呢?"

马琰循循善诱:"你能保证吗?"

柳音音:"那倒是不能。"

马琰:"那就对了,凡事就怕个万一嘛,你不能保证,但是我能给你保证啊。"

柳音音:"你又不能保证我不生病。"

马琰:"我给你防范的是天灾人祸所造成的难以支撑的后果,是你人生的底线,生命的托盘。"

"我还是不想生病,买你这个叫保险的东西,感觉就像在诅咒自己生病一样。"柳音音思来想去,最终很固执地表示,"我不买。"

"我说你这丫头……"马琰前一刻还觉得这条鱼已经上钩了,下一刻却又跑了,有些不高兴。但他还是秉持良好态度,耐着性子,从怀中掏出其他的纸,道:"好,那咱就不生病。音音啊,你看看这个,这是为了防止你钱财被盗的,万一有人偷了你的钱,我也会赔给你;还有这个,这是房屋失火保险……"

柳音音:"我不想被偷钱,也没有房子。"

马琰:"好,听你的,这些咱都不要。那看看这个,这个可厉害了,是专门为你们这种未嫁的女子准备的,如果你这辈子都嫁不出去的话,到了三十岁,我也会给你一笔钱。"

"等等。"柳音音皱眉看着马琰,"你刚才不是还说,生意做起来之后,会娶我的吗?"

马琰眼神真挚地看着柳音音,道:"是啊,但万一生意失败了呢?我总得给你一个万无一失的保障啊!音音,你看着我的眼睛,看着我眼睛里散发出的真挚光芒,你觉得,我像是那种会骗人的人吗?来,你走近点看我,我的眼睛,是不是充满了柔情和善意?虽然今天是我们第一次见面,但是我对你绝对已经掏出了心肝脾肺……"

柳音音听得都开始反胃了,连连后退:"你别靠我这么近。"

"喂,那个登徒子!"江流睡眼惺忪地从屋内走出来,看到马琰近距离扯着柳音音的袖子,还以为他欲行不轨呢。

江流的瞌睡立即就醒了,跑过来一把抓住马琰,怒斥道:"胆子不小啊你!也不看看这里是什么地方!竟敢跑进人家家里来调戏弱小女子了!"

"这位公子,松手,松手,听我解释。"马琰笑着拉开江流的手,"这哪能是调戏啊,我是音音的未婚夫。"

江流瞠目结舌,看向柳音音,问道:"这是……什么时候的事情?"

弱小女子柳音音轻声道:"就是姓马的那个,铜铃铛。"

"哦。"江流不好意思地冲马琰笑了笑,道,"对不住啊,我刚才还以为是什么坏人呢。"

马琰道:"哪里哪里,不打不相识嘛,这位公子一看就不是普通人,英俊潇洒,气度不凡哪!"

柳音音灵光一闪,道:"马公子,你找他买那个什么保险,就算找对人了。他有好多房子呢,天干物燥的也没人打理,可不就容易失火吗?江流,你快和马公子商量商量。"

江流还一脸迷茫之际,马琰已经快速把他的保险契约单子递了过去,道:"公子请看,这是一份房屋财产安全的保险。"

江流:"保险是什么?"

正当马琰给江流介绍保险的时候,十方城中的郭家医馆门口,排起了长长的队伍。

郭文举是城中最有名的大夫,他的祖上曾经做过御医,年迈辞官后,就隐居在了十方城,一代代地把医术传了下来。

到了郭文举这一代,没有什么特别的,就是照样在自家厅堂里开了个药堂,看病开药,都在这里。

很多外城的人也慕名前来找他,通常都是药到病除,所以排队的人,往往能从门口排到巷子口。

郭文举也是个善人,最初的时候,他看诊开药,都没有个固定的价格,病人想给多少便给多少。有富贵人家一掷千金,也有穷苦百姓,放下一文钱,磕个头便走了。

但这世上好人容易做,大善人却难做。久而久之,不给钱的人越来越多,甚至有白拿了这里的药材去别处卖的。郭文举自己家里穷得都快揭不开锅了,才开始正儿八经地收费。

这一日连轴转下来,好不容易把病人们看完了,郭文举复查问诊名单,看着上头的两个名字喃喃自语:"许从善……徐丛珊……糟了!"

他忽然神情一滞,放下名单,惊慌失措地站起来,冲出门去。

不到一炷香的工夫,江流便和马琰达成了协议,痛痛快快签下了十八套房产的保险契约。

十八两银子，一文不少，当即结清。

马琰自做生意以来，从来都没赚过这么多钱，收了银子，高兴得眉开眼笑，道："江少爷，你的那些个房产，可不比普通老百姓的房子，按理说这个价格是下不来的。但是我就喜欢江少爷这样痛快的人，所以也不跟你磨嘴皮子了，咱就当是交个朋友，日后你有什么保险的需要，尽管来找我。"

江流也眉开眼笑的，道："我就是觉得这事情听着特别有意思，今晚我就去烧一套房子，看你明天能赔我多少钱。"

马琰一听，吓得眼睛也直了，腿也软了，道："江少爷，我胆子小，你可不能这么跟我开玩笑啊。"

江流"哈哈"一笑，道："朋友嘛，开个玩笑又何妨。放心，我不会闲着没事自己去烧房子的。"

马琰连连点头，心中想着，以后要在这份契约上加一些条款，比如自己动手损毁的话，就不能赔钱，要不然真遇上个疯子，可就把自己玩死了。

他抬头看看这浮生阁，试探性地问："偌大一个浮生阁，这阁主会不会也想要买一份保险？"

刚说完，方宴生便从主屋出来了，往这边走来。

方宴生："今天这么多客人？"

柳音音："多吗？也就一个啊。"

方宴生抬起折扇，指了指大门口。

柳音音等人顺着他指的方向看过去，正见十好几个人气势汹汹地往这边走来。

柳音音道："这些是什么人？"

江流道："保险有防小人的吗？"

马琰想回答，但没机会。

为首那人,名叫周晨洲,一见到马琰,便上前揪住了他,怒道:"好你个骗子,骗了我爹的钱,眼下他死了,说好的赔偿金呢?"

马琰可不想当着其他主顾的面坏了自己的名声,忙道:"这位兄台,你我可是初次见面,你爹是谁啊?"

周晨洲道:"许从善!"

马琰一愣,许从善,他自然记得。那是第一个从他这里买保险的人,当时还问了他一个奇怪的问题,让他印象深刻。

"他真的死了?"

"这还能有假?"周晨洲依旧抓着马琰不放,生怕一转眼他就跑了。

许从善死了,什么都没有给这个儿子留下,周晨洲也是在翻看遗物的时候,看到了那张保险契约。

有人白白送钱?这种事情周晨洲是不太相信的,但白纸黑字写得清清楚楚,他又不想白白错过了这次机会,所以便叫来了这伙人帮他要钱。见面气势必须拿足,他铁了心,无论如何要马琰拿出钱来。

周晨洲身后的亲朋好友也开始叫嚣着让马琰赔钱,好似这些钱能分到他们手里一般。

马琰倒也没有被他们的阵势吓得乱了阵脚,耐心地解释道:"许从善是在我这里买过保险,契约单我这边也还留着,如果他有什么不测,亲人是可以得到赔偿的。但是据我所知,许从善并没有什么亲人啊。"正因如此,马琰才在契约里答应得那么痛快。

周晨洲道:"我就是他的儿子!"

马琰无奈地笑道:"周公子,你们连姓都不一样,当我三岁小孩呢?"

周晨洲道:"我爹早年是入赘到我娘家的,所以我跟娘姓。后来,他和我娘不和,写下和离书就走了,但即便如此,也改变不了我是他亲儿子的事实。"

马琰整了整衣领,好整以暇道:"我马琰是说话算话之人,只要你拿出证据，可以证明自己是许从善的儿子，那我自然就会按照保险契约上的数字给你赔偿。"

周晨洲一听，有些难以相信事情这么轻松就解决了，心中暗道：我这老爹，死之前总算做了一件靠谱的事情。他松开了马琰，语气也变得客气起来，说道："这还不简单，我现在就去衙门找户籍证据。"

马琰道："好，那我们晚些时候再联络。"

周晨洲带着人走后，马琰也没有心思游说方宴生买保险了，急着回家去找出那张保险契约，想想应对的方法。

江流拉住他，道："你不给我们阁主说说保险的事情了？"

"诸位，实在不好意思，今天已经给你们添麻烦了，我若不走，怕这伙人又要来。"马琰抱歉地冲方宴生笑笑，"方阁主，保险的事情，日后有机会再聊。"

"不急的。"方宴生点点头道，"马公子一看就是重诺之人，这就急着回去兑现承诺了？"

马琰："是……是啊。"

方宴生："那就不送了。"

马琰："告辞，日后有空，定然会再登门拜访。"

方宴生："欢迎之至。"

与此同时，郭文举气喘吁吁地跑到许从善家里，见门口挂着白布，里面隐隐传出哭声，便知大事不妙。

他拉住一个帮忙送丧事用品的人，紧张地问道："许从善家是谁死了？"

那人叹息道："许从善自己啊，听说是因为得了绝症，舍不得花钱看病，就自杀了。哎，真是老实人啊，怎么好好的就这样了。"

郭文举只觉得一阵眩晕，险些栽倒在地，被那人一把扶住，问道：

"你怎么了？没事吧？"

郭文举摆摆手："多谢，没事。"

他看着许从善家的大门，想着上次见面的情形，心里空落落的，他知道晚了，也完了，好好的一个人，被他害死了。

半个月前，许从善觉得腹部不适，来他这里看病。

同一天来的，还有一个叫徐丛珊的病人，也是腹部疼痛。

经过看诊，郭文举判断，两人一个是吃坏了东西，一个是症瘕积聚。

许从善是前者，徐丛珊是后者。

当时开药方的是郭文举的女儿郭小环，她把两个名字听混了，便让许从善误以为是自己得了绝症。

要进去祭拜吗？郭文举抬了抬脚，却又不敢，万一进去了，说出实情后，就再也走不了呢……好歹，先回家跟小环交代一声吧。

郭文举这么想着，往回走去。他走着走着，只觉得周身发寒，身体也轻飘飘的，仿佛自己也突然得了绝症。这条原本多么熟悉的街道，现在却怎么看都觉得陌生。

街上有人向他问好，都是从前受过他恩惠的老百姓，每每从这里走过，他们总要问好的。之前他会一个个回复，可如今，他都分辨不出他们谁是谁了。郭文举心想：很快，他们会和许家的人一起唾弃我吧？我是医者啊，却由于一时不慎，把一个活生生的人害死了！

郭文举眼中含泪，心痛得几乎喘不上气。要回家告诉小环吗？不行，她还这么年轻，要抵命，也是他这个做爹的来。但小环如果知道了事情的因果，不就猜到做爹的是在为她承担后果吗？她的心里一定不会好过，未来还要忍受别人的指指点点……怎么办？怎么办？

突然，一个邪恶的声音在他心底里响起：其实，这件事情只要你不提起的话，就不会有任何人知道。人死不能复生啊，死无对证啊，或者，就应该当作什么都没有发生过？你只是个医者，又不是神仙，治病救人无数，已经做了那么多好事，如今发生了失误，也不是你自己想造成的，何不留着这有用之身，造福更多的乡亲呢……

"不行啊，不行的，这是要遭天谴的……"郭文举忍不住叫出声来，看着熙熙攘攘的街道，悲伤地抹起了眼泪。

浮生阁中，方宴生、江流和柳音音正在吃饭。

柳音音吃着吃着，索然无味地放下了筷子，陷入了沉思。

正在大快朵颐的江流夹走了柳音音最爱吃的鸡翅膀，见她没什么反应，大大咬了一口，高调宣布对鸡翅膀的主权。

柳音音还是没什么反应。

江流觉得无趣，没人跟他争抢，鸡翅膀都没有想象中那么好吃了。

方宴生优雅地吃着鸡蛋羹，对二人漠不关心。

江流在桌子底下轻轻踢了柳音音一脚，问道："音音，你不会还在想你的未婚夫吧？"

柳音音道："你们觉不觉得，马琰，像个骗子？"

江流道："怎么会呢？他不是都承诺了，会赔给周晨洲钱的。"

柳音音："我就是觉得，有种心里不太舒服的感觉。他给我们推销保险的时候，那个表情有种说不上来的奸诈油滑，我现在回忆起来，总觉得有问题。"

"你想太多了，做买卖的人，不都那样吗？再说了，我才是掏钱的那个，要被骗也是我被骗，你有什么不舒服的？"江流说着，忽然想起来马琰的身份，忙放下了筷子，"不过嘛，这毕竟是你的未婚夫啊，是应该多惦记着点。方先生，要不你说说，觉得马琰如何？好安抚一下音音这颗躁动不安的心。"

柳音音瞪了江流一眼，道："你才躁动不安，你一天到晚都躁动不安。"

方宴生吃下最后一口鸡蛋羹，放下碗，道："骗子呢，也不能算是骗子。但他做的这个事情，的确有些不靠谱。"

江流和柳音音都被说糊涂了。

江流道："方先生，你说清楚啊。我被骗了十八两银子不重要，万一音音被骗去成婚了，那这辈子可就完了。"

"江流，之前算我看走眼了，你是个好人，来，给你赔罪。"柳音音把另一个鸡翅膀也夹给了江流。

方宴生道："从马琰的角度来说，他不是想骗钱，而是真的想从事这样一份事业。但他同时又盼着，任何保险契约中约定的情况都不要出现，这样他就可以太太平平拿走钱。万一真有不好的情况出现了，他也会想办法拖延。"

柳音音道："所以，他说要给周晨洲钱，但也会找借口拖延？"

江流诧异地问："怎么拖延？"

方宴生道："你们就看着周晨洲要怎么证明他是他爹的儿子吧。"

柳音音道："这还能怎么证明？县令给他做个户籍记录不就好了。"

"怕是没那么容易。"方宴生淡淡一笑。

衙门之中，呜呜咽咽的哭泣声不绝。

周晨洲穿着一身孝服，跪在钟县令面前，哭得一把鼻涕一把泪，道："大人，您行行好啊，我爹死得那么冤枉，我一定要给他拿到那笔钱，以告慰他的在天之灵。"

钟县令皱着眉，道："是告慰他，还是告慰你自己啊？你要告慰他，多给烧点纸钱，不就行了吗？"

"那保险是我爹生前买的，为的就是给我一个保障，若我后半生活得穷困潦倒，我爹在下面都不能瞑目的啊！"周晨洲一副哀伤过度的样子，几乎扑倒在地上。

"你爹活着的时候，你没好好孝敬，这才更让他死不瞑目吧。"钟县令手里握着一根也不知从哪里来的麦茬，剔了剔牙，"现在人也没了，才上赶着来过问钱的事情。"

周晨洲终于停止了哭号，厚着脸皮道："大人，人死不能复生，我现在就是想拿个证明，证明他是我亲爹。"

钟县令道："县衙有县衙的规矩，户籍资料是不得随意公开的，再说了，许从善早就已经从你娘家里把户籍迁走了，你们已经不算是一家人了，你更加无权看他的户籍。"

"这怎么能不是一家人呢？他跟我娘不是一家人，但我还是他的亲儿子啊！"周晨洲一思忖，转而又问道，"那如果我看一下我娘的户籍资料呢？上面一定有记载，他们和离之前，是在同一个户籍的。"

钟县令道："我方才说得还不够明白吗？户籍资料，是不对任何人公开的，任——何——人。"

周晨洲道："不用给我看，大人，您就派人去看一眼，查一查真伪。若我说得没错，您给我写张条子，盖上印，就可以了。"

"嘿，"钟县令冷笑一声，"你想得倒是挺周到。"

"我也是在尽力给大人分忧解难。"周晨洲催促着，"要不就这么办吧，多谢大人了。"

"谢什么谢？我轮得到你给我出主意吗？"钟县令板起了脸，"不看，谁都不看，你赶紧走吧！"

周晨洲试图做最后的挣扎，痛声哭喊道："青天大老爷啊……"

钟县令怒斥："还不走？是要我让差役把你架出去吗？"

周晨洲知道死缠烂打也没有办法了，抹干眼泪，唉声叹气地离去。

他前脚刚走，钟县令就"呸"了一声，愤愤评价道："我平生最恨这种不孝之人！"

周晨洲在钟县令那里没法开出证明，却依然不死心，花了三天时间，又去了他和他娘户籍所在的九方城。

同等配方的哭天抹泪之后，周晨洲又强调了因父母和离，他自小缺少父爱，分别的这些年，对父亲有着深厚的思念，临死时没能见上一面，简直是生命中最惨痛的经历。

九方城县令大为感动，道："我们这边的规矩和十方城不太一样，如有特殊原因，可以查阅自己的户籍资料。"

周晨洲大喜，道："那就劳烦大人了，今日便可以查阅吗？"

"条件允许的话是可以的，"九方城县令想了想，又表示为难，"但是，你的条件可能不允许。其中还关系到你爹的资料，他已经不是九方城的人了，需要十方城县令开具同意查看书，方可查看。"

"大人啊，如果他愿意开，我现在也不至于空着手来了。"周晨洲给县令连磕了几个头，"那个十方城县令，是个食古不化的老顽固，哪有您半分的深明大义啊！求他，还不如求您呢！"

九方城县令听了，对周晨洲有些不满，道："我见过钟县令，绝不至于如你所说的这般。"

周晨洲点头称是："我也是因为这件事情给急糊涂了。"

九方城县令心中觉得好笑，摸着胡子道："那么，你就再去想想办法，提供一下你爹娘当初的和离书吧。有了和离书，我便为你开具证明。"

"大人英明！"周晨洲破涕为笑，"好好好，我这就去办！"

周晨洲其实已经多年没有回母亲的家了，因为父母和离后，母亲的脾气越发古怪，动不动就对他恶言相向，所以他早早去了别处打工，逢年过节才回来。

若能在不惊动母亲的情况下，偷到那和离书，自然最好。

可巧，周母今日正好外出，他发现房中无人后，悄悄潜入，翻开房中大大小小的柜子。由于找得太过专注，周晨洲完全没有注意到，身后的周母正举着一个大花瓶，蹑手蹑脚地慢慢靠近。

"咣"的一声，花瓶在周晨洲头上砸碎，他回过头，看到了母亲震惊的脸。

周母大怒："你个臭小子，回趟家还偷偷摸摸，我以为遭贼了呢！"

周晨洲强忍着眩晕，没有倒下，坐下歇了好半天，才缓过神来，问道："娘，你和我爹的和离书呢？"

周母横眉把周晨洲臭骂了一顿，道："你个臭小子，竟敢管起我和那老不死的陈年旧事了！"

周晨洲把许从善的死和那份保险契约的事情说了一遍，也将之前的经历如实交代。

周母闻言，又惊又悲："他已经死了！"

周晨洲叹气道："是啊，特别突然，都未来得及见上最后一面。钟县令觉得我只爱钱，不孝顺，但爹已经死了，我再孝顺也没有用，至于这钱，不要白不要嘛！"

周母听完，气也消了，道："我也觉得这笔钱该拿，但是那和离书，早就被我撕了。谁会留着那破玩意儿啊？看着都来气。"

"苍天啊，此事为何如此一波三折……"周晨洲几乎快放弃了，但忽然又生一计，"和离书还不简单，那就再写一封！"

好不容易，周母从许从善的旧日好友那里拿到了他生前的书信，由周晨洲模仿着字迹，重新写了一份和离书。

终于，周晨洲拿着新写下的和离书，在九方城县令那里开具了自己是许从善儿子的证明。

而当他充满希望地拿着这份证据回到十方城，再次找到马琰的时候，马琰也已经有了应对之策。

马琰惋惜地看着周晨洲，道："证据你是有了，但是马公子，十分不巧，这份保险契约已经过了时效期。"

周晨洲浑身一抖，大惊失色："这不可能！"

马琰指着契约上的日期，道："你看，这里写着的，亲属须在人死之后的三天内，向我索要钱款，过时不候。"

周晨洲把自己的那份契约拿出来，看了又看，脸色极为难堪。他跟马琰商量道："这不能怪我啊，前几天，我跑了十方城和九方城的县衙，就为了证明我爹是我爹，这时间就是这么浪费的！算起来，这是衙门的问题，不是我的问题啊！"

"但我们都没法去跟衙门掰扯呀。"马琰拍了拍周晨洲的肩膀，一脸惋惜，"你的遭遇，我也十分同情啊，原本都准备好了钱要给你的，但是和你爹的契约就是如此签订的，我也没有办法做违背契约的事情。"

到嘴边的鸭子还能飞？世间岂有这种道理？周晨洲不甘心，但万般无奈下，只能尽可能拿到一点是一点，便追问道："我可以不要你的大额赔偿，只有一个小小的请求，能不能把我爹当时出的那一两银子还回来？"

马琰为难道："没有这个先例啊。"

"也没有证明我爹是我爹的先例啊。"周晨洲愁得都快落泪了，"我和我爹已经天人永隔了，这一两银子，就当是给我做个纪念吧！"

多么光鲜亮丽、无可反驳的借口啊！马琰不想与他多纠缠，想着自己现在反正也有钱了，倒不如给他一两银子，让这件事情赶紧过去，求个太平，便道："好吧，看在许老伯的面上，我就把那一两银子退给你。"

周晨洲连连说好，虽然和预想的差很远，但总比什么都没有要好。

马琰在赔了一两银子后，心情甚好，又去了浮生阁，名义上是看望一下自己的未婚妻，实则想游说方宴生买他的房屋保险。

因为证明他爹是他爹的这件事情，周晨洲对十方城的户籍查验制度非常不满，于是也前往浮生阁，想让方宴生做一期相关的内容。

再说郭文举，在家茶饭不思几日之后，还是决定承担自己的责任。他得知周晨洲去了浮生阁，便也毅然前往。

这一下，浮生阁中好不热闹。

大厅之中，马琰还是发挥着他滔滔不绝的演说技巧："方先生，你们这浮生阁啊，放了那么多的书啊纸的，万一不小心失火了，这损失可太大了！我专门为你们开发了一个新的保险规则。"

方宴生："哦？愿闻其详。"

马琰一看方宴生来了兴趣，讲得越发起劲："是这样的，这个规则呢，特别细，就是要把整个浮生阁的财产分成几个部分，有房屋建筑、古董家具、普通家具、书籍、《江湖快报》，乃至这院子中的花草树木……一件件的，我们都可以事先商量出一个保价，一旦这些东西发生什么破坏、损毁，我都会按价赔偿。"

方宴生点着头，好像是在认真思考的样子："这听上去不错呢。"

柳音音和江流在一旁大眼瞪小眼，从双方的眼神中，都确定了对方的心思：马琰就是个骗子！

他们正想对方宴生有所提醒的时候，周晨洲来了。

马琰一看到周晨洲，还以为他又是来找事儿的，先发制人道："周兄弟，我不是已经退你钱了吗？"

"我不是来找你的。"周晨洲看向方宴生，"我要向方先生告知我前些天的经历，看他能不能做一期头条出来。"

此话一出，柳音音和江流先笑了起来。

方宴生道："周公子的事情，我们都有所耳闻。"

"你们都知道了？"周晨洲向他们确认，"证明我爹是我爹？"

柳音音和江流笑得更夸张了。

方宴生道："是的，证明你爹是你爹。"

周晨洲以受害人的姿态委委屈屈陈述道："方先生，你不觉得县衙这么做，太折腾人了吗？你是城中德高望重之人，说的话可比我管用，要不就跟钟大人提个建议，省去这中间的麻烦，也好少惹笑话。"

方宴生道："周公子的意思，我明白了，但是十方城有十方城的规矩，也不见得是我说什么就管用的。"

大门被敲了三声，众人看去，便见郭文举站在门口。

柳音音认出他来，道："这不是郭大夫吗？怎么瘦了这么多？"

这几日，郭文举为了心头那件事，的确是憔悴衰老了许多，就连走起路来都颤颤巍巍的。

没有人注意到，在看到郭文举的那一刹那，马琰便慌了。

方宴生站起身，迎了上去，道："郭大夫怎么想到来晚辈这里坐坐了？"

郭文举面容哀戚道："我是来找周公子的。"

江流冲柳音音小声嘀咕："今日真是奇了怪了，小鱼钓大鱼，一条接一条。"

柳音音道："我们这里，倒是比衙门还热闹了。"

周晨洲一脸疑惑，问道："这位老伯，我们认识吗？"

郭文举道："我们不认识，但我认识你爹。"

"他们叫你大夫……"周晨洲明白过来，"难道你就是给我爹治病的那个大夫？"

郭文举点头道："确是老朽，老朽有罪啊。"

方宴生道："生老病死，皆由天定，许老伯之死是令人惋惜，但郭大夫何须如此自责？"

"是我……是我给看错了病。"郭文举喉咙有些沙哑，声音低沉道，"有两个病人，名字相近，一个就是你爹许从善，还有一个叫徐丛珊。

得了不治之症的，其实是徐丛珊，但我一个不慎，将两个名字搞错了。"

周晨洲呆在原地，道："所以，我爹根本就没得什么绝症，他是被你吓得自杀？"

"是。"郭文举抹了把眼泪，哽咽道，"我知道搞错了，就立即去找你爹，想向他说明原因，但我去的时候，已经晚了。"

"你这个杀人凶手！"周晨洲走上前，愤怒地看着郭文举，道，"就你这样罔顾病人生死的欺世盗名之徒，也好意思说自己是大夫！"

郭文举对着周晨洲，倏然跪了下去，低声道："我行医三十余年了，治好过无数病人，但这又如何呢？一次犯错，便让我无颜活在这世上了。周公子，如果你要为你爹报仇，现在就杀了我吧！我活着的每一天，都万分痛苦！"

周晨洲冷笑一声，道："杀了你？杀了你我还得偿命呢！"

"既如此，也不能害了你……"郭文举直愣愣地看着眼前的地面，"那我便撞死在这地上！"

他说完，果真就以头撞地，似是用尽了全身的力气，若真的撞下去，只怕是要送命。

好在，方宴生眼明手快，冲上前去将郭文举拦了下来，他自己倒是重重摔在了地上，手臂上的衣服磨出了一道大口子。

江流和柳音音忙上前搀扶，柳音音问道："先生，你没事吧？"

"不碍事。"方宴生看着郭文举，微微有怒意，"既是无心之失，郭大夫又何以以命抵命？此等荒唐之举，还要选在我浮生阁做，若方才没有将你救下，你一了百了，不是将我们在场之人都陷于不义了吗？"

郭文举方才的确是抱着必死的决心，但被拦下来之后，反而没有了那份勇气，看着方宴生，满脸羞愧，说不出话。

方宴生道："不如我陪你们去一趟县衙，让钟大人来做个论断吧，让你死你便死，不让你死，你便好好活，这样可行？"

郭文举连连答应:"好,好。"

周晨洲想着,一起去县衙,他多少都能得到些郭文举的赔偿,若郭文举死在了这里,他可是什么都得不到了,当即也便答应了。

今日县衙太平无事,钟县令原本是想睡个午觉的,不料刚躺下,就听到有人击鼓鸣冤,不得已又爬了起来。

看到堂下站着的几个眼熟之人,钟县令难得不痛的头,又开始隐隐作痛了。

他抚着额头,问道:"堂下所站何人哪……算了,一个个的全都认识,不来这一套了。你们说吧,这次又是什么事?"

方宴生将事情的前因后果告知了钟大人。

郭文举跪在堂下,额头触地,道:"是老朽之过,老朽愿以死谢罪。"

"郭大夫,你又不是故意杀人,事情还没有到那程度,别死不死的。你死了,谁来给十方城的百姓看病?"钟县令打个哈欠,又问周晨洲:"本官若判他将所有家产都给你,作为赔偿,你服是不服?"

这一来正中周晨洲下怀,周晨洲当即磕头谢道:"多谢大人,草民心服口服。"

郭文举知道这意思就是自己不用死了,也接连磕了几个响头,道:"多谢大人,多谢周公子,老朽日后一定谨慎行医,倾尽毕生所学。"

"皆大欢喜,多好!"钟县令搓搓手,站起身道,"那就这样了了吧,退堂。"

郭文举忽然想起一事,又道:"我方才在浮生阁看到了一个人,他与许从善也有些瓜葛,不知当讲不当讲。"

钟县令刚抬起来的屁股又坐了下去,道:"讲吧。"

郭文举道:"那人名叫马琰,许从善来看病的那天,他也在。他向每一个看病的人都售卖一样东西,叫什么……保……"

柳音音提醒道:"保险!"

郭文举一点头:"是了,保险。那其实就是一两银子一张纸,纸上写明了,如果买了这东西,发生不测后,无论要花多少钱看病,马琰都会出这笔钱。当时在场的人都说他是个骗子,但许从善在得知了自己的病情后,就买了。他们是在我的里屋谈的,我偶然间还听到了几句,许从善要求把这时效期延长到三年,马琰不同意。"

周晨洲一听,霍然站了起来,问道:"后来呢?"

郭文举道:"后来,马琰还是依了许从善的意思,二人补签了一份契约。当时还是借了我医馆的笔墨。"

周晨洲问道:"那份契约呢?我在家中怎么没瞧见?"

郭文举道:"许从善当日恍恍惚惚的,竟把那张契约忘在我那儿了,所以我才想问问,那张契约,你们还要吗?如果要的话,我这会儿回去拿来?"

周晨洲激动得几乎要掉下眼泪,跪在堂下大呼:"我的青天大老爷啊,马琰那个丧尽天良的奸商,他骗我说保险契约的时效已过,只给了我一两银子!"

钟县令知道,自己这个午觉,算是彻底没有了。

"来人,去将马琰带来!"

不一会儿,马琰灰着脸被带了上来,差役禀明钟县令,这厮原本要卷了钱跑路,好在他们到得及时,给拦下了。

"不不不。"马琰矢口否认,为自己辩解,"大人,我想过要跑没错,但事到临头,又犹豫了,跑得了这肉身,却跑不了内心的煎熬啊。若没有犹豫的话,此刻我已然出了十方城,你们谁也找不到我了。"

钟县令道:"你知道自己所犯何事?"

"知道个大概吧。"马琰摸了摸鼻子,"欠周晨洲的钱,大不了我给他就好了嘛。"

"你只认这一桩？"钟县令惊堂木一拍，"你可知，你在十方城集资骗钱的事情，够坐两年牢了！"

马琰一听，面露震惊："真的？"

"我一个县令，还能骗你不成？"

马琰看向柳音音，顿时泪眼婆娑："音音啊，那我跟你的婚事，可能真的要取消了。"

柳音音笑笑："取消好啊，哈哈，取消好。"

《江湖快报》头条——"医者"

十方城中有医者，秉父母之心，行医数十年，不矜名，不计利，挽回造化，立起沉疴。

一日，病人有二，名字相近，一为小病，一为绝症。

医者误将不治之症加之于小病之人，以致其心生恐惧，决然自尽。

医者戚戚，心如缟素，欲以命相抵。

县令哀其不幸，病人之子敬其医德，故谅其罪，以嘉其行。

浮生阁主言：赞！可见当今世上，行医者，非不自医也！

这一期的《江湖快报》一上市，城中百姓便知这位医者是谁。

郭文举原本心中忐忑，他行医这么多年，可是第一次犯下这么大的错误，生怕自己即便苟活一命，也会被众人的吐沫淹死。

不料，百姓们对他没有丝毫厌恶之意，转而纷纷赞扬县令和周晨洲的大义。也有前来看望和安慰郭文举的，说他是善有善报，开导他不要因此而荒废了自己的余生。

郭文举倾尽家财，想作为给周晨洲的赔偿，但周晨洲因为被赞扬得飘飘然，又得了马琰的大额赔偿金，便没好意思收郭文举的钱——关键一点还在于，钱委实太少了。

至于马琰，按照契约赔了周晨洲大笔的钱之后，进了县衙大牢。钟县令让他反思数月后再出来，并积极与他讨论，一个月后他想签署一份人身安全的保险契约。马琰内心觉得，这笔生意自己大概又要赔了，十分惆怅。

如此结果，也算是大快人心。

唯独柳音音，长吁短叹，觉得自己命中没有桃花，或许这辈子都只能留在浮生阁卖命了。

江流特意送上两串糖葫芦，宽慰道："桃花要来做甚？不也就是一宿三餐，有个人照应，闲来无事，还得吵上几句。我觉得眼下的日子就好得很啊，可比两个人过有意思多了。"

柳音音想想，觉得江流说得也有道理，破颜一笑，点点头道："嗯，是有那么个意思。"

论 零捌

这年冬日，比往年还冷些，大寒时节，家家户户屋檐上挂着冰凌，天蒙蒙亮，大街小巷就一片扫雪声。

十方城内效仿京师，专门辟出一块地来做各种冰戏，堆雪人、塑雪马、打滑挞……男女老少，都玩得不亦乐乎。

较之城内的热闹，城郊就不太一样了，田舍覆雪，百无聊赖。村民们闲来无事，除了生娃，便是赌钱，一到下午，便喜欢聚在一起打麻雀牌。

四十好几的村民陈瑞，便是这麻雀牌的忠实爱好者。

此刻，在蔡寡妇家中开辟出的一小间麻雀室里，他跷着二郎腿，靠在椅背上，眯着眼睛，看着手里的四张牌：南风、南风、南风、北风。

胜利在望，就等着摸北风了……等，等，等，北风北风你快点来，快点来……

几圈之后，终于盼来了，对家薛大头打出来一张北风。

"哈哈，真是想什么来什么！"陈瑞一拍桌子，大笑着摊出去一张牌，"我和啦！送和呀哈哈哈！"

薛大头是村里的托底户，左眼周围一圈巨大的黑斑，加上鹰钩鼻，让他整个人看上去阴恻恻的。他看了一眼陈瑞摊出来的牌，冷笑道："你怎么和的？"

"单吊啊！"陈瑞看了眼摊出去的那张南风，笑了笑，"不好意思哈哈，翻错了一张。"他把剩下三张一摊，"看吧，没错的，单吊北风，和了。"

薛大头也把自己的牌一推，道："我只认你最先摊出来那张牌，南风，这是诈和，你自己掏钱吧。"

"嘿，"陈瑞的眼神也冷了下来，"想不认账啊？"

"就不认你个兔崽子的账！"薛大头一拍桌子，"戳瞎了眼翻错牌，玩不起就别玩！"

"老东西，你的眼乌珠都快长到黑斑里去了，说谁玩不起呢？"陈瑞也不是个好脾气的，拍桌而起，"你是输得棺材本也干净了，才想耍无赖！"

薛大头生平最恨别人说他的黑斑，正要发作，坐在陈瑞下家的蔡寡妇忙起身说："啊哟，别吵了，和和气气的，大不了今天就不收你们座位费了。"

"蔡寡妇，我给你个面子。"陈瑞收起桌上的钱，留了十文钱在桌上，道，"该给的还是要给的，我又不缺那几个棺材本。"

"狗崽子你敢咒我！看你有没有命活到我这岁数！"眼见陈瑞已经走到门口，薛大头抄起桌上的大茶壶，对着陈瑞就砸了过去。

茶壶飞出，砸破了陈瑞的手，陈瑞摸了摸手背上的一道血痕，气急之下，拿起手边那炭架子上的水壶，便朝薛大头扔去。

壶中的水刚刚烧到滚烫，冲着薛大头兜头罩去，薛大头慌忙转过身去，却已经来不及。

只听得蔡寡妇一声尖叫："啊——"

入夜，浮生阁的大堂中，架着一个炉子，炉中的炭火烧得很旺。

炉子上放着一个铁锅，锅里煮着各种食物，鸡肉、毛肚、野菜、红薯、腊肉、三鲜、各色丸子……

方宴生等人围坐在炉子边上，听着铁锅中咕咚咕咚的响声，闻着四溢的香气，一双双眼睛都死死盯住了锅中食物。

一颗颗丸子从水中冒出，柳音音大喊一声："熟了！可以吃了！"

众人的筷子一齐伸了进去。

柳音音："阿梨，别抢我的肉！"

阿梨："这块肉明明是我先看中的！"

江流："啊！好吃！"

正吃得忘我之际，门外来了一位不速之客。

那书生模样的人敲了敲门，征得允许后，探进来一个头，轻轻问了声："请问，阿梨在吗？"

阿梨一看来人，喜得放下筷子，起身道："这不是莲生吗？你从京城回来了？"

莲生点点头，面上有些尴尬，道："多年不见，我也实在不好意思，此次来找你，是因为遇上了麻烦事。"

莲生，姓陈，与阿梨是少时邻居，几年前去了京城，给一户人家当伴读，自此便定居在京城，很少回来，偶尔与阿梨有书信往来。

"还没吃饭吧？"阿梨说着，热情地把陈莲生拉进屋，按在自己的座位上，"边吃边说。"

阿梨给众人做了介绍，又往锅子里下了很多食物，自己搬个小板凳，在陈莲生身边坐下。

陈莲生给他们讲述发生了什么事。

这次回乡，也实属突然。原本他陪着读书的那位少爷要入太学，都已经说好了要带着他同去的，在里头混得好了，前途可期。偏偏在这个时候，老家来了亲戚，急急忙忙说他爹陈瑞打死了人，已经被关入大牢了，对方家人要他偿命。

陈莲生吓得慌了神，但这种丢人的事情，他也不敢与东家说，怕对方知道了会将他辞退，只好以父亲病重为由告了假。

陈莲生眼也不合地赶了三天三夜的路，终于回到村里，却发现他爹好好地坐在家里，正就着花生米喝酒，还喝得东倒西歪。至于所谓的死者薛大头呢？只是不太严重的烫伤，大夫看过说没有什么大碍，休养一阵就好，如今天天生龙活虎的，叫嚣着要陈瑞赔钱。

被骗回来的陈莲生反而成了损失惨重的人，十有八九要失去进入太学的机会。他按捺住火气，问那亲戚："你为何要骗我？"

亲戚丝毫没有歉意，反而觉得自己做了件天大的好事，道："我也没骗你，确实出事了呀，就是想让你赶紧回来解决问题。你看，你这不就回来了吗？"

陈莲生知道无法与他说理，无奈道："那你说，要如何解决？"

亲戚们七嘴八舌地说开了。

亲戚甲一本正经道："薛大头家说了，得赔钱啊。你在京城赚到钱了吧？总有些积蓄吧？"

亲戚乙："薛大头家要三十两银子。"

亲戚丙："我说莲生啊，这年头，能用钱解决的事情，就得用钱解决。看在你爹的分儿上，你可要好好处理这件事，不要让村里的人看笑话。"

陈莲生反问："谁看谁笑话？"

亲戚丙："你爹要是被抓起来了，我们整个家族可不都要被看笑话嘛！要知道，这村里其他人家是很坏的，我们是自己人，才帮着你出主意的。"

陈莲生深呼吸，继续压着火气，问道："薛大头看病花了多少钱？"

亲戚甲:"一贯钱。"

陈莲生觉得匪夷所思:"一贯钱,却要我们赔偿三十两?"

亲戚丙:"是啊,他都放话了,不然就要让你爹去坐牢!薛大头的女婿,和县衙一个衙役的邻居是八拜之交,万一报官了那还得了。莲生,你可不能不管啊,你爹要是坐牢,说出去对你的前途也是有影响的……"

陈莲生看着喝得醉醺醺,几乎趴在桌上睡着了的陈瑞,气不打一处来,愤愤说道:"人总要为自己做的事情付出代价,打伤了人,坐牢便坐牢吧。"

亲戚们一听,如油锅里头泼进了水,顿时就炸开了。

亲戚甲:"小混账,有你这么说话的吗,去了京城,就忘了祖宗!"

亲戚乙:"怎么说也是你爹,万一真出了什么事,让你祖母怎么办?"

亲戚丙:"对,对,想想你祖母,难不成让她白发人送黑发人?"

陈莲生原本气极,但一想到年迈的祖母,咬了咬牙,道:"好,我去想办法。"

他尝试过筹钱,不行,根本不够,又尝试过与薛家人沟通,也不行,不拿着钱去,薛家连门都不让他靠近。思来想去,想到发小阿梨在方宴生手底下做事,或许能出出招,于是就到了浮生阁。

"这就是赤裸裸的讹诈!"江流听完,半根面条还在筷子上来不及吃,就发表了一语中的的言论。

柳音音:"没错,讹诈!"

阿梨:"讹……诈!"

陈莲生一听,紧皱的眉头松开了些,道:"律法我不太懂,县衙也没有人可以问,特来向博学多才的方先生请教,我该如何去做。"

阿梨指了指方宴生,道:"坐在那儿啃猪蹄的,就是方先生。"

方宴生优雅地放下了猪蹄。

陈莲生一拜，道："恳请方先生帮忙，莲生愿出状师费用。"

方宴生拿起一块帕子，慢慢擦去手上的油渍，道："我们卖小报的，息讼止争并不擅长，当然也不能做你的状师，不过相关律法我略懂一二，你所问之事，倒是能给些建议。"

陈莲生一喜："多谢先生。"

方宴生继续说道："首先，不用听信你亲戚的危言耸听，我与钟县令有过几面之缘，他是个公正之人，不会因为手下衙役与薛大头有什么七拐八绕的交情，就故意为难你们家。再者，那薛大头看病只花了一贯钱，说明伤情并不严重，又是他先动的手，你爹应当只需赔钱，无须坐牢。"

阿梨急着代问："要赔多少钱？"

方宴生道："除了一贯钱的医药费，也就再加些误工费，家人照料费，往来路费，怎么也不会超过五贯钱吧。"

柳音音狠狠咬了口丸子，道："三十两，真是黑心肠，他怎么不去抢！"

"若都敢抢了，哪儿还会出来讹啊。"江流轻飘飘说了一句。

方宴生又问陈莲生："你爹身上可有伤？"

陈莲生回答道："薛大头也用茶壶砸了他，有些轻伤，不过已经快好了。"

"接下来就这么办：你与那薛大头约谈，若能五贯钱之内解决，就赔钱了事，且当场立下字据。若对方依然胡搅蛮缠，就让他去县衙告官，之后依照律法办事。你爹的伤，也要留作证据。"方宴生有条不紊地说着，"你与对方谈判，不要害怕，不可露怯，就一口咬定，这样的情况，你爹不会坐牢，也不怕坐牢，任他去衙门状告，走一趟衙门，他们得到的钱只会更少。"

陈莲生有些为难，道："若是自己的事情，我一定可以这么去谈。但我爹就怕闹上衙门，觉得一过衙门，他就会有坐牢的危险，所以很可能会被对方吓住，降到十两、十五两，也就答应了。"

柳音音道："那就让家里的其他人一起劝劝他。"

陈莲生摇头，叹了口气，没有说话。

阿梨也叹气，道："你们不知道村里情况，我替他说一句：乡野小民，刁钻又愚昧，不添乱都很好了。"

"就是阿梨说的那样，若他们能劝，也就不会这样把我叫回来了。不过，眼下好歹有了法子，我回去也知道该如何应对薛家了。"陈莲生感激地对众人一一拜别，"待我回去处理了此事，再来与各位道谢。"

"饭都没吃几口呢。"阿梨邀陈莲生留下吃了晚饭再走，但陈莲生心里有事，急匆匆就回去了。

"不就是寻常的打架斗殴吗？真是太小的事情了，哪里需要我们出马？"江流随口说了一句，"吃饭，吃饭。"

此时，任谁也想不到，就这么一件小破事，后面竟能闹到不可收拾。

"这几日，我要出一趟门。"方宴生忽然说了这么一句，又接着道，"冬日万物蛰伏，若没什么小报内容，就写写天气和庄稼，瑞雪丰年，来年收成应当不错。"

所有人都等着他接下来的嘱咐，但方宴生竟无话了。

浮生阁开业至今，方宴生还从未离开过，柳音音不禁问道："去哪里？去多久？"

方宴生也不答。

大门外的锦观街，传来打梆子的声音：

"咚——咚！"

"咚——咚！"

"咚——咚！"

更夫已经开始了他的劳作，家家户户都听到他催眠般的嗓音："戌时到，寒潮来临，关好门窗，小心火烛！"

隔两日，风雪交加，江流和柳音音正在屋内给呆毛梳理刚长出来的毛，便听得浮生阁的大门被敲得咣咣响。

柳音音站起身："你猜，是来生意了，还是来闹事的？"

"其实并没有太大的区别。"江流说着便打开房门。

一开门，江流还没往外走呢，呆毛便要往外挤，被江流一把拉住，气道："你长了毛倒是不怕冷，别沾得一身雪回来，把我们给冻着！"

呆毛一转头，正对上江流的脸，它觉得江流难得如此亲近它，便趁机一伸舌头，舔了舔江流的下巴。

江流一声怪叫，冲了出去。

不一会儿，又冲回来，身后还带着个雪人。

雪人一进屋，抖了抖身上的雪花，抹去脸上的雪水，露出张冻得通红的脸来，是陈莲生。

"又是你啊。"柳音音放下梳子，拍拍身上的毛，"来找阿梨吗？他和方先生一起出门了，不知道几天回来。"

陈莲生一听，顿时显出失望的神色，喃喃道："那我可怎么办？你们……你们能不能帮帮我？"

江流和柳音音一对眼神，便猜到是上次说的那件事情还没解决。

柳音音道："那也得看我们有没有那个能力，你先说来听听，尽量能帮则帮。"

江流接过话头："什么能帮则帮？人家是阿梨的朋友，那就是我们的朋友，无论如何都要尽全力的！"难得方宴生不在，正是他们可以大施拳脚的时候，这种机会，当然不能错过。他随即迫不及待地问陈莲生："快说说，又出了什么事？"

陈莲生道："我就从那天找完你们，回到家开始说起吧。"

那日，陈莲生回到家，将方宴生所说的话对陈瑞讲了，陈瑞一听不会坐牢,也便高兴起来,不那么郁郁寡欢、借酒浇愁了。

父子俩原本商量好了,由陈莲生出面,与薛大头一家商量,若对方实在连面都不肯见,就闹上官府再说。可此时,偏偏冒出来一个村中的好事者王二麻子,以探望为名,来陈家喝茶。

这王二麻子,年纪轻轻无所事事,成天就爱家家户户乱窜,掰扯些有的没的。陈莲生原本懒得搭理他,但没办法,他也是当时一起打麻雀牌的人,站陈家还是站薛家,影响颇大。

王二麻子喝着茶,就开始劝说陈瑞:可不能让莲生出面啊,他一出面,说才给五贯钱,那薛家岂不要大动干戈?这一闹起来,把陈瑞告上衙门,最后还是免不了要坐牢,这一坐牢,可怜陈家那一大片地,来年都没人种了。

陈莲生冷冷道:"王二麻子,你可懂律法条文?如何断定上了县衙,我爹便要坐牢?"

王二麻子道:"去年隔壁村有个刘老三,打了人家一巴掌,最后在大牢里关了半年,还赔了五两银子呢!"

"简直一派胡言,以讹传讹!"陈莲生指着王二麻子,"事发的时候,你明明在场,为何不拦?现在来装好人看热闹了,不嫌事大!"

陈瑞不悦道:"莲生,你怎么说话的?人家这么提醒,也是为了我好。"

"他好……"陈莲生冷笑一声道,"难道我是那个害你的?"

王二麻子也生气了,怒道:"我好心来看望,你倒说我是来看热闹的,陈莲生,你不识好人心,我看你就是存心想让你爹坐牢!"

陈莲生道:"我怎么可能会这么想?分明是人家先动的手,我爹原本占理,但现在事情搞成这样,你和蔡寡妇难道没有责任?"

王二麻子怒道:"人又不是我们打的,我们有什么责任?蔡寡妇可说了,赔钱的事情别找她,她没钱!"

陈莲生深吸几口气,尽量让自己镇定下来,才问:"钱不用你们赔,那做证呢?若上公堂,你们可愿意做证是薛大头先动的手?"

王二麻子道:"都是一个村里的人,抬头不见低头见,这事情上啊,我当然是站在你爹这一边的,毕竟我们这么多年的兄弟了。但……谁又想得罪薛大头那种人呢?他本就是个无赖。"

陈莲生道:"这么说,是做证也不愿意了?"

王二麻子一脸迟疑,道:"也不是不愿意,容我再想想,也和蔡寡妇商量商量。"

陈莲生怒视着王二麻子离开。陈瑞则一筹莫展,唉声叹气。

王二麻子一点都没闲着,这家喝喝茶,那家唠唠嗑,于是这消息传得也飞快,不到一个时辰,陈家的那些亲戚又来劝说了。

亲戚甲:"莲生,你能保证你爹一定不坐牢吗?若不能保证,可不能冒这个险。"

陈莲生:"除了判决的县令,谁也不能保证,但这事情有律法可依,我说的话,都是转告了状师的原话,没有坐牢的可能。"

亲戚乙:"状师能签字画押吗?万一要坐牢,让他去?"

陈莲生:"自然也没有这样要求人家的,而且代人坐牢,本也犯法。"

亲戚丙:"那就得了,人家毕竟是外人,哪会真心为我们着想?如今指望得上的,只有我们自家人。"

亲戚甲:"所以说莲生啊,你现在究竟能赔多少钱?说个数目,我去跟薛家谈谈。"

亲戚乙:"我估摸着,十两银子肯定够。"

陈莲生几乎哀号道:"不是你们想的那样啊!"

浮生阁内,柳音音嗑着瓜子,实在没忍住,"呸"了一声,险些把瓜子壳呸到江流脸上。

江流已经习惯了柳音音的粗糙，也不在意，只是问陈莲生："那王二麻子、蔡寡妇，还有你那些亲戚，都是被薛家人收买了吗？"

不等陈莲生回答，柳音音便道："当然没有，你这心思单纯的公子哥，哪晓得那些乌合之众的嘴脸。"

江流揶揄一句："你倒是一副见过世面的样子。"

"可不就是嘛！"柳音音没听出江流那一丝丝的不满之意，继续道，"先说那王二麻子和蔡寡妇，他们就是墙头草，对着你家是一种说辞，对着薛家，指不定又是另一种说辞，总而言之，与他们无关就行。至于你那些亲戚啊，大事不揽身，遇到点不那么严重的事情，纷纷跳出来唱戏了，但真到了要承担责任、掏钱的时候，就把你推出去了。可恨就可恨在，他们做出很关心很在意的样子，也真的打心底里以为自己很关心很在意。"

陈莲生点头道："确实如姑娘所说，他们之中，也没人真要害我爹，只是见识浅薄，被薛家人一吓唬，就害怕了。"

江流纳闷道："自己不懂不要紧，懂的人跟他们说了，他们也不听，这就很讨厌了。"

柳音音总结一句："就是有这样的井底之蛙，自己吃屎吃得高兴，还要强行喂别人吃屎！"

江流和陈莲生都愣愣地看着柳音音，没料到一个姑娘家竟会如此说话。

柳音音道："不用看我，我读书少，这……读书少的人骂起人来，就是这样的。"

江流："骂得好！"

"姑娘话俗理不俗。"陈莲生愁眉稍展，"那接下来，我要如何做呢？讲理是无论如何都讲不通了。"

柳音音笑笑，道："以其人之道，还治其人之身。他们会讹，我们难道就不会吗？"

陈莲生诧异道："如何讹？"

柳音音一指江流，道："从现在开始，他就是江大状师。"

江流立即就明白了柳音音的意思，道："演戏是我的拿手绝活，连姜三娘都能骗过，那些村民，自然不在话下。"

柳音音又指指自己，道："我是县令女儿的闺中密友。"

陈莲生一惊："县令真有女儿吗？"

柳音音笑道："这不重要。"

江流问她："你怎么不直接说自己是县令之女？"

柳音音指着自己的鼻子："你看我像吗？"

江流无话。

陈莲生不知道他们要玩什么，但本着对浮生阁这块牌子的信任，还是决定配合，只是道："还需请两位注意一件事，就是别闹出太大的动静让我祖母知道。她身体不好，受不得惊吓。"

江流和柳音音异口同声道："好！"

雪已经停了，天地间一片冷肃。

由陈莲生带路，江流和柳音音跟在他身后，三人前往蔡寡妇家。

到了蔡寡妇家门口，柳音音一不小心在雪地里滑了一下，险些摔跤，对着江流埋怨道："相公，你也不扶好我！"

江流脸一红，也不知如何答话，只闷声扶住了柳音音。

按照计划，他们现在的身份是一对夫妻。江流是陈莲生在京师的好友，正好陪着夫人柳氏回十方城省亲，得知陈莲生家里遇到了这桩事，便来帮忙。

江流说明来意后，蔡寡妇的脸色就不太好看了，支支吾吾道："这个事情，和我没有关系的呀，是他们自己打起来的，我一个妇道人家，手无缚鸡之力的,哪里劝得动呢。"

江流环视了一下屋子里,见有两张八仙桌,桌上是空的,明显是在出事后把麻雀牌收了起来。他站在桌子边上,一手在上面轻叩了几下,问道:"这两张桌子,都是用作打麻雀牌的吧?"

江流这么一问,蔡寡妇往后缩了缩,没答话。

"你日日邀人来你家打麻雀牌,并向每人收取十文钱桌费,可知这是不合律法的营生?"

"我……我不知道啊……"蔡寡妇喃喃,"不知者,无罪的。"

江流笑道:"哪条律法说的,不知者无罪?这样的话,是不是杀了人,说一句不知道,就可免罪?"

蔡寡妇一脸菜色,不知如何应对。

柳音音开始说话了,道:"相公,别这么吓唬这位姐姐。我那县令伯父不是说了吗,两家若能妥善协商,这私自经营赌场者也不再犯了,其余人等,都可不追究。"

"赌……赌场?"蔡寡妇手一抖,难以置信,"不过就是村里人打打麻雀牌,怎么还成赌场了呢?"

"有钱财往来的,可不就是赌吗?"柳音音笑笑,一脸良善,"不过没关系,就两张桌子,能有几个收入?判不了几年的。"

还要几年?蔡寡妇脚一软,几乎就快跪下了,主动问道:"刚才不是说,可以不追究的吗?我……只要不抓我,让我干什么都行。"

陈莲生拿出一张纸和一块印泥,放在桌上,道:"乡里乡亲的,当然不会让你做什么太难堪的事情,不过是在这纸上按个手印,如实陈述当日的事发经过。陈家和薛家能私下解决最好,若是不能,公堂之上,还望您能做个见证。"

蔡寡妇这才放松下来,喘了口大气,道:"这小事一桩,莲生你也真是,还麻烦什么状师朋友呢,我自小看着你长大,你们家这个事情,无论如何，我做证都是应该的。"

江流道："听说当日还有一个证人在场？"

"王二麻子！"蔡寡妇脱口而出，"他跟我是商量过的，要做证人，就一起做，要不做，就都不做。之前是说多一事不如少一事，不过既然我已经按了手印，他应该也会同意。"

如蔡寡妇所言，陈莲生一行三人来到王二麻子家。此人挑事一把手，内里却是个没什么胆量的，江流只是简单吓唬了两句，他就乖乖把手印给按了，还点头哈腰地把他们送出去，承诺以后再也不去陈家搬弄是非。

柳音音收好两人的手印，笑说："比想象中容易嘛。"

陈莲生道："我那帮亲戚，才是最麻烦的呢。"

最后，三人来到陈家。

亲戚们坐了满堂，正在吃饭，原本叽叽喳喳说着什么，一见陈莲生回来，都闭了嘴。不用说，刚才就是在编派陈莲生呢。

陈瑞经过了一番挑唆，越发觉得这个亲儿子对自己的事情毫不上心，便放下筷子，气道："你还回来做什么？我不是说了吗，以后我就是死在家里了，也不用你管！你去京城过你的好日子去！"

"那也算是皆大欢喜。"江流忍不住说了一句。

陈瑞大怒："你是个什么东西！"

见陈瑞一个饭碗就要砸过来，江流急急喊道："你这一砸，我可不敢保证你不坐牢！"

陈瑞瞪着江流，那碗在手里掂了很久，终究还是没能砸下去。万一这一砸，再砸出来个三十两，他就真没脸见人了。

陈莲生见陈瑞放下碗，松了口气，道："我与你们说不清楚，所以请来了这位京城最年轻有为的状师。他的妻子柳氏，与县令之女交好，来此之前，也去过一趟县令家中，问了些相关的办案律法。就由他们来理一理这个事情，看后面应该怎么办吧。"

此话一出，满堂静寂。

许久，亲戚甲挤出一个讨好的笑容，道："还是莲生有本事啊，认识的人这么多，瑞哥儿也是本事人，生个了好儿子，教得这么好！"

被这么一夸奖，陈瑞的脸上才有了一些藏不住的笑意。

柳音音心里翻了一百个白眼。

江流把蔡寡妇和王二麻子的做证书往桌上一放，道："证人口供已经有了，就算对簿公堂，也不怕的。"

亲戚乙："县衙那边是不是已经打过招呼，不会坐牢了？"

江流："县衙公事公办，不容人打什么招呼。现在我只能说，按照律法条文，几乎不会有坐牢的可能。"

亲戚甲："几乎不会有什么用？你等于什么保证都没有嘛！"

"各位少安毋躁。"江流站起身道，"双方斗殴，除非致残，一般的伤是不会被关大牢的。大家要是担心，可以先去衙门领个字据，让薛大头带着这字据去检查一下伤势，只要大夫确定伤得并不严重，我可以保证，县衙大牢是进不去的。"

陈瑞皱着眉道："我可是听说，一旦去领了这个字据，就等于对簿公堂了。"

"你怎么还没明白，"柳音音急道，"即便对簿公堂，你也不会输啊！"

陈瑞坐在那里，闷声不吭，游移不定。

半晌，陈莲生道："要不这样，我和江流夫妇去一趟薛家，听听他们怎么说吧。"

一众亲戚纷纷表示："不行。"

陈莲生问："为何不行？"

陈瑞道："你们一个个都是咄咄逼人的样子，这一去，万一言语上有了什么冲撞,薛家一怒之下,可不就要拉着我去衙门?"

"刚说了那么半天,你们是一点都没听懂啊?"陈莲生欲哭无泪地看着陈瑞,"去就去,我们不怕!"

陈瑞叹道:"我是白养你这么大了,竟有儿子要送老子进衙门!"

鸡同鸭讲。

陈莲生几乎要放弃了,双眼直直地看看江流,又看看柳音音。

柳音音问陈瑞:"那你想怎么样呢?"

陈瑞抓耳挠腮一番,道:"明日我与莲生他二叔,去找薛家和谈,若能十两银子之内把事情了了,就最好不过。"

"明明五贯钱就能解决的事情,你们怎么就非要急着去给人送钱呢?"江流气得简直要跳脚,"若是钱多得花不完,给我啊!"

众亲戚中最年长的一个咳嗽了两声,道:"我看你们也不像是诚心来帮忙的,倒像是来找事的,既然这样,就赶紧走吧,别给人找不痛快。莲生,去送送你的朋友。"

这长者又对陈瑞道:"依我看,还是昨天我提的办法最好,东村的六阿公,年轻时候是个大无赖,既然薛大头是无赖,薛大头的儿子女婿也都是无赖,那就拜托六阿公去和他们谈。我们把钱也压一压,就说一共出五两银子,六阿公能说服薛家多少钱了事,全凭他的本事,多下来的钱,就都给他。"

众亲戚点头称好。

陈瑞也觉得此法可行。

原来,在场的除了陈莲生、江流和柳音音,根本没有人想过要通过正常的律法途径来解决此事。他们拒绝一切陌生的事物,只愿意用最简单粗暴的、他们都能理解的方式来行事。

陈莲生绝望地扶额,有气无力道:"既然如此,何必要我回来呢?"

柳音音道:"等你掏钱啊。"

江流补充:"勤快跑动,出谋划策,温言安抚,好名声他们都占了,最后挖了一个坑出来,让你跳。"

"你这是要挑拨我们的关系!"亲戚甲怒目而视,"你们是状师又如何?认识县令又如何?这终究是我们村里的事情,不需要你们两个外人来插手!"

"没错,赶紧离开这里!"

"莲生,快把这两人请走吧!"

这世间之大,就是有这等是非之地,是非之人。

…………

吵吵嚷嚷中,便听"笃笃笃"几声,从内堂走出一个颤巍巍的老妇人,拄着拐杖,慢慢地挪了出来。

众人又安静下来。

"祖母!"莲生看到老人,赶紧上去搀扶,"您一早不是说头晕吗?怎么不在屋里好好休息?"

老妇人一一看过众人,道:"我是耳背,可还没有耳聋!你们还想瞒我到什么时候?"

陈瑞道:"没什么大事,娘,我和薛大头就是争执了几句。"

"争执了几句?你可别再骗我了!"老妇人用拐杖戳了戳地面,"怎么,怕我知道了承受不了,会晕倒?还是会吓死?啊?你老娘我这辈子,什么风风雨雨没见过,别说你坐牢去了,就是你杀人放火了要被砍头,我也承受得住!"

鸦雀无声。

"刚才在屋里,我也听了个大概。"老妇人握着陈莲生的手,"你们说的赔钱还是坐牢的事,我也不懂,但好歹,最后掏钱的人,得做这个主!你们谁为这桩事情掏钱?阿瑞,你有这钱吗?你现在拿出十两银子放在桌上,这事就按你说的解决。"

陈瑞低着头，不作声。别说十两了，一两银子他都得东拼西凑。

陈莲生赶紧出来解围，道："祖母，不管什么结果，总是家里的事情，当然由我来出这个钱。"

老妇人道："那么这个事情，便由莲生做主。谁反对的，现在就站出来，跟我说！"

言下之意，谁担事，谁掏钱。

当然再无人反对。

于是便这么定下了。

第二天，陈莲生带着江流和柳音音前往薛家，一纸状书，直接就递到了薛大头面前。

江流还怕薛大头看不明白，解释道："薛大头，陈瑞状告你，斗殴在先，讹诈在后，有什么话，公堂上说吧。"

薛大头瞪着那状书，老半天也没敢伸手去接，瑟瑟缩缩坐在角落里。

薛大头的女婿拿过状书，匆匆看完后，一把抓住了陈莲生的衣襟，怒道："你爹先打伤了人，你倒想反过来告我们？"

"是非决断，交由公堂。你若再不松手，我把这一条也算上。"江流在旁道，"与其这样，不如两家坐下来，心平气和谈一谈，该赔偿的医药费，陈家分文不少，都给。"

薛大头讷讷道："只有医药费吗？"

江流无可无不可地道："也可以加点其他的损失费用，只要是五贯钱以内的事情，我都能代陈家做这个主。"

"五贯钱？"薛家女婿气冲脑颅，愤然而起，"我岳父都被打成这样了，你们陈家只给这么点钱！欺人太甚！天理何在！"

柳音音道："我看你岳父伤得也不严重啊，精神挺好的。"

薛大头闻言，当即要无赖地往地上一躺，直挺挺如死去一般。

陈莲生再要说什么,被江流拦住,道:"既然无法商量,那就衙门见吧。"

"衙门见就衙门见,以为我们怕你吗!"薛家女婿冲着他们离去的背影骂骂咧咧,"陈家的小杂碎你听好了,不给我们好日子过,你们也别想着太平!"

当晚,小雪。

夜色笼罩,薄雾轻寒。

方宴生回到浮生阁,脱下裘衣,将一枚凤凰玉佩放入锦盒中。之后,前往前厅,正见江流和柳音音围着炉子在烤火。

柳音音看到方宴生,迫不及待道:"先生快坐下,我给你说说这两日的一桩事情。"

方宴生拢了拢衣服,在矮凳上坐下,双手往炭盆边一伸,暖了暖后,道:"说来听听。"

柳音音讲述了陈家和薛家的事情,当中江流又插了几回嘴,原原本本地讲完整了。江流连小报内容都拟得差不多了,就等明日对簿公堂,盖棺论定。

方宴生听完,却微微皱起了眉,目光停驻在火盆上,问道:"你们去薛大头家中,觉得他家境如何?"

江流:"很穷。"

柳音音:"比当初流落街头的我富裕那么一点点。"

"那……今晚怕是会有事发生。"方宴生起身,道,"音音,去衙门找人。江流,随我去陈家。"

江流:"现在?"

柳音音:"现在?"

方宴生:"就是现在。"

柳音音后来无数次回想起这个夜晚，都倍觉惊心，若非那晚方宴生回来，她和江流就铸成大错了。

她带着六个衙役前来，一路上，衙役都在问到底发生了什么事，但柳音音也说不清楚，只是凭着对方宴生的信任，便不问缘由地么去做了。她几乎是连哄带骗，才把这几个衙役带到了这里。

远远望去，就看到陈家火光冲天。

柳音音和衙役们狂奔过去。

陈家门口，江流和一众村民着急忙慌地抬水、灭火，现场一片混乱，喊声四起。

人群中，方宴生半蹲着，一手托着陈老夫人的头，正轻言安抚："别太担心，莲生能把人救出来的。"

陈老夫人虚弱又悲戚，喃喃道："他不该先救我出来，我死在里面也没关系，他们父子俩没事就好……"

原来，起火后，陈莲生先把祖母背了出来，后又冲入火场，去救陈瑞。

衙役们很快加入了扑火队伍，一人带领几个村民，让现场变得有秩序起来。

柳音音心中震颤，已然猜到这是薛家纵火。她从方宴生那里接过了陈老夫人的手，扶着她，一边紧紧盯着陈家的大门。

陈莲生……可千万不要有事啊。他最初来浮生阁，是想请方宴生帮忙的，结果因为她和江流的行动，导致薛家狗急跳墙，若陈家真有人员伤亡，她一辈子都无法原谅自己。

终于，两个身影跟跟跄跄地走了出来，正是陈莲生和陈瑞。

村民们一片惊喜的呼声，围上去帮忙。

人群中传出父子二人的状况："没事没事，就是熏黑了点，哈哈……

先别想着房子了,反正里面也没什么值钱的东西,捡回三条命就不容易了。"

柳音音松了口气,一抹脸上,是冰凉的眼泪。她抱着陈老夫人,无声地擦了擦眼泪,暗自庆幸:没事就好,没事就好。

没人注意到,方宴生沉默地注视着大火,额头有汗水沁出,而他背在身后的手,轻轻颤抖着。

方宴生三个人俱是满面灰垢地回到浮生阁,江流和柳音音耷拉着脑袋,一声不敢吭。

方宴生拍拍他们,道:"不怪你们,你们心中良善,不会想到,有些人被逼到极处,会做出这样同归于尽的事情。"

"对不起,应该早点想到的,我不是没有见过这样的人。"柳音音喃喃一句,神色黯然,"当初要饭的时候,总有个乞丐被其他乞丐欺负,不让她在那个地方要饭,后来那乞丐找了个机会,差点把那些欺负她的人都杀了。"

"所以说,兔子急了会咬人啊。"江流唏嘘不已,瘫软在椅子上,拍拍胸口道,"好在没出人命。"

柳音音问道:"薛家的人,抓到了吧?"

方宴生道:"已全部带回县衙,都不用怎么审,全招了。"

"这是杀人啊,真该关他们到天荒地老!哎不行不行,我浑身快散架了,先让我眯一会儿。"江流蜷缩到躺椅上,累得闭上了眼睛,这一眯,就彻底睡了过去。

柳音音还是一脸内疚,坐在那里一动不动,入定一般。

方宴生问她:"睡不着?"

柳音音轻点了点头:"睡不着。"

"那就干活吧。"方宴生转身出去,"过来帮我研墨。"

两人来到书房,柳音音点上一根香,站在书桌前,往砚台中倒几滴清水,拿起墨块磨啊磨。

方宴生摊开纸张,问她:"还在为方才的事情自责?"

柳音音道:"自责,也后怕。"

"既然没事,就把心放宽一些。"方宴生拿起笔,道,"每个人都要为自己的所作所为负责,陈瑞因一时气愤烫伤了薛大头,薛家又因为得不到想要的赔偿而烧了陈家,错误的决定,常常后患无穷。这就更要求我们谨言慎行,做事之前再三思量,周全考虑,但并不代表,就要因此束手束脚,害怕或者退缩。"

柳音音重重点头。

方宴生用笔蘸了蘸墨汁,最后说道:"音音,我们以后还会遇到很多棘手的事情,不要因为这场火灾而变得胆小怕事,相反地,谨慎考虑后,如果觉得可行,就放心大胆地去做。有我在,浮生阁的招牌,塌不下来。"

柳音音看着方宴生的字迹在白纸上延展开,心中紧绷的弦终于逐渐松开。她想,当初走入浮生阁,应该是这辈子做得最正确的决定。

《江湖快报》头条——"讹人者,恒被讹也。"

十方城郊外有陈、薛两家,一言不合,引发两人斗殴。

挑事者,反借故勒索,勒索不成,公然行凶。

被勒索者,听信好事者之言,不辨是非。

好事者,亦不知所好何事,唯恐天下不乱。

恶如雪球,以热汤浇灌之,可逐渐融化;以人手推滚之,可愈滚愈大。

浮生阁主言:汝欲成陈生乎?汝欲成薛生乎?撰此言语,醒世警人。

最终,陈家赔偿了薛家一贯钱的医药费。

一个月后，在县衙资助下，村民们帮陈家重新盖起了房子。

薛大头和他那好吃懒做的女婿，都被勒令去打工还债，搬货物，倒粪桶，洒扫街道。在偿还陈家后，他们还将面临流放，至于流放至何处，还要看他们偿还的态度。

陈莲生谢过浮生阁众人后，便回了京师，不久，写信回来说，他供职的那户人家，念在他长期尽心尽力做伴读，还是决定将他一起带去太学，多见见世面，日后可委以重任。

这几日，方宴生的行为有一些反常，月夜之时，时常站在楼上，什么也不说不做，只是长久地注视着远方。

江流终于忍不住问他："先生，你每天都在看什么？这天，怎么看不都一样吗？"

方宴生道："不太一样，每天都不太一样。"

江流纳闷不已。

方宴生问他："江流，你说，人做一件事情，总是有原因的吧？"

"是的吧，不然呢？"江流点点头，又摇摇头，"也有没原因的，比如说柳音音，你说她养着那只羊做什么？等养肥了，宰来吃吗？"

方宴生一笑，轻声道："有的事情，我却一直没有想明白。"

"还有你想不明白的事情？"江流一脸疑惑，"说出来，我们帮你一起想？"

方宴生看着江流，那一瞬间的眼神有点复杂，良久，他淡淡一笑："还没到时候。"

江流更疑惑了，问："这还要等什么天时地利吗？"

方宴生再无回答。

这场对话，结束得十分匆忙。

江流觉得无趣，自己下楼了。

楼上，依然只留方宴生一人，站在浓浓夜色中，想着一些似乎无法为外人道的事情。

"咚！——咚！咚！"

梆子声又起。

"丑时，天寒地冻，关好门窗，小心火烛！"

方宴生忽然一阵战栗，扶住了栏杆，他的脑海中，出现了一片冲天火光，火光中，传出一个女人的声音："鉴儿，鉴儿快走……"

零玖 姑娘,莫怕

初春,积雪消融,万物复苏。

天气变暖和了,行人们的衣服颜色也越穿越亮了,整个十方城,从黑白灰色,逐渐变得色泽多样起来。

如此时节,让人白日梦起,想入非非。

春来又多病,医馆中,从早到晚人满为患。莫家老汉就是这众多病员中的一个,他年逾六十,膝下只有一女莫相秋。他这几日咳嗽不断,一日夜间,忽然咳血,女儿便带着他前往医馆看病。

郭文举给莫老汉问诊后,连夜煎药服用。医者父母心,生怕夜寒露重,莫老汉半夜回去又得吹风,便让他留宿在医馆,等天亮后再走。莫相秋谢了大夫,独自回家给老父亲拿换洗衣服。

这一走,便出了事。

深夜的巷子,一点点风吹草动都听得真切,莫相秋感觉到有人跟着她,加快脚步想甩掉那人,对方却也随着她的步伐跟了上来。

莫相秋心慌意乱,奔跑起来,那人知道她发现了,也急忙冲上来,从后方将她拦腰抱住。

"啊！"一声尖叫被掐断在半途。

"小娘子，声音轻点，可别把人叫来了。"这是个采花贼，"你乖乖听话，我便不杀你。"

莫相秋呜咽着，眼泪不断流下。

在距离家不远的小巷子里，她被玷污了。

莫相秋在巷子里哭泣了很久，此时家家闭户，求救无门，她又不敢回家，绝望之际，想到了自己最好的朋友江吟夏。

江吟夏是十方城最有名的裁缝，任何布料一旦经了她的手，做出来的衣物件件都让人爱不释手。十方城的女子，一提起这个名字，都充满了喜悦和憧憬，唯恐预购单填得慢了，赶不上今年的新衣。

江吟夏一年前因不堪忍受父母的催婚，搬出家中，独居至今，间或有人闲言碎语，她从不当回事。

听到紧急的敲门声，江吟夏披衣而起，走至门边问道："谁啊？"

莫相秋的哭泣声传来："吟夏，是我。"

江吟夏一开门，便见莫相秋满脸泪痕，衣衫不整，急道："发生什么事了？"

莫相秋也不说话，只抱着江吟夏，一个劲地哭。

江吟夏将莫相秋带入房中，轻言安抚，仔细盘问后，方知发生了什么。她又气又急，问道："你可看清那人的长相了？"

莫相秋摇头。

江吟夏又问："他身上可有什么特征？"

莫相秋还是摇头。

"吟夏，如今我只有死路一条了。"莫相秋抓着江吟夏的手，不停颤抖，"就怕我死了，我爹孤苦一人，没人照顾，求你看在我们姐妹一场的分儿上，日后帮我照料一二。"

"荒唐!"江吟夏拍案而起,"做坏事的是别人,为何要你死?"

莫相秋道:"我这辈子算是毁了,只有一死,才能保全自己的名声啊。"

江吟夏道:"人都死了,要名声做什么?当然该好好活下去,让欺负你的人付出代价!"

莫相秋明显不太认同江吟夏的话,却也知道这好友素来如此,只讷讷道:"你的想法,总是与别人不同的。我若只活给你一人看,便也轻松了。"

"你当我是活给谁看的?"江吟夏反问一句,语声坚定,"我只为自己,从不活给任何人看!"

莫相秋一言不发,只不停流泪。

江吟夏起身道:"我明日就去告官!定要找出这个采花贼,让官府严惩,还你公道!"

听她这么一说,莫相秋哭得越发激烈,抽抽搭搭道:"吟夏,你这是要逼死我吗?这种事情,让人知道了,全城人的唾沫星子都能让我生不如死,何来公道可言?"

江吟夏在房中来回踱步,愁眉不展。想来也是,如她这般对世俗目光不管不顾的人,本就少见,她没有办法以自己的方式来为莫相秋处理此事。真到了万人指指点点的时候,她自己都不见得能承受,何况莫相秋呢?

难道就这么忍气吞声算了?

她咽不下这口气!

当晚,莫相秋住在江吟夏家,江吟夏自己跑了一趟医馆,为莫老汉送去了衣物,只说莫相秋摔了一跤扭伤了腰,要在她家休养几天。

两姐妹躺在床上,俱是一夜无眠。

江吟夏所开的衣铺，叫"海棠春"。

天一亮，前来下单子做春服的人就络绎不绝。各个年龄段的女子，燕瘦环肥，都欢欢喜喜过来量尺寸、选布料、定式样。

柳音音也是这众多女子中的一个。她看着墙上挂着样式新颖的衣裳裙子，简直挪不开眼睛。

"这个好看，啊，这个也好看……"她来来回回看了又看，目光最终落在一件交领穿花彩蝶锦衣上，"这个，最好看！"

好看是好看，但这件衣服有个问题，就是领口开得太大了。

柳音音看一眼江吟夏，不由得感叹这姑娘的穿衣风格真是大胆啊，撒花烟罗衫，双臂镂空，百蝶穿花云缎裙，开衩到腿部，被玲珑玉带垂下的流苏挡住，若隐若现，飘逸袅袅，风情万种。

江吟夏笑看向柳音音，问道："姑娘看上哪一件了？"

"这件。"柳音音指着刚才那件大领口的上衫，与江吟夏商量，"吟夏姑娘，能帮我把领口收一收吗？"

"没问题的。"江吟夏拿过一张单子，填上柳音音的尺寸和要求后，递给她道，"写上你的住址，衣服做完后，我会让人给你送过去。"

"谢谢。"柳音音接过，写上住址，又将单子返还给江吟夏。

江吟夏一看：锦观街，浮生阁。她愣了愣，问道："柳姑娘是浮生阁的人？"

柳音音点头说是。

江吟夏略一思忖，当下也并未说什么，只笑笑道："三日。"

"那我就等着你的新衣啦！"柳音音说完，欢喜离去。

三日后，柳音音翘首以盼的衣服到了。听到敲门声，不等阿梨反应，柳音音便冲出去开门，竟然还是江吟夏亲自送来的。

柳音音受宠若惊，道："吟夏姑娘竟然还亲自跑了一趟，真是麻烦你了。"

江吟夏道："实不相瞒,来浮生阁,是有事相询。"

"找方先生?"

"是。"

"那跟我去客堂吧。"柳音音也不客套,抱着衣服将人迎进来,一边喊道,"阿梨,去请方先生!"

在客堂坐了没多久,方宴生和江流一前一后来了。柳音音为江吟夏做了介绍,对比方宴生的不动声色,江流看到江吟夏的露骨衣着,眼珠子都快掉下来了。

"江……江姑娘,"江流说话都不利索了,"我们竟还是本家,哈哈,哈哈。"

柳音音腹诽:瞎套近乎!

"柳姑娘,方先生,江公子,我就直说了。"江吟夏放下手里的茶杯,论及正事,面色稍稍凝重起来,"我的一个好友,前几日晚上独自回家,遭到了采花贼的欺负。她不记得那贼人的样子,也害怕落人口实,因而不敢报官。"

柳音音大惊,道:"太平盛世,这十方城内竟还有色魔!"

这回,倒是江流表现得比较平静,道:"这世道,什么人没有啊?"

"这世道,女子清白名声,的确重于一切。"方宴生也是一脸无奈,切回正题,"江姑娘,既然如此,是想问我们什么呢?"

"我想与你们合作一期小报,就以这件事情为例,为所有受人欺凌却不敢言的女子发声。"江吟夏直言道,"都说女子不如男儿,同样的事情,若是发生在男子身上,便又是另一番言论。天生阴阳,本就平等,可就是世俗言论越来越抑制女子、偏向男儿,才让我那好友受了欺负都难以启齿。"

三人俱是一愣,这还是头一回有人给浮生阁制定话题内容,还这般论断独特，世所罕见。

方宴生道："仅凭区区一份小报，怕是不足以改变这种观念吧？"

"当然不能。"江吟夏不卑不亢，"但这种事情，总得有人去做，不是我，也会有别人，不是今天，或许就是明天。"

柳音音对江吟夏本就有好感，当下立马被她说服，觉得这是一件十分有意义的事情，举手道："我跟你一起做！"

方宴生一笑，道："既然音音要接下，那就交由你放手去做吧。事关女儿家清誉，我和江流或许不便直接出面，但从旁协助，也一定尽心尽力。"

江吟夏原本还准备了一番说辞，没想到这么容易就将他们说服，柳音音是女子也就罢了，这两个男子竟也能支持此事，忙道："多谢！"

江流的眼珠子终于转正，问道："江姑娘，你那朋友不是不愿出面吗？若是抓不到那采花贼，即便写了文章，怕是影响也不够。"

江吟夏笃定道："我已有计策，但需要你们配合。"

柳音音重重点头："没问题！"

深更半夜，柳音音和江流躲在巷子里，注视着前方。

正是春寒料峭的时节，一到晚上，站久了还有点冷，柳音音不停地搓着手哈气。

江流忽然提醒道："嘘，来了。"

前方巷子里，走来一个窈窕的身影。嫣红缀花小短袄，配罗纱凤尾裙，裙摆向着一侧倾斜，拖在身后，还露出了一小截脚腕，说不出地娇媚风流。

此人正是江吟夏。她不光衣着大胆，捉贼的计策更大胆，竟要以自身为诱饵，揪出那色魔。

他们接连几天在莫相秋出事的地方等候，一直也没等到采花贼，直到今晚，对方似乎出动了。

江吟夏又往前走了一段路后，柳音音忽然激动地掐住了江流的手腕，力气之大，掐得江流差点叫出声来。

江流定睛一看，只见江吟夏身后，跟上来一个黑影。那黑影比江吟夏高了大半个头，身材魁梧，明显是个男人。

黑影快步上前，一脚踩住了江吟夏拖在地上的裙摆。

江吟夏停步，道："你踩到我了。"

采花贼一把搂住了江吟夏，话语中透着兴奋："穿得这么骚，想着要给我送上门来吗？"

江吟夏镇定道："得看你有没有本事。"

"这就给你看看我的本事！"采花贼把江吟夏按在墙上，一手迫不及待地去撕扯她的衣服。江吟夏眼明手快，狠狠一脚踢中了对方的膝盖。

采花贼被踢痛，怪叫一声，暂时松开了对江吟夏的钳制。

江流和柳音音一对眼神，就是这个时候！

两人举着棍子冲出去，对着采花贼一顿猛打，直打到他哭爹喊娘下跪求饶。江流一脚将采花贼掀翻在地，柳音音出手狠辣，对着他的裤裆一棍子捅了下去。

"嗷！"采花贼的哀号声穿透了整条巷子。

第二日清晨，衙门公审。

采花贼名叫吴剑锋，两年前搬来十方城，卖皂团为生。他亲口承认，在十方城犯下过三桩案子。

由于另外两位受害者不愿意公开身份，审理之时，只有江吟夏前来。

钟县令好意提醒江吟夏，事关名声，她也可以不在公堂露面，站于帘子后面就行。

江吟夏谢过钟县令，但还是毅然站在了公堂之上，面上毫无惧色。

柳音音和江流作为见义勇为的证人，也站在公堂上听审。

吴剑锋做采花贼的时候胆大包天，如今跪在公堂上，却像只得了瘟疫的鸡，萎靡不振，呼吸微弱，跟要死过去一样。

钟县令十分生气，道："本官平生最痛恨欺凌弱小之鼠辈！对女子下手，最是下三烂的行径，不重判，不足以息民愤！"

"大……大人，"吴剑锋哆嗦着发声，"我只是抱了她一下，没……没别的……"

"那是因为有这两位义士打抱不平！"江吟夏冷冷说道，"如若不然，岂不是要被你得逞！且你方才已亲口承认，之前还犯过同样的案子！"

钟县令道："吴剑锋，不用狡辩了，本官知道怎么判案。"

最终，吴剑锋被判重刑，除了数十年牢狱之灾，还在脸上刺了字。这耻辱将跟随一生，即便他能活到耄耋之年有机会出狱，出狱后，也能被人一眼认出来。

本是让人神清气爽的一件事，但令人始料未及的是，人群之中出现了这样的声音：

"你看这个女人穿成这样，采花贼不找她找谁？"

"就是啊，一看就不是什么好女人！"

"这不是'海棠春'的老板江吟夏吗？她穿那衣服，就差露出来一半身体了，真是世风日下啊，这种女人就应该被浸猪笼。"

"你们可管管自己家的男人，别让他们去'海棠春'取衣服了，这一去，谁知道能出什么事情呢？"

"我以后也不让女儿去那里做衣服了，真怕她也学坏！"

江吟夏脊背挺直，亭亭立于公堂，不卑不亢，也不急着离开，似乎有意要把这些话听完。

柳音音先听不下去了，对旁边一个说话难听的大婶道："你凭什么这么说她，她是受害者！"

江流也帮衬道："朗朗盛世，女子有穿衣的自由，无论衣着还是夜出，都不能成为采花贼的借口！"

大婶们七嘴八舌，越讲越难听：

"你是不是也想学江吟夏？这种荡妇就应该被侮辱！"

"少年郎，你小小年纪，难道也成了江吟夏的裙下之臣？"

江流见说他的是个长相猥琐的男人，一拳头对那人打了过去。

"啊呀，衙门口杀人啦……"

乌泱泱，闹哄哄，两方人马撕扯扭打，乱成一片。

最后还是钟县令让衙役出面，把他们拉开。

江流和柳音音都挂了彩，大婶们也好不到哪里去。

钟县令严肃地问："牢房还空着很多呢，你们是不是想一起进去？"

大婶们瞬间跑完了。

人群散去，只剩下站在最后面的莫相秋。她远远看着江吟夏，眼中含泪，喃喃道："对不起，都是我不好……"

柳音音看到莫相秋，猜到这就是江吟夏所说的那位好友，想要上前，却被江流一拦，道："先回去吧，多说无益，得她自己想明白了才行。"

柳音音无奈，一摸胳膊，十分酸痛，只好向江吟夏告辞，先行回去。

浮生阁内，浑身是伤的两人凄凄惨惨地向方宴生告状。

柳音音："你看我掉了这么一大把头发，都成秃子了，头上还肿起来这么大一个包……"

江流："我鼻子都被打出血了，怎么看都有点歪，是不是毁容了？我多么英俊的脸啊，怎么能就这么毁了……"

方宴生看了看柳音音的头，又看看江流的鼻子，确定没什么大问题，只道："晚上想吃什么？"

柳音音："鸡汤，煮得厚厚一层油的那种，我要好好补补。"

江流:"凉菜四个:镇府浊梨、回马葡萄、西川乳糖、绵枨金橘。热菜要:花炊鹌子、荔枝白腰、鸳鸯炸肚、螃蟹清羹、虾鱼汤齑、葱香炊饼。再来一壶雪泡梅花酒。"

柳音音冷笑一声,道:"你这是吃饱了要上路啊?"

方宴生便让阿梨去买菜,吩咐道:"音音喝鸡汤,江流就要一锅乱炖。"

江流撇撇嘴:"偏心!"

阿梨刚跨出大门,一看外面的阵仗,吓得急忙缩回来,关上大门,一边往回跑,一边大叫道:"不好了!打上门来了!"

方宴生正准备书写这一期的小报,闻言放下了笔。

柳音音和江流已经冲了出去。

江流:"没打够是吗?"

柳音音:"接着打!"

阿梨飞快跑来汇报:"门口聚集了一大群人,抬着花圈,撒着纸钱,中间扶着个穿麻衣的大婶,哭哭啼啼的。让邻居看到,还以为我们家死人了呢!"

话音刚落,屋外就响起了哀乐,那叫一个凄厉悲哀,似乎要让人痛断肝肠。

方宴生面色平静,道:"去看看吧。"

正要往大门口走,江小七从柴房跑了出来。他刚才听到动静,就去找称手的家伙了,现在手里捧着一捆棍子,问道:"要武器吗?"

方宴生摆摆手,道:"能讲道理,就不要动手。"

柳音音低低说了一句:"就怕人家不是来跟你讲道理的。"她脑海中已经想象出方宴生被对方乱棍暴打的场面,赶紧从江小七手里拿过一根棍子,别在腰后。

江流也有样学样,以备不时之需。

方宴生走在最前面,其余人跟在他身后,一开门,就见到了壮观的场面。果然如阿梨所言,这帮人举着一堆丧葬用品,来闹事了。那穿麻衣的大婶,是吴剑锋的母亲,张氏。

方宴生看着摆满了门口的花圈,好脾气地问道:"各位乡亲,这是在为谁送葬啊?"

"我的儿子吴剑锋。"张氏哽咽道,"他蒙受不白之冤,已生了自尽的心思,在狱中吞下了鱼骨。若不能还他清白,我们娘儿俩就只能死给你们看了!"

方宴生诧异地问:"不好意思,我没听明白,他是死了,还是没死?"

张氏愤然道:"自然是被救回来了,但是就差那么一点,我就要和我儿子天人永隔!"

方宴生一脸惊讶,指指他们带来的这堆丧葬用品,道:"人既然还活着,这番作为,怕是不太吉利的。"

张氏身边,簇拥着吴家的一众亲友,哪会给方宴生和稀泥的机会?七嘴八舌就讲开了:

"浮生阁一定是收了江吟夏的钱,才会助纣为虐!"

"江吟夏这个贱人,臭不要脸,自己勾引剑锋,到头来反咬一口!"

"可怜我们剑锋,从小就孝顺,老老实实一个孩子,被你们害惨了!"

张氏一脸悲戚,涕泪横流,道:"方宴生,江吟夏,你们买通了钟县令,故意给吴剑锋判重刑,为何要如此丧尽天良,欺负我们孤儿寡母!"

"到底是谁欺负谁!"柳音音气得听不下去了,"吴剑锋就是个采花贼,他去玷污人家姑娘的清白,那才叫丧尽天良!"

"你们有何证据!"有人厉声痛斥,"江吟夏自己行为不检点,和他睡过的男人不知道有多少,难道她随口诬陷一句,就人人都该坐牢吗?"

江流见他们如此颠倒黑白,也大怒道:"不光是江吟夏,还有两个受害人呢！难道她们都是诬告吗？"

张氏抹了抹眼泪，道："还有两个？人呢？"

有人叫嚣："对啊，有本事让她们站出来啊！你们说两个就两个，说两百个就两百个！信口雌黄！"

"浮生阁推波助澜，也不是什么好东西！"

两边嗡嗡嗡吵了半天，方宴生也就站在那里听着。直到都吵得口干舌燥了，他才终于站出来，道："诸位，浮生阁只是一家报馆，只作言论，不定是非。既然你们觉得此案有失公正，就应当去衙门击鼓鸣冤。"

"衙门我们当然会去。"张氏道，"只是希望你们不要再帮着江吟夏诬告了，除非方宴生你和她真有什么见不得人的事情！"

"哈，莫说我和江姑娘仅有一面之缘，即便真的熟识，我未婚她未嫁，哪有半点见不得人？"方宴生直接说出了张氏的担忧，"你们这么威胁我，不过是因为看《江湖快报》的人多，若一发文，整个十方城都会知道吴剑锋的烂事！但是诸位，不要轻视了城中人口口相传的力量，你们这番劳师动众，别人看在眼里，又该如何议论？"

"议论什么？我为我儿子喊冤，天经地义！"张氏梗直了脖子，"你们没有孩子，不知道为人母的心情！"

"母子之情，晚辈动容，但情深不代表就要一味袒护。"方宴生和善地看着张氏，"此案，衙门已有定论，世人如何评价，不是浮生阁所能决定的。"

张氏道："我明日就会上告官府，那江吟夏勾引我儿不成，反污蔑他，让县令判她浸猪笼！"

柳音音咬牙没有骂出声，但双拳紧握，看着对面那一副副狰狞的面孔，心中极寒。

"我答应你。"不料方宴生竟许下承诺，"在此案彻底了结前，浮生阁会保持沉默。"

柳音音急道:"方先生……"

方宴生看着柳音音,对她摇了摇头。

柳音音无法当着这么多人的面反驳方宴生,只好气冲冲地转身回屋,狠狠地把房门上了锁。

"臭男人!这么轻易就退缩了!"柳音音踢了一脚桌子,自己生闷气,"这么怕人来闹事,就不要开什么报馆啊!"

她不知道方宴生为何会在这群乌合之众面前妥协,思来想去,觉得就是身为男儿的他,根本不明白女子所处的弱势地位。她甚至猜测,或许在方宴生和江流的心里,存在着和那些人一样的想法,觉得江吟夏行为不依常理、语出惊人、衣着放肆,便可为人轻贱。

她越想越生气,直到方宴生在外面敲门。

"音音,鸡汤好了。"

柳音音气道:"不喝!"

方宴生好言相劝,道:"喝完了鸡汤,还有要紧事做。"

"还能有什么要紧事?我罢工了!"柳音音心中怒极,出言奚落,"本以为,浮生阁言论公正,行正义之事,如今却也变得畏首畏尾起来了,倒不如关门大吉!"

"你怎么还是这么冲动?"方宴生道,"对着这样的群体,最难讲道理,今日他们人多势众,无法硬碰。"

"那便做缩头乌龟吗?"

方宴生道:"若不暂时缩头,怕是如今都没人能安慰江姑娘了。"

柳音音一听,豁然开门,问道:"江姑娘怎么了?"

"那些人,都能来浮生阁这样闹事,你觉得他们能把海棠春如何?"方宴生端上鸡汤,"喝完了,去看望一下江姑娘。"

柳音音听他这么一说,哪还有心思喝鸡汤,急匆匆冲出门去,留下一句:"回来再喝!"

柳音音一路狂奔，急急赶往海棠春，一到店铺门口，便知凶多吉少。

目之所及，到处都被横七竖八地泼了墨汁，写着"海棠春"三字的匾额被扔在地上，已经裂成了两段。

柳音音走进去，见到的是触目惊心的景象：墙上、地上、桌椅上，全是各种颜色的染料，原本挂在墙上的漂亮衣服，被剪碎后扔了满地，整个铺子几乎找不到一处可以下脚的地方。

江吟夏就跪坐在这片狼藉之中，眼角有伤，发丝凌乱，好好的衣服也被人撕扯坏了。

柳音音在地上找了半天，捡起一块还算完整的布，为江吟夏披上。"吟夏姑娘……"她叫了一声，也不知如何安慰，十分自责，"对不起，我该早点过来的。"

"辛苦经营，毁于一旦。"江吟夏面露痛惜，叹道，"吴剑锋的母亲张氏反告我勾引他儿子，衙门已来人传唤过。"

柳音音问道："他们看到这里被砸成这样，没有说要把那群暴民抓起来吗？"

江吟夏使劲把眼泪憋了回去，声音沙哑道："或许，来人也觉得，张氏等人说的话颇有道理吧。"

柳音音暴怒之下脱口而出："他们不仅蠢，还坏！以为这样恶意造谣、贬低你的人格，就可以为吴剑锋脱罪！"

"可事实便是如此，"江吟夏无奈地苦笑了一下，"只要我是个荡妇，吴剑锋羞辱我，就是在为民除害。"

柳音音握住江吟夏的手，道："浮生阁也被张氏他们威胁了，方先生现在可能有难处，但不管他们是什么态度，只要你不放弃，我柳音音一定站在你这边！"

江吟夏感激地点了点头，眼中重新燃起希望，道："即便只有你一人支持，我也觉得没有那么难过了。决定做这件事情的时候，我就已经做好了这样的准备。事已至此，当然也没有退缩的可能。"

柳音音想了想，道："现在最好的办法，就是让另外两名受害的女子出来做证，只要有了真正的受害者，张氏他们就占不了任何便宜了。"

"她们若不愿意，我便不能强迫。"江吟夏低头沉思了片刻，又抬头四顾，看着满室狼藉，"看到了我这般遭遇，她们怕是更不敢说出口了。"

柳音音气道："你之所以被逼到如此境地，就是为了帮你的那位朋友，她难道就这样躲在后面，看你受辱？她不会良心难安吗？"

"就是因为世间女子多如此，我才会想做这件事啊。"江吟夏轻轻一叹，"可惜人微言轻，或许中道就进行不下去了，但不能因为这样，就让我原本想保护的人出来承担后果。"

"吟夏姑娘，你比我想象的还要勇敢！"柳音音给了江吟夏一个拥抱。

江吟夏轻轻拍了拍她的肩膀，笑道："谢谢你，音音，你是第一个这么肯定我的人。"

柳音音半晌无话，默默帮着江吟夏一起收拾了屋子，临走时，站在门口说道："吟夏姑娘，记着，你不是一个人，从今天开始，我就是你的同伴。张氏的事情，我会再想办法的。"

"多谢。"江吟夏欣慰地点了点头，看着柳音音站在那里，夕阳打在她的后脑勺上，一片亮黄。

此路漫漫，有同行者，即便依旧势单力薄，却也不那么孤单了。

柳音音回到浮生阁后，从方宴生的书房里拿了笔墨，随后就把自己关在房间里，连着两天不吃不喝，谁叫也不理会。

每每到了吃饭的时候，江流就会看着饭碗，一脸忧心忡忡道："音音还没吃饭呢？她会不会已经饿死在房里了啊？"

方宴生阻止了江流想破门而入的冲动，道："给她点时间。"

江流不解："给她时间干吗？学辟谷啊？要成仙啊？"

方宴生道："在一件事上较真起来，就废寝忘食了吧。"

"江吟夏的事？"江流大口吃着饭，"吴剑锋的娘多难搞啊，凭她一己之力，能搞定那些胡搅蛮缠的人吗？"

方宴生笑问："你觉得，音音和我们认识的这段时间，变化大吗？"

江流回忆了一下，道："当然不小。刚认识那会儿，她就像个一点就着的爆竹，现在当然也不算沉稳吧，但好歹能担点事了。"

方宴生道："所以，再给她点时间，她能做得更好。"

柳音音的房门忽然打开了，她走出来站在门口，还穿着两天前的衣服，脸色有些苍白，但眼睛亮亮的。外头的光线有点刺眼，她抬手遮了遮。

江小七赶紧去拿了碗筷来。

阿梨热情地给柳音音盛饭："快吃快吃，一会儿就要被江流这个饭桶给吃完了。"

江流不悦："你才饭桶，这里就数你长得最圆！"

柳音音看着他们，眯着眼睛笑起来，随即快走两步在桌边坐下。"吃饭，吃饭。"

距离衙门第二次公审还有两天，以柳音音的名义发布的一篇文章《女有岂》，贴在锦观街最繁华处的墙头，成了十方城的头条。

造化阴阳，世有男女，我读书少，却也知道在《春秋》中，有齐姜、定姒、季姬、伯姬。她们都有自己的姓，没有冠以夫姓，是堂堂正正、名留史册的女子。这是我们的先祖对女子的尊重。天在上，地在下，天生万物，地载万物，难道天地也有尊卑之分吗？垂髫小儿都知道，天地缺一不可，所以这一上一下，只是秩序，不论尊卑。

而越到后世，圣人的教化越被曲解了。朝堂之上没有女子，书院校场没有女子，市井商贾也没有女子。但凡女子，便不能有自己的理想、不能著书、不能言论、不能出游、不能自立，只能囚禁在家中、囚禁在庭院、囚禁在闺房，更有甚者，蒙面、缠足、裹腰……直到有一日，生下儿子，成为婆婆，再将曾经压迫自己的种种，变本加厉地加之于下一代。

我想问问能看到这里的女子，这就是你生而为人，来这人世一遭，想要做的事情吗？至少江吟夏不是这样的，她喜欢华美的衣服，想让更多人穿上她们喜欢的衣服。至少我也不是这样的，我即便没有浮生阁和方先生的支持，也还是想做一些自认为对的事情。

你们都知道，欠债还钱，杀人偿命，是世间最基本的规则。那么，让坏人得到应有的惩罚，让受害者得到安抚和重新站起来的信心，难道不也是你们心中所期待的吗？我相信每个人心中，对是非都是有明辨之力的，我相信你们都知道，吴剑锋就是一个卑鄙龌龊的采花贼。他该受到什么样的惩罚，与他伤害的是一个什么样的人，没有任何关系。

《礼记》说："男有分，女有归。"归，是归宿。今日我借江吟夏之事，想提一句"女有肖"，肖，是肖然。女子当亭亭而立，不攀附、不依存、不受限，独立生长于世间。是何归宿，当由自己说了算。

这篇文章，没有方宴生的落款，也不算浮生阁的作品，柳音音的名字，第一次响彻十方城。

人们一开始觉得，这个柳音音和江吟夏一样，离经叛道，妖言惑众，竟然妄图对抗现有的尊卑观念，应该一起被浸猪笼。

后来，又有几个读书人抓耳挠腮，百思不得解，认为孔夫子的确是这样说的呀，是哪里出了问题呢？

再后来，有几个女子偷偷地在这篇文章下，签上了自己的名字。在他们的家人还来不及教训的时候，更多女子走出家门，签上自己的名字。因为感同身受，所以鼓起勇气。

柳音音一整天都没有出门，呆呆地坐在房里，听江流和江小七频频传递来的捷报，听到最后，不由得哭了起来。

"我本来已经做好了被众人唾骂的准备，没想到会有那么多人支持。"柳音音一把鼻涕一把泪，"就是觉得有点对不起方先生，他都答应了不参与此事，我这么做，是不是陷他于不义？"

"当然不是。"方宴生推门而入，"那日情势所逼，我只好以权宜之计，让他们先行离开。江姑娘落难，不能不帮，只是我还没想好怎么帮，你便先一步出了招，还收效极佳。音音，你做得很好。"

柳音音眼睛红红的，看着方宴生，道："如果他们再来浮生阁捣乱呢？"

方宴生拿出不知何时别在腰后的木棍，道："家伙都准备好了，当然是把他们都打出去啊！"

柳音音破涕为笑，立即出卖了她的盟友，道："其实那篇文章，江流后来帮忙润色了。"

"我知道啊。"方宴生道，"你平日只爱看那些风流话本，哪会去看《春秋》《礼记》呢？"

江流适时地探进来一个头，道："我就说嘛，方先生神机妙算，瞒不住他的！"

第二日上午，衙门公审。

公堂之外，还是站着里三层外三层的围观百姓，与之前的群情激愤、口出污言不同，这一次的人群是沉默的。

方宴生、柳音音和江流，也站在人群之中。

江吟夏穿一身翡翠如意凤尾罗裙，依旧神情淡淡，目光庄严地站在那里，如一株傲然怒放的海棠。

吴剑锋被关了几日大牢后，衣衫皱巴巴的，形容憔悴，仓皇不安，几乎都不敢抬头。

张氏一脸关切地看了看自己的儿子，目光转向江吟夏的时候，满脸鄙夷怨恨之色。

钟县令一拍惊堂木，道："张氏，你击鼓鸣冤，冤从何来？"

张氏委屈道："江吟夏诬告我儿，实则是勾引不成，反生怨怼，我儿冤枉！"

钟县令转向吴剑锋，严厉问道："吴剑锋，你母亲张氏所言，可属实？"

"是……"吴剑锋哆哆嗦嗦，"是，我娘说得是！"

江吟夏站到吴剑锋面前，冷笑问道："狗贼，你可看清楚了，当夜我独自回家，难道不是你从身后跟上来，踩住了我的裙子？"

"我……我……"吴剑锋看向张氏。

张氏道："胡说，明明是你把我儿子约到那里的！"

"对！"吴剑锋得到了张氏的庇护，开始编造故事，"你这个贱人，约了我在那巷子里见面，见了我就要扑上来，我想把你推开，却推不开，是你害我，是你害我……我是无辜的，大人，不要让我坐牢……"

江吟夏道："我如何约的你？可有证据？"

吴剑锋又看向张氏。

"那你说我儿子轻薄你，可有证据？"张氏厉声道，"你难道还能在这里公开验明正身吗？"

江吟夏一时语塞。

钟县令摸着下巴，为难道："既然两方都拿不出证据，那本案……"

"大人，民女有证据！"人群中，传出一个女子的声音。

江吟夏看着走上堂来的莫相秋,眼神一滞:"相秋……"

莫相秋冲江吟夏笑笑,跪在堂前,鼓足勇气,朗声道:"民女莫相秋,是被吴剑锋欺负的人之一!我是未嫁之人,被吴剑锋破了身子,愿意在此验明正身!"

堂内堂外,一片肃静。

莫相秋重重叩首,额头抵着地面。她刚才拿出所有勇气,说完了那番话,现在方觉得浑身发抖,眼泪不受控制地流了出来。她不知道今日说出这番话后,今后会面临什么,但江吟夏为了她被迫至此,她绝无独善其身的可能。

张氏面露慌乱,但也很快就想到了说辞,道:"就算验明了你不是处子之身,又能证明什么?谁知道是不是你行为不检点,与别的什么野男人私相授受呢!"

"你胡说!"莫相秋抬起头,擦干眼泪,声音嘶哑,怒视张氏,"恶毒妇人,采花色魔,真是一对母子,合该进一家门!"

张氏也厉声道:"凭你一张嘴,诬告不了我们!"

正僵持之际,公堂外,又有一个身形瘦弱的女子挤开层层包围着的人群,一步步来到了大堂。

"还有我!"

那女子跪在莫相秋身边,发着抖,瑟瑟说道:"我也是被吴剑锋欺负的人,我叫康萍。"

莫相秋擦了把眼泪,微微笑着看向康萍,给她鼓励。她们素未谋面,但莫相秋还是握住了康萍的手。

张氏被这一个个冒出来的女子惊到,紧张得面色发僵,但还是强硬地说道:"你们就算再出来十个八个,也还是拿不出证据!"

"我有证据!"康萍凛然抬头,看向吴剑锋,道,"他的大腿根部,有一块黑色的圆形胎记!"

吴剑锋腿一软，当场倒在了地上。

张氏也浑身一抖，却还想着要垂死挣扎一番，道："看到了又怎样？那也是你勾引我儿子的！"

钟县令实在听不下去了，无奈道："张氏，你也不看看你儿子长得一副什么鬼样子，这些个好好的姑娘家，一个个的都要去勾引他？老娘看儿子吧，是怎么都好看，但这几个女子定然都没有瞎眼！"

县令一发话，群众哗然。

"这种地方都看到了，错不了，一定是他！"

"想不到啊，还以为吴剑锋是个老实人，没想到真是采花贼，祸害了那么多姑娘！"

"阉了吧！"

"阉了吧！"

"阉了吧！"

柳音音长长地吐了口气。

钟县令也稳了稳身子，问道："吴剑锋，张氏，你们可还有话要说？"

母子二人都低着头，无话。

吴剑锋被判阉刑，多加三十年牢狱，除非他能活到一百二十岁，不然这辈子都要在大牢中度过了。

张氏和她那些砸了海棠春的亲眷，被判公开向江吟夏道歉，赔偿她的所有损失，并惩数月牢狱不等。

就此结案。

钟县令那边，事情却没有就此结束。他年方十三岁的女儿，也曾在柳音音的《女有峤》下签字，受其感召，决定要为十方城的女子做点事情。在女儿的软磨硬泡下，钟县令写了一份完善相关政策的提案，递交十方城城主，旨在严惩采花大盗，为城中女子的夜间出行提供安全保障。

这份提案很快就得到了城主的批复，快速执行。自此，十方城夜间再无独身女子不敢出门的现象。

《江湖快报》头条——"女子当肖然于世"

泱泱大国，闺秀既多，然上至诸侯卿相，下至谋夫说客，未见女子，尽是男儿。

世世代代，受累于此，男尊女卑，竟成定论。

有女吟夏，不顾世俗偏见，欲以一己之力，废此尊卑定论。

为助友人，以身犯险，为惩凶犯，以命相搏。可敬，可叹！

幸有明德之人，感其言行，幸有明德之城，彰其义举。

浮生阁主言：男女大同，方行大道！

在新法的推动下，民间也沸沸扬扬，成立了"女有肖"民间女子联合会，除了夜间出行外，还在其他各种问题上为男女之间的不平等做了一些条文约定，保护女子的安全和各种权益。柳音音和江吟夏被推选为这个联合会的会长和副会长。

她们原本商量着，要一起把海棠春发扬光大，开几家分店，让莫相秋和康萍来分管店面，未来无论如何，都可以有个保障。然而，有了"女有肖"之后，她们根本就没有时间做衣服、卖衣服了。

海棠春每天人满为患，被踏破门槛，几乎成了"女有肖"的办事处，从早到晚的情形，都是这样的：

"我家那口子，没事就爱喝酒，喝了酒就喜欢打我，不光打我，连孩子都打，你们可得为我们主持公道。"

"音音啊，你说我到底要不要和他成亲呢？我爹娘说，他们家给的彩礼实在太少了，以他们家的家底，至少也应该在十方城给我们家买一套房子……"

"我男人好吃懒做不说，回到家里就知道吃饭睡觉，连儿子都不管，我每天辛辛苦苦做家务带孩子。他也赚不到钱,眼瞅着日子越来越难过,你说我命怎么这么苦!"

"吟夏姑娘,你们海棠春还缺人吗?我相公从不关心我,一切行事只凭他自己的想法,我想和离。但和离完,也得为下半辈子考虑不是,再嫁是不指望了,你们也懂的,这世上哪有什么好男人啊……"

…………

柳音音和江吟夏隔着人群,无奈又幸福地相视而笑。

这个春天,十分热闹。

壹拾 细腰

春末夏初,是十方城最舒服的季节,也是集市最热闹的时候。坊市繁华,酒旗飘扬,酒楼茶坊中,人语欢声不绝。

浮生阁和海棠春都不忙的时候,柳音音就喜欢去逛街,都不用人陪,独自一人也能逛到天荒地老。她眼花缭乱地看着路边摊上琳琅满目的东西,各色陶器、酒具、熏香、铜镜、皂团……啊,和平年代的繁盛之地,让人心情舒畅,看看这些物品,看看周遭的人流,就知道这是个安居乐业的好地方。

忽然,前方一阵人语喧哗之声,柳音音一抬头,就看到扎堆的人群。她往那边走去,看到一个铺面门口竖着一块牌子,上书:

"返老还童药"。

"以假乱真手"。

这似乎是一家药铺,铺子前面排着长龙,人们争前恐后要买药,还诉说着各种关于这家药店的奇闻逸事。

"我表姐之前买了这家的瘦身药,短短一月,瘦了好大一圈!"

"我大舅用了他们家的鞋垫，原本走路跛脚的，也不跛了，就算华佗再世，也没有这么厉害！"

"你们一定要试试店内的药浴，配合推拿术，不到一个时辰，真的能感觉自己变年轻了，连媳妇都说我更有劲儿了呢！"

"返老还童药才是镇店之宝的神药！男女老少，皆可服用，老人吃了，延年益寿，少年吃了，永葆青春，女人吃了，芳华永驻！"

柳音音挤在人群中，有些怀疑地问道："真能有这么神奇？"

众人回答："当然啊！"

柳音音摸了摸自己的肚子，觉得自己似乎也有这个需要。以前饥一顿饱一顿的日子，身材一直保持得很好，自从来到十方城，吃饱穿暖、衣食无忧之后，眼瞅着就胖了一大圈，若再这么发展下去，未来堪忧。十方城以瘦为美，既然如此，买！

这店铺的名字取得很是诡异，叫"细腰"，顾名思义，让人浮想联翩。传说楚王好细腰，宫中多饿死。为什么宁愿饿死都要瘦？因为瘦人就是好看啊！柳音音如此感慨着，摸一把腰间的肉，毅然踏入了店铺。

这店家做生意一看就十分有条理，三个伙计站在铺子里面，诊断的、拿药的、收钱的，配合默契，动作飞快，难怪那么长的队伍，很快就排到了柳音音。

铺子内还设有通经活络的按摩位，最多可以同时接待六个客人，如今已经客满，排队也要排到傍晚。

掌柜的是名中年男子，不知真实名姓，人称花三春，这外号和他那顶着两撇胡子的长相十分不搭。

客人虽多，但花三春十分周到，对谁都是笑脸相迎，一看柳音音的样子，就像是能发展为长期客人的，故而分外殷勤，问道："姑娘，初次来我们店吧，想瘦身还是调理？"

柳音音道："瘦身。"

"姑娘其实不算胖，但体形上精益求精是没错的，而且随着年纪的增长，会越来越容易横着长，所以我们这边很多年轻的客人，都是为了保持体形而来的。"花三春细细打量了一下柳音音，"依我的经验嘛，你的腰若能再瘦上两公分，整体看上去就会轻盈许多。"

柳音音忙点头："对对对，我就是想瘦腰！"

花三春热情介绍："我们这里有两种瘦身方式，一是配合着食谱喝药，二是针灸推拿，也就是'以假乱真手'，一个疗程的套餐，现在还有优惠。当然啦，作为第一次办套餐的客人，我们还有礼品赠送。"

"套餐太麻烦了，我想着先吃药试试。"柳音音又有些犹豫，"但是，我又没病，这药能乱吃吗？"

"当然不是乱吃药啦！"花三春耐心解释，"你尽管放心，我家祖传的百年秘方，所用的都是全然无毒的草药，从未出现过把人吃坏的情况。"

柳音音道："那就先吃一阵试试吧。"

花三春想了想，又道："不过嘛，单吃药的效果没有针灸快，我看最好是双管齐下，保证你一个月内就能明显瘦下来。"

柳音音看了看价目表，真贵，一个套餐就顶她三个月的工钱呢，当然舍不得。

花三春一眼就看出柳音音的想法，道："这个事情也不好勉强的，我只是建议，因为马上就要入夏了，天一热，这胖啊，是衣服遮也遮不住的。"

柳音音道："老板，你方才明明说，我也算不得胖的。"

"不算胖，但也不能说瘦啊。"花三春笑道，"再说了，这年头难道还有认为自己瘦的姑娘吗？你看那些城中的大家闺秀，便是真只剩下一把骨头，她们也喊着要更瘦呢！"

柳音音觉得很有道理，没有最瘦，只有更瘦。钱可以再赚，但瘦，刻不容缓！她当下心一横，道："那就给我来个双管齐下吧！"

花三春一看柳音音这么爽快，又赶紧给他推销其他东西："家里有老人吗？给你双亲一人买双鞋垫吧，我们家这个鞋垫，穿几个月下来，腰也不疼，背也不酸，连拐杖都能扔掉了！"

"我家里没有老人。"柳音音心直口快道，"鞋垫穿几个月，难道不是只有一种结果吗？就是熏死一屋子！"

花三春笑道："姑娘说话可真有意思，哈哈哈，不过我们这鞋垫可不一样，透气性良好，绝对不会出现你说的这种情况……"

"不用不用，我倒是可以买点别的。"柳音音看看牌匾上的其他东西，想着要给方宴生和江流也送点什么，便道，"那个提神醒脑丸，也给我来一瓶吧，还有明目清凉水，也要一瓶。"

"好嘞！"花三春招呼伙计赶紧拿药，"自己用还是送人？送人的话，我们可以给你包装起来哦。"

"包装！"柳音音挑中两根粉红色的带子，"要打可爱蝴蝶结的那种。"

"没问题！"

伙计唰唰唰打包，柳音音唰唰唰付钱，看着钱落入他人口袋，她心中有种强烈的失落，这可是小半年的工钱啊，瞬间就这么出去了。但是柳音音很快就振作起来，瘦，才是王道！

花三春帮她开好了单子，又问道："针灸套餐今天要做一次吗？"

柳音音点点头："来都来了，做吧！"

花三春道："但今天客人多，可能要排几个时辰哦。"

"没事，今天正好休息。"柳音音看到对面有家新开的话本店，"我就去对面看话本，时间差不多了，你来叫我可以吗？"

"包在我身上。"花三春冲内堂道，"瘦身针灸，一位！"

一直到暮色渐起，柳音音看完整本话本，对面的"细腰"还是人满为患，于是她先去吃了顿晚饭，又溜达几圈，再回到话本店不久，才听到花三春的喊声：

"柳姑娘，到你啦！"

柳音音兴冲冲前往，在伙计的指引下，来到店内一个黑漆漆的房间。房间内，又用帘子隔出了两个更小的房间，每个小房间里有一张狭窄的床，只容一人站立。

一个面相和善的大婶对柳音音道："来，脱得剩下内衣，趴这儿。"

柳音音走过去的时候，透过帘子，看到那边的床上是一坨白花花肉鼓鼓的背部，扎满了细细的银针，吓得没忍住尖叫了一声："啊！"

大婶拉了拉帘子，道："没事没事，隔壁也是个姑娘，是我们这儿的常客了，通过'以假乱真手'调理了半个多月，可瘦了不少呢。"

柳音音有些害怕，问道："我也要扎那么多针吗？"

"你啊，不用，老板交代过了，你主要瘦腰，只要在腰上扎几针就好了。那姑娘不一样，她是想瘦全身的，所以要做一个完整的经脉疏通。"大婶说话间，已经在床上铺好了干净的床单，催促柳音音，"快别愣着啦，都是女人，害羞啥呢。"

柳音音尴尬一笑，脱下了外衣，乖乖趴下。"大婶，你下手可轻一点啊。"

"放心，你这细皮嫩肉的，一看就不受力，让我下重手我也不敢哪。"大婶说着，给柳音音按肩膀，宽大的双手在她肩膀上一捏，柳音音便哀号起来："疼！"

"哎哟，我这已经是最轻的力道了。"

大婶刚说完话，隔壁那背后扎满针的过来人说道："这位妹妹，你忍一忍，痛则不通，给你疏通完，就没那么痛啦。"

柳音音稍微缓过来一些，道："那你现在通了吗？"

"差不多啦，比刚来的时候好多了。"那姑娘的话语中充满兴奋，"我最近瘦了好多，这家店真的很有用。"

那头的大婶笑道："我们花掌柜可不是一般人，你就照着他说的做，一年下来，保管瘦成赵飞燕！"

柳音音回忆了一下刚才看到的肉体，对那大婶的话深感怀疑。

不多时，那姑娘的针灸做完了，跟大婶约下一次的针灸，道："我想瘦得再快一点，别隔天来了，以后还是天天来吧，你把这个时间段都留给我。"

"好，天天来，效果当然更好，那明天见啊！"

柳音音看不到那大婶，但也听出了她话中的喜悦。

"嗷！酸酸酸！"第一根针下去，柳音音大叫起来。

"姑娘，你经脉不畅啊。"大婶劝说，"这开始阶段，最好能隔天一来，等适应之后，也可以像刚才那姑娘一样，天天来。"

柳音音道："我考虑一下。"那也得承受得住啊。

大婶道："那你下次来记得还找我啊，我是四号针灸师。"

"好……"柳音音痛得抓紧了床单。

半个时辰后，柳音音浑身酸痛，提着大包沉甸甸的东西，一瘸一拐地回到浮生阁。

后院里，江流躺在廊下，闲看魏晋话本，一边看，一边笑。

柳音音问他："看的什么？这么好笑？"

江流复述了一遍故事，说的是魏晋时候以瘦为美，富豪石崇又爱收集美女，便想出了一个方法验这些女子的轻重。将沉水香筛成粉末，撒在象牙床上，经过时不留痕迹的女子，便赏赐珍珠百粒。

"你非细骨轻躯，哪得百粒珍珠？"江流乐不可支，"这群人好蠢啊，就算是轻得跟一阵风一样，吹过粉末，也会有痕迹啊！"

柳音音板起脸，问道："你觉得为了美，追求变瘦，很可笑吗？"

"那得看瘦成什么样啊，都变成骨架了，不硌得慌吗？"江流这才注意到，柳音音脸色不太好看，又提着一大袋药，忙道："你是出去逛一整天，把自己给逛生病了？"

"不，这些都是瘦身药！"

江流将她上上下下来来回回看一遍，道："没看出你哪里胖啊。"

"再看，戳瞎你！"柳音音从包裹里翻出明目清凉水，扔给江流，"这是送你的！"

江流险险接住，拿在手里翻来覆去看，花里胡哨的包装让他愣是没看明白，问道："这是什么啊？"

"明目清凉水，'细腰'老店的热销商品。"柳音音侃侃而谈介绍道，"你不是老说，看书久了眼睛累吗？用这个药水熏眼睛，短期内可缓解症状，长期使用可让你变得火眼金睛。"

"真这么神奇？那我要试试。"江流拆开包装，拿出里面的瓷瓶，"哟，看着还不错的样子，谢谢啦！"

江流命江小七打来一盆热水，往里加入几滴明目清凉水后，把脸凑到脸盆上，以水蒸气熏眼睛。

"哇，好辣！"

"辣也忍着！"

不一会儿，方宴生也收到了一个粉色蝴蝶结装饰的礼盒，打开一看，是一瓶药丸。

"这是提神醒脑丸，"柳音音依着花三春的讲解转述，"特别适合像你这种睡觉很晚，用脑过度的人。当你觉得累的时候，就吃一颗，瞬间就能恢复体力！"

方宴生不解道："我累的时候，通常就去睡觉了啊，为何还要靠药物硬撑着？"

柳音音道："这不算药呀，是保健品，越吃越好的那种。"

"哦。"方宴生不忍拒绝柳音音的好意，收下了。

待柳音音走后，他捏起一颗药丸，搓开来细细一闻，便被刺鼻的味道熏得皱了皱眉头。

方宴生叫来阿梨，将药瓶给他，交代道："去找郭文举大夫，问他这是什么配方。"

"好！"

阿梨领了任务，第二天一早就去找郭大夫，回来之后，看着方宴生的眼神就不太对劲，有同情、怜悯、悲伤、无奈……总之就是一副欲言又止的样子。

方宴生寻思着或许就是那瓶药的缘故，便将他叫到屋里，问道："你为何这般看我？"

阿梨将那提神醒脑丸的药瓶往桌上一放，叹了口气道："先生，以前我总奇怪你为何一直不成婚，原来是因为这样。唉……先生，真是苦了你了！但郭大夫也说了，即便如此，也不能乱用药啊，这种药药性极为凶猛，稍有不慎用过头的话，是会有生命危险的！"

方宴生大概猜到了这是什么药，简直哭笑不得，道："此事你先不要与任何人说起。"

"当然不能啊，这是先生的隐私！"阿梨看着方宴生的目光无限悲伤，"要不怎么说人无完人呢，先生你也不必太过在意，毕竟上天给了你英俊的面容、出色的能力……"

方宴生实在听不下去了："好了阿梨，你出去吧。"

阿梨含泪退下。

这一天，浮生阁的厨房被柳音音霸占了三个时辰，严重推迟了大家吃晚饭的时间。浓浓的药味从厨房飘出，飘得所有人屋里都能闻到，其难闻程度，让众人都不觉得饿了。

方宴生亲自到厨房查看情况，发现她正在熬一锅黑漆漆的汤药。

柳音音鼻孔里塞着纸条，艰难地用嘴呼吸。"方先生，再等等，我马上就好了。"

方宴生道："音音，我们晚饭晚点没关系，但你确定，这东西是能喝的吗？"

柳音音一边将药倒出来，一边说："可以啊，有个姑娘就是吃了这种药，配合针灸疗法，瘦了好多呢。"

方宴生端过药碗，凑近闻了闻，道："也罢，一顿两顿吃不死人。"

"好端端的，别咒我啊。"柳音音快速洗刷干净锅子，"我收拾干净了，让阿梨来做饭吧！"

柳音音退出厨房，端着熬好的药到了饭堂。

戌时三刻，众人才吃上晚饭。

满桌大鱼大肉，柳音音一筷子都不动，只盯着一盘青菜吃，吃之前，还会在茶水里涮一遍，仿佛一滴油就能要了她的命。

江流夹着一块排骨，在柳音音面前一晃而过，问道："你真不吃啊？这排骨如此标致，一根小小的骨头端正地长在中间，让肉质变得鲜美异常。"

"不用引诱我，"柳音音看着自己面前的青菜道，"我这次很坚决，一定要在夏天之前瘦下来！"

"你最好永远不吃，这样就没人跟我抢肉了！"江流高兴地把一块红烧肉夹到了自己碗里，"今天这红烧肉也分外柔软，肥瘦相宜，入口即化，肉皮晶莹剔透，一口咬下去还有点粘牙。"

柳音音给了她一个大白眼。

方宴生问道:"是卖药的人让你不要吃东西的?"

柳音音道:"他给了我一份食谱,中午不让吃饭,晚上不让吃肉。"

方宴生道:"按照这种吃法,你就算不喝这药,也会瘦啊!"

"我想瘦得快一点嘛。"柳音音义正词严,坚决拥护她的减肥良方。

如此过了三天。

柳音音觉得自己瘦了,肚子扁扁,宛如难民。她饿得头晕眼花,去了一趟又一趟茅厕,扶墙而出,虚弱无力,慢慢挪着步子。

未料到走廊另一头也来了个人,夜间视线晦暗,摸黑而行,这一摸,便摸到了柳音音身上。

"鬼啊!"

"鬼啊!"

两人都险些吓死过去!

"江流你要死!大半夜的来茅房吓人!"

"柳音音你才浑蛋!我用了你给的什么水,眼睛都要瞎了!"

柳音音一滞。

江流气鼓鼓道:"我本来眼睛就不好使,现在更糟了,天一黑,和瞎子没什么区别!"

"怎么会这样……"柳音音如此一听,当下就十分内疚,扶住了江流,"走,我扶你回去。"

江流一挨上柳音音,就觉得她整个人瘫到了自己身上。

"到底谁扶谁啊!"江流问道,"你怎么跟只软脚虾一样?"

"饿啊!"柳音音有气无力道,"一天还去十多趟茅厕,都要虚脱了。"

两人花了半天时间,才相互搀扶着走到了院子里。

路过方宴生房间门口时,柳音音一屁股坐在石阶上,喘着气:"不行不行,我得歇一会儿。"

在屋子里透出的烛光中,江流才看清了柳音音额头上都是虚汗,他道:"是不是该让方先生送我们去看大夫啊?"

"难道那药真有问题?"柳音音心下一寒,"不会啊,'细腰'开店那么久了,也没听说谁吃他们家药吃出问题啊。"

身后的门打开,方宴生披衣而出,道:"现在下结论为时过早,隔几天你再去看看。这几天我也去调查了一番,发现所谓百年老店,很可能是瞎吹嘘的。"

柳音音一脸骇然:"真有问题啊?那先生你不早说?"

"你带回来的药,我都偷偷拿了些去给郭大夫看了,不是什么太好的东西,但短时间也吃不坏。"方宴生看着目瞪口呆的两人,"我现在才说,一是怕说得早了你不信,二是想让你长个教训。"

柳音音摸摸自己扁扁的肚子,问道:"那这短时间内吃不坏的药,到底是什么啊?"

方宴生眼中蕴起一丝笑意:"是泻药,你现在开始停用,还来得及。"

柳音音哀叹一声:"我花了那么多的钱,买的竟然就是泻药……"

"那我呢?"江流一脸哀怨,举起手里的明目清凉水,"我是不是要瞎了?"

"主要成分是艾草和薄荷,好在药量较轻,停药之后能缓过来。"方宴生又看向柳音音,"你可知,给我那提神醒脑丸,是什么?"

柳音音随口一句:"总不能是壮阳药吧!"

"不错。"方宴生淡淡地说出两个字。

"杀千刀的花三春,骗我那么多钱!我要去砸了他的假药铺子!"柳音音愤然大怒地站起来,气势汹汹就要冲出门,结果才走了半步,脚一软,扑倒在江流身上。

江流大喊:"你要压死我啊……"

柳音音虚弱道:"快……快扶我去茅厕……"

待柳音音的泻药劲儿过去,江流的眼睛也恢复后,两人来到"细腰"门口,打算拉拢些其他的受害者,跟花三春理论。

让他们震惊的是,门口的队伍竟然比之前更长。

本以为像"细腰"这种商家,不出几天就会被揭了老底,但出乎意料的是,它的拥趸越来越多,尤其是城中老人,听信了"返老还童药"真的可以长生不老,被蛊惑至深,坚信不疑。

江流和柳音音在门口商量。

柳音音:"这要是直接进去踢馆,会被群殴吧?"

江流:"来都来了。"

柳音音:"什么意思?"

江流:"你不是有舒筋活络套餐吗?"

柳音音:"什么意思?"

江流:"知己知彼,百战不殆。不入虎穴,焉得虎子。"

柳音音:"到底什么意思!"

江流:"把那个套餐用了吧。"

柳音音气道:"你是嫌我被骗得不够惨?"

"多少钱,我掏了!"江流说罢,豪迈地拉着柳音音走向了队伍。

大约两个时辰之后,花三春热情招呼:"哟,柳姑娘,这次还带着朋友一起来呢,两位都是要排队做舒筋活络的?"

"还要排队?"江流不悦道,"我们在外面已经排很久了。"

"承蒙新老客人的关照,这几天生意极好,客人越来越多了。"花三春乐不可支道,"这么下去也确实不是办法,我正考虑着要扩大门面呢!"

还想骗更多人?柳音音脸色一沉,刚要说话,就被江流打断,道:"扩大好啊,像这样的店,是该扩大!"

花三春看着江流真挚的眼神，悄声笑问："小兄弟，对加盟有兴趣吗？"

"加盟？"

"就是一起做'细腰'的老板，开更多分店。"

江流问："分钱吗？"

花三春道："当然分啊，店开得越多，分得也就越多！"

江流露出一脸憧憬又不可置信的样子。"这么好的事情，哪能轮到我啊？"

"名额有限，先到先得嘛！"花三春笑道，"今晚戌时，我会为大家做具体的加盟讲解，如有兴趣，恭候光临！"

江流忙不迭点头："不见不散！"

两人又等了一个时辰，等到腿脚发麻的时候，终于轮到了他们。柳音音特意交代，她还是找之前那个四号大婶。

然而，正准备进屋的时候，就看到两个大叔抬着一个体形胖胖的姑娘从里面出来，姑娘似乎是晕倒了，脸色惨白如纸。与他们擦身而过的时候，柳音音几乎可以断定，这就是上次在她隔壁做"以假乱真手"的姑娘。

柳音音问道："请问，她怎么了？"

大叔道："哎，最近用力过猛，有些扛不住了，没事，休息一会儿就好。"

不用说，每天吃不饱饭，再加每天高强度的"以假乱真手"，体格再好的人都无法长期坚持。

进入屋内，江流和柳音音并排躺着，中间以一道帘子隔开，四号大婶喜笑颜开地过来给柳音音疏通经络，而江流那边，则是安排了个大叔。

柳音音已经有了前车之鉴，一声不吭，闭着眼睛，咬紧牙关，准备接受大婶的"屠戮",颇有壮士一去不复还的架势。

帘子那头,江流还在和大叔套话。

江流:"大叔,你这手艺是哪里学来的啊?"

大叔:"花掌柜的亲自传授的。"

江流:"花掌柜的连这个都会啊?"

大叔:"当然啊!店里所有的药,也都是他配的,他简直就是华佗再世!"

江流:"岂不是比郭文举大夫更厉害?"

大叔:"哈,那能比吗?郭大夫是普通人,我们掌柜的是活神仙!不然他怎么能扛起这么大一块招牌?"

江流:"活神仙也……啊!嗷!疼!轻点!"

对话终止,只剩下江流连绵不绝的号叫声。

柳音音这边,她也疼得直冒冷汗。

大婶言语中透着心疼和惋惜,道:"啊呀,你好好一个姑娘家,身子骨怎么这么弱呢!"

柳音音:"我……怎么了?"

大婶:"看这冷汗冒的,这是体寒啊。"

柳音音:"哦。"

大婶:"要多来我们这边,给你驱驱寒,好好调理一下身子。"

柳音音:"大婶,我感觉自己上半身挺好的,但是刚站得腿酸,要不您给我按按腿吧?"

大婶从一旁架子上拿了瓶药膏,道:"我推荐你这个活血驱寒膏,腿上一抹,再一按,保管不酸不痛。"

柳音音:"不用了,您给我按按就行。"

大婶明显没有听进去柳音音的话,还在强行推荐:"这个活血驱寒膏啊,是全身都能用的,觉得哪里不舒服了,抹一抹就立马起效。"

柳音音无奈，只好问道："多少钱啊？"

大婶道："我现在给你试用价，全身涂抹，只要六十文钱，走的时候带一瓶，五百文。"

柳音音惊道："这也太贵了，下次再考虑吧。"

大婶劝道："姑娘，你既然都办了套餐，哪还在意这五百文钱呢？花这么点钱，可以让你的套餐效果翻倍呢！"

柳音音："大婶，你是不知道，上次为了买这个套餐，我已经倾家荡产了。"

大婶马上就盯上了江流，道："跟你一起来的这个少年，一看就是个富家公子，不如让他……"

"不不不，他是我的债主。"柳音音信口乱编，"正因为我实在还不上钱，才拉他来这里享受，以抵消一点债务。"

大婶还是不死心："那不如让你的爹娘来买……"

柳音音："我父母都不在了。"

大婶："那兄弟姐妹……"

柳音音："都没有。"

大婶终于放弃，对话终止。

舒筋活络结束之后，江流和柳音音来到大堂，拦住了花三春。

江流十分诚恳地拉住了花三春的手，道："花老板，我感受了一下你们的套餐之后，终于知道为什么店门口每天排这么长的队伍了，果然是神仙般的享受啊！我等不及你戌时的加盟讲解了，现在就想插个队，希望花老板看在我一片诚心的分儿上，给我这个机会。"

花三春未料到这个少年竟然如此积极，笑道："你的诚意我感受到了，但公平起见，还是得等时候到了，大家一起参与竞争嘛。"

江流二话不说，摸出十两银子，塞进了花三春的手里，道："花掌柜，我不是个爱开玩笑的人，说要加盟，就是真的要加盟，这定金先付给你了，成与不成，到时候再说。"

说罢，江流和柳音音先行离去。

花三春掂了掂手里的银子，思忖道：这倒是个好苗子。

日落西山，眼睛发直的江流和浑身瘫软的柳音音坐在"细腰"对面的冰饮子店门口，一人一碗荔枝膏。

柳音音吃完最后一口，舔了舔嘴唇，道："感谢这碗荔枝膏，让我活了过来。"

江流看着对面店铺熙熙攘攘的人群，道："这些人，难道都是铜皮铁骨吗？"

"是不是铜皮铁骨不知道，反正都跟我一样，不太聪明。"柳音音还在心疼自己的工钱，"你说，要是以'细腰'为话题，出一期小报的话，我之前花的那些钱，能算工费吗？"

江流道："我猜方先生会说，这钱就当是用来给你买聪明的吧！"

柳音音哭丧着脸。

江流又很仗义地安慰道："放心，没钱了跟我说，我罩着你！"

仗义如江流，请了这一顿荔枝膏之后，又请柳音音去吃晚饭。他们也没有回浮生阁，戌时一到，又直接去了"细腰"。

铺子里收拾过了，原本堆积如山的售卖物品都挪到了一旁，中央摆满了椅子。江流和柳音音去得已经算早了，却也只能坐到中间位置，刚坐下，后面又乌泱泱来了一群人，不多久就座无虚席。

柜台的位置，站着花三春。他换了一件花色长衫，笑容满面地看着众人，拱手道："感谢诸位的大驾光临，能得到这般捧场，花某真是三生有幸！"

底下一片恭维声之后，有人问道："掌柜的，你说要让我们一同开分店，到底是怎么个开法？"

花三春微微一笑，眼中满含热情，开始了他的表演："我开店做生意到今天，可谓名利双收，大家知道为何我会这么成功吗？不是因为我自己的能力有多强，而是因为我有众多的朋友！想当年，我也经历过捡菜叶的生活，真的太孤独了，于是我号召了一批捡菜叶的朋友，建立了一个新家，互帮互助，也有人陪着聊天。这个新家，就是现在的'细腰'。开店的第一笔钱，我们是相互一起筹集的，就这样坚持下来，第一年，我们买了马匹，第二年，我们有了车队，第三年，我们买下了这座别院，第四年，我遇见了你们！"

一番慷慨陈词，说得下面的人也满怀憧憬，仿佛看见了自己的未来。

柳音音抽着嘴角，问江流："你信啊？"

江流支撑着下巴，道："总觉得哪里不太对劲，但又说不上来是哪里不对劲。"

柳音音道："还好我江湖经验丰富，一听就知道，他在骗人。谁流落江湖的时候没捡过菜叶子？怎么就他的菜叶子能招来钱？"

江流道："不过，江湖哪有那么好混？想我自己可是经历了八次离家出走，才在十方城站稳脚跟的。"

只听花三春继续说道："现在，为了让更多人有机会像我们一样，成为'细腰'的朋友，赚钱还是其次，重要的是帮助别人强身健体，并在其中获得自己的成就，我决定，开放'细腰'，让所有人都可以加盟！"

有人迫不及待地问道："如何加盟呢？"

花三春道："开店当然要花钱，但我们不是让一个人把这钱拿出来，而是大家一起来筹集，用这个筹集的钱来开店、制药，钱多的可以多出点，钱少的，哪怕出几十文都行，加入了这个大家庭后，我们就是一家人，以后各个分店的收入，所有人都可以分！当然了，开店时出得多的人，未来就能分到更多。"

他刚说完，下面就有一个人道："我出十两银子。"

江流和柳音音一听，惊呆了，这个人的声音，怎么这么像……方宴生！

他们顺着声音望去，人群中，那一袭青衫落落而立的人，不正是他们家的方先生！

这么个风度翩翩的人，怎么看都不会是个托儿吧？于是，有了方宴生的铺垫，众人纷纷开始出价。

"我也出十两！"

"我五两！"

"我出一百文！"

花三春的手下领着报了价的众人去一边排队，一一登记，至于他自己呢，一边继续他夸张的演绎，一边笑得合不拢嘴。

江流十分怀疑地看着方宴生，悄声问："以方先生的性子，会不会真的收了花三春的钱，来给他当托儿？当然，这也可能是他深入敌营的计中计！"

柳音音摇摇头，道："不，我怀疑他是误食了那提神醒脑丸。"

他们一人一边，走到方宴生身边，架着他就往外走。

浮生阁内，江流和柳音音开始盘问方宴生。

"你是不是收了花三春的钱？"

"你真相信花三春的那些疯话？"

"难道你和花三春一早就勾结好了？他分你几成？"

方宴生喝一口茶，慢慢说道："我昨天就接到了钟县令的书信，说他吃了'细腰'的返老还童药，上吐下泻好几天。"

"钟县令竟然也是'细腰'的客人？"江流哈哈大笑起来，"他还真是深入百姓，体察民情啊。"

"他想过直接去封店，但一怕人家真是正经生意，误伤了也不好；二怕这花三春还另有勾当，官府贸然出动，会打草惊蛇，便让我私下去探一探。"方宴生放下茶杯，"这一探，果然就探出来了。"

柳音音道:"那是不是现在就告诉钟县令,让他派人去查封了'细腰'?免得更多人花冤枉钱。"

方宴生道:"现在查封,花三春不过蹲几年牢就出来了,但若他筹集的钱款超过一百两,就可以重判。"

江流有些诧异,方宴生何时成了这种提倡严刑峻法的人呢?

方宴生似乎看出了他的想法,道:"假药害人,花三春的'细腰',在十方城内已经尽人皆知,若最后判得轻了,日后一定还会有人铤而走险,去做这样的事情,谋人钱财,害人性命。"

江流若有所思地点点头,不得不佩服,方宴生的考虑总是比他和柳音音要深一层。

柳音音却闷声问道:"我明白你的意思了,但是,如果因为没有及时查封,闹出人命了呢?"

"不是没有想到这一点。"方宴生露出无奈的神色,"但,长远之计,不得已而为之。"

"不对,"柳音音皱着眉,固执地摇摇头,"一定还有其他办法的,谁的命都是命,江流只是用了几天药,眼睛就差点坏了,如果真的有人把自己吃死了,那方先生你,算不算帮凶?"

方宴生沉默,柳音音的这个问题,他也曾问过自己,但是,无法回答。

江流试图打破僵局,道:"那……只能希望,不要出这样的事情。"

忽然,屋外传来一阵骚动。

"花三春卖假药,害人性命!"

"以假乱真手,真假不分,明明是分筋错骨手,我女儿现在几乎瘫痪在床起不来了啊!"

"返老还童药,吃完就去半条命,是阎罗催命丹啊!"

"你们胡说八道,花掌柜救过我的命!"

"'细腰'名副其实,我就是吃了他们的药,才瘦下来的!"

半夜，衙门外的鸣冤鼓被敲得震天响。

钟县令无奈，他今天上完第十八次茅房后，好不容易睡下，又被这么吵醒，本着百姓为重的原则，只好拖着虚弱的身躯下令升堂。

衙役们一个个拿着水火棍，也是哈欠连连。

堂下站着众多百姓，泾渭分明地分成了两拨。而他们身前，是已经被打得撕破了衣服的花三春，以及他手下的几个人。方宴生带着江流和柳音音也站在人群中。

钟县令问道："何人击鼓？"

"是我。"花三春凄凄惨惨，抬起头来，满面伤痕，"大人救命，我快要被打死了……"

"是谁打的你？"

花三春颤巍巍地伸出手，一一指过他身后站着的那一大群人。

一个年轻男子道："是我们打的！"

另一个年纪大点的站出来："是我！"

又有个女子高声道："我也打了！"

钟县令看着这三四十来号人，问："你们？你们这么多人，到底谁动的手？"

"我们所有人都动手了！"

"对，这种人谋财害命，打死活该！"

"要抓，就把我们全抓起来！"

另一边支持花三春的人也毫不示弱："他们既然都承认动手了，就全部抓起来！"

他们还充分延续了花三春筹集钱款的想法，高声道："法不责众，大牢要是关不下，我们一起筹钱建新的牢房！"

钟县令头大如斗，道："你们谁来跟我说说，到底是为了什么事？"

刚才说话那个年轻人站了出来，道："草民毛英俊，我的媳妇买了花三春的药，说什么能驻颜长寿，结果吃完没几天，孩子就没了！"

花三春道："你媳妇本就胎儿不稳，跟我的药没有关系！"

毛英俊悲愤大怒道："你这个奸商，做了坏事还不承认，真该下十八层地狱！"

花三春一脸冤枉的表情，几乎比毛英俊还伤心，道："大人明鉴，我制药卖药，也是为了造福十方城，世人求美、求瘦、求长生，本来就是天经地义的事情，所有买了我的药的人，都确确实实达到了他们想要的效果，所以我这小店才能越做越大，不能因为一次意外事故，就把错误全往我身上推啊！"

他身后，有人喊起了口号：

"返老还童药，青春永驻！"

"以假乱真手，药到病除！"

"返老还童药，青春永驻！"

"以假乱真手，药到病除！"

毛英俊一把抓住花三春的衣领，咬牙道："我的孩子就是被你害死的！你这个杀人犯！"

花三春一副大义凛然之态，道："谁能证明？哪个大夫这么说的？"

"我媳妇吃的东西，当然不止这一样，你就是仗着大夫无法证明，才这么无法无天。我现在就杀了你，为我的孩子报仇！"毛英俊举起拳头，就要重重砸下去，被一旁的衙役们拉开了。

"谁说无法证明？把他的药拿去大夫那里查验一下不就清清楚楚了！"江流忍不住站了出来，"我也是用了你的药，差点就瞎了！"

花三春只觉得莫名其妙。"那你还吵着非要加盟！"

百姓们开始骚动，两边吵吵嚷嚷一阵后，开始大打出手。

县衙里头打群架，钟县令还是平生第一次见到，他急吼道："还不拦住他们!"

衙役们集体出动,只可惜势单力薄,根本招架不住。

势如水火的两方人,都觉得自己很有理,都憋了一肚子想法,县衙又如何,他们无所顾忌,大不了一起被关上几天!

公堂差点被拆,钟县令的惊堂木险些拍烂,若非方宴生在旁安慰,他怕是要当场气晕过去。

半个时辰后,方才偃旗息鼓。

钟县令好不容易才喘匀了气,道:"都想坐牢是吧?好!放心,一个不少,通通给你们关进去!牢房不够,那就分批关、轮流关!"

一片狼藉中,柳音音带着郭文举前来。原来,在两方打架的时候她也没闲着,拿着"细腰"所有的药,去了郭文举处,让他列出每一种药的成分,以做证据。

郭文举拿出一张单据,呈到钟县令面前,道:"大人,花三春卖的到底是什么药,您请过目。"

钟县令一一看下去,脸色越来越难看,看着花三春道:"用泻药减肥,用枸杞酒驻颜,用壮阳药提神醒脑,花三春,你还有什么话说?"

"草木入药,能治百病,我没犯什么法啊!"花三春还在垂死挣扎,看向郭文举,"你难道没有给人配过泻药?"

郭文举道:"是药三分毒,药须适量,如你这般滥用,稍有不慎,便是害人性命。"

"行行行,你们说得都对好了吧,我认罪呗。"花三春无所谓地擦了把汗,"依照律法,当判处一年刑期,我认了!"

"一年?"钟县令冷笑,"看来你早有准备,对律法也了解得很清楚了。"

"何止一年?"江流拿着另一份单据,气喘吁吁跑来,"钟大人,这是花三春聚众集资的证据,一共一百零三两。"

方宴生道:"按照律例,两罪并处,可判十年。"

花三春一愣，道："不对啊，明明是九十三两！我亲自数过，不可能有错！"

江流笑笑，道："那是你忘了把我那十两银子算上了，我便自己添了一笔。"

"你们陷害我！"花三春慌张地看向钟县令，"大人，你亲眼所见，他们联手害我啊！"

"他们为什么要联手？因为都是受害人啊！本官也是！你害人的时候，就没有想过今天吗？"钟县令看着花三春实在来气，手一挥，"赶紧带下去吧。"

花三春被差役拖走的时候，还在扯着嗓子追问："那我的钱呢？"

钟县令道："你哪儿来的钱？那都是被骗之人的血汗钱，当然要还给他们了！"

花三春一听钱没了，简直比蹲十年大牢还让他痛苦，当下两眼一翻，晕了过去。

"细腰"迅速崛起，又一夜之间倒闭。刚开始，十方城内还有很多百姓为花三春抱不平，但随着他们买的药纷纷出现问题，这种声音也就慢慢消下去了。

浮生阁很快出了新的小报。

《江湖快报》头条——"瘦亦有道"

花三春者，假药贩子也，于十方城内举"细腰"为名，聚众人，售假药。

养生之法，古已有之，食寝有时，饮酒有度。冬练三九，夏练三伏。

未闻终日坐卧，仅服丹药而长生者。

浮生阁主言：若想瘦，少坐卧，当逸游！

花三春被抓后，柳音音之前被骗的大多数钱都还给了她，折腾了这么一圈后，她也不执着于轻体细腰了，只是看着那"当逸游"三字，有些坐不住了。

隔一日，柳音音便向方宴生告假，道："方先生，你既然说，少坐卧，当逸游，那我想趁着天还没有大热，出城去玩几天。"

江流打诨道："我也好久没休息了，体力不支，无以为继，方先生，一起放个假吧？"

最终，方宴生决定，浮生阁放假半个月，他亲自组织，一同前往鱼姑山赏景吃鱼。一行人热热闹闹出发了。

拾壹 浮生缘起

  云霞并举，天空是渐变的橙红色，这一道道橙红下，覆盖着热闹的集市，喧闹的人群。
  这人群是灰白的背景色，喧嚣也被拉得无限遥远，只剩下嗡嗡的余音。
  人群中，唯有李珍珠是带着色彩的，她轻盈的裙裳被晚风吹起，回眸的一瞬间，温柔的发丝拂过脸颊。
  她的眼是清亮的月波，她的眉是雨后的山黛，她那浅浅的一笑，让天际的云霞都黯然失色。
  方润月看呆了，他自此跌入了一个不会醒来的梦，往后余生，都活在这个笑容里。

  天河静默，山峦层叠。
  这是方宴生一行人来到鱼姑山的第三天。
  一来这里，柳音音就后悔了，什么赏景吃鱼，鱼姑山上根本就没有鱼！本以为这座山虽不出名，却也算一个逸游小景，不料山上只几户人家，待客也不见得热情。他们三人租下了一个无人居住的宅子，也就是勉勉强强看看山水，至于吃的，山中荒僻，多是素食，吃肉都难得，更别提什么鱼鲜了。

不光吃得不好，夜里也难安，哪儿哪儿都有蚊虫，一到夜里，就嗡嗡嗡响个不停。柳音音抓耳挠腮，简直成了山里的猴子，她忍无可忍，踹开被子，愤然而起。

披上衣服，推开房门，便是庭院。漫天星光洒满庭院，廊下一盏微光，反而显得更黯淡了。

星光下，有个黑漆漆的人影。柳音音走近一看，见是江流。

江流拿了个蒲团垫在地上，坐于蒲团上，仰头望天。柳音音再走近几步，发现江流不是在看天，而是已经闭上了眼睛在睡觉。在江流面前，还放着一根蜡烛，即将燃尽，烛光淡弱。

"江流？"

江流顿时惊醒，差点栽个跟头。

柳音音诧异道："你怎么也学方先生一样，装神弄鬼起来了？"

"嘘！"江流做了一个轻声的手势，压低了声音，"你没有觉得，方先生最近很奇怪吗？"

柳音音直白道："他一直都很奇怪啊。"

江流摇摇头，道："最近是分外奇怪。在浮生阁的时候，我就发现他总是半夜看天，到了这里，就更一发不可收拾了。这地上的蒲团和蜡烛，就是他的。"

"那他人呢？"

江流道："前两晚，他都是像我刚才那样，坐在这里，一会儿看天，一会儿看蜡烛。今天，他看到一半，忽然就走了。"

柳音音这几日都睡得很早，并未察觉。她转身看了看方宴生的房间，漆黑一片，问道："他是回去睡觉了吗？"

江流神神秘秘道："是往后山去了。"

"后山？"柳音音不解，"昨天我还说想去看看，可方先生不是说后山已经荒了吗?"

"所以我才说,方先生越来越不对劲了啊。"江流神色一凛,"你说,他会不会是被山中精怪上了身?"

"别胡说!"柳音音双手抱着肩膀,"大半夜,怪瘆得慌。"

江流提议道:"不如我们去后山看看?"

柳音音本有些犹豫,想着方宴生既然没有告诉他们,就一定有他的原因,但又担心他真遇到了什么麻烦,多两个人去帮忙也好,便答应了。

山中有夜风吹来,带着丝丝凉意。

鱼姑山的后山十分静谧,一大片地方,花花草草都被拔了个精光,果然荒芜,连虫叫声都没有。

江流和柳音音一前一后走着,在前的江流手里举着根蜡烛。

顺着这片荒僻的路径走了许久,前方隐隐透着光。

江流小声道:"前面是个山洞。"

柳音音也看到了,道:"既然有光,方先生一定在那里了。"

两人蹑手蹑脚地前行,到了山洞外,自然不敢贸然进去,只是侧着耳朵去听。

山洞内,果然传出方宴生低沉的声音。

方宴生:"当年之事,与他无关,这不是欠债还钱,没有父债子偿的道理。"

另一个声音,沙哑而苍老,似是有些愤怒道:"准备了这么多年,我在这里等了这么多年,现在事到临头,你却下不了手了?"

方宴生:"这与下不下得了手并无关系,冤有头,债有主,我要的只是一个真相。"

那老者大怒道:"一个真相就够了吗?那是两条人命!"

柳音音想看方宴生是在和谁说话,凑上前去,看到的竟是一张似乎被烧过的、如恶鬼一般的脸，再加上愤怒的表情，越发显得狰狞可怖。

柳音音猛然一把拽住了江流，吓得要发出尖叫。江流眼明手快，捂住了柳音音的嘴，但不小心踩着脚下的枯枝，还是发出了声音。

"谁！"老者看上去半死不活，行动却甚是敏捷，竟然比方宴生更快地追了出来。

看到惊慌失措的江流和柳音音，他发出阴恻恻的怪声："偷听别人说话，是嫌命太长了吗？"

方宴生也已经跑出来，问他们："知道被发现了，怎么不跑？"

是的，二人虽然害怕，但下意识都没有选择逃跑。

柳音音喃喃道："你是方先生啊。"

因为是如同家人一般的方先生，所以即便是在这种地方，听到了他和一个怪人在谈论人命的事情，也迈不开脚逃跑。如果连他都不可信，那世上还有值得信任的人吗？

江流道："现在跑了，回去也憋不住要问你的。"

方宴生看着他们，似乎有些疲惫，转过身对那老者道："二叔，你先休息吧，明天我会给你一个答复。"

二叔？

谁能想到，神仙一样的方宴生，有个鬼一样的二叔。

回到宅子的大堂里，方宴生一根根点燃了蜡烛，他动作很慢，仿佛一边点，一边在思考着要怎么说。

从刚才后山的对谈中，江流隐隐感受到了不安，他先发制人地问道："方先生带我们来这里，是已经准备好了要跟我们说这件事的吧？"

方宴生点完最后一根蜡烛，道："来这个事发的地方，是为了让我更清楚，自己想要的是什么，做一个一直做不了的决定。"

江流道："你和你那二叔说的事情，难道与我们有关？"

方宴生没有直接回答,而是问柳音音:"记不记得在陈莲生的案子中,你说起过一个受人欺负、被逼急了险些要报复杀人的乞丐?"

柳音音一愣,点了点头。

方宴生问:"那就是你自己吧?"

柳音音没有否认。

方宴生又问:"为何又没有杀呢?"

"其实当年,师父不只带着我一个人,还有个比我小一岁的师弟,那群乞丐说我们不该在他们的地盘乞讨,抢了我们所有的东西。但是我们每换一个地方,都是他们的地盘,我的小师弟就那样被饿死了。"柳音音说到这里,难过地吸了吸鼻子,"我瞒着师父,偷了蒙汗药,下在别人施舍的烧饼里,就等着他们来抢。果不其然,他们抢走烧饼,分着吃了,当晚就全都睡死过去了。我想用石头把他们都砸死,给小师弟报仇,但石头拿在手里,就是砸不下去。有那么一瞬间,我想象他们都已经被我砸死了,我好像是站在死人堆里,那种感觉特别可怕。然后,我师父就找来了,他把我拉走,就跟我说了一句话。他说,报仇其实是件很简单的事情,但是报完仇之后,一切都回不去了。"

沉默良久,江流低低道:"音音,谢谢你当初没砸下去,谢谢你,让我们认识了一个现在这样的你。这样的你真好。"

"这是你对我说过的最好听的话了。"柳音音对江流笑了笑,又看向方宴生,问:"方先生,你也想报仇吗?"

"故事很长,我慢慢说给你们听。"方宴生往椅背上一靠,开始讲述,"我二叔,名叫方润月,那件事情,发生在壬辰七月。"

江流忍不住道:"是我出生的那年!"

壬辰七月,特别热,整座鱼姑山热得像是着了火。

方润月便是在那个七月,向大哥方润年提出,要向山脚下的李家提亲。

李家女儿珍珠,与方润月只一面之缘,那是在一个傍晚的集市上。李珍珠的手帕掉了,方润月正好走在后面,举手之劳,捡起来还给她,李珍珠道了声谢。

那天的晚霞特别好看,集市上的很多人都在往天上看,李珍珠也站在人群中,忽然回过头,对着身后的方润月笑了一下。

这一笑,便笑进了方润月的心里。

方润月觉得,李珍珠一定也把他放在了心里,不然,怎会那样对他笑呢?

方润年便是方宴生的父亲,他高兴地为弟弟张罗此事,但去了趟李家,却失望而回。原来,李珍珠即将入江家为妾,日子早已定好,绝无变卦的可能。

江家,是鱼姑山上最有钱的人家,江老爷在十方城的生意做得很大,正准备举家搬去十方城,七月纳妾,八月乔迁,双喜临门。

方家就在江家的隔壁,两家素来交好,方夫人和江夫人还是闺中密友,方润年也知道江老爷要纳妾,却不知,这妾室竟然就是李珍珠。

事已至此,方润年只好劝说方润月收一收心思,再寻良配。

纳妾那一日,方润月亲眼看着花轿从江家的侧门抬入,他忍不住跟在后头,被方润年拉住训斥:"你这是发的什么疯?如此鬼祟行径,被江家看见,还以为我们不知礼义廉耻!"

"因为礼义廉耻,就要放下心中的至情至爱吗?"方润月双眼通红地看着兄长,道,"明明是我先遇到她的,江家巧取豪夺,我和珍珠就该顺从认命吗?你怎知她不想脱离江家,与我长相厮守呢?"

那日的事情,以方润年狠狠地打了方润月一巴掌而告终。

方润年认为,年少之人,陷入情网不能自拔是有的,但终会有幡然醒悟的一天,却不料方润月是个世间罕见的痴情人,无论哥哥嫂嫂如何劝，他始终只心系李珍珠一人。

因为两家住得近，方润月好几次都想偷偷去见李珍珠，要么是被方润年阻止，要么是进了江家，却也没有机会见到李珍珠。

终于有一天，他在市集上看到了江夫人的丫鬟竟拿着江家的物品在私下售卖。方润月上前把人抓了个正着，那个名叫阿蔷的丫鬟抹着泪哀求方润月不要去江家告发。

如此，正中方润月下怀，他不光为阿蔷隐瞒了此事，还拿出钱来给她，让她帮忙给李珍珠传信。

方润月回到家中，开始日日期盼李珍珠的回信，但一直等不到。好几天后，阿蔷才传来消息，说李珍珠不想见他。

方润月不死心，写了情意绵绵的书信，想方设法让阿蔷一封封传递过去。可李珍珠就像是死了心一般，从无回应。

方润月日渐憔悴，而事情也终有暴露的一天，阿蔷一次不慎，被江夫人发现了书信，受到重责。

江夫人亲自来到方家，将方润月狠狠羞辱了一番："李珍珠已经是我江家的人，这一点到老到死都不会改变，希望我们两家的交情不要因为你的胡搅蛮缠而遭到破坏。有廉耻之心方能为人，你那些不三不四的东西，千万不要再出现在江家了！"

方润月羞愧无比，问道："珍珠也是这么想的吗？"

"她怎么想的不重要！"江夫人语气严厉，带着浓浓的警告意味，"老爷现在还不知道这件事，但愿他永远也不会知道，不然的话，你就等着看李珍珠会不会被乱棍打死吧！"

方润月自此便收敛了很多，但也恨极了江夫人，认定是她从中作梗，不让他们相见。

阿蔷为了换取钱财，还是时不时地传递李珍珠的消息来。她最近喜欢看什么话本、今日去院子里摘了什么花、午后吃了什么茶点，诸如此类，方润月都一一记下。

方润月也逐渐了解到，李珍珠在江家的日子并不好过，阿蔷说，江夫人总是虐待她，说她和外人有染，不知廉耻，动辄便让她罚跪一整晚。听闻李珍珠时常自己躲在房中哭泣，方润月也备受煎熬，度日如年。

终于有一天，阿蔷来告知，李珍珠病了，而江夫人为了折腾她，故意安排她外出去看大夫。方润月让阿蔷想办法让他们见一面，阿蔷却说绝无可能，江夫人看得太紧了。

方润月绝望之际，阿蔷又急匆匆前来告知，说那辆去看大夫的马车是空的，江夫人根本没有让李珍珠离开江家，反而是趁着老爷不在，把她锁在家中，要一把火烧死她。所谓的看大夫，只是一个幌子，只为了让人相信李珍珠不在房内，便无人去救，事后也可把责任都推到她自己头上，说她不信任主母，不肯坐江夫人为她安排的马车。

阿蔷刚说完，江家的火便已经烧了起来。

第一个看到着火的，是时年六岁的方宴生。当时，他正爬在江家院子里的石榴树上摘石榴。

眼看室内冒起了黑烟，方宴生匆忙下树，大喊着找人来救。然而，下人们一见火势太大，纷纷四散逃开，根本无人问起里面还有没有人。

"救命……救命啊……"

方宴生听到李珍珠的呼救声，跑到她门口，却发现门上竟然落了一把大锁，他小小年纪，根本无力打开。

"怎么办？怎么办？"方宴生担心李珍珠被烧死在里面，急得大哭起来，但他没有意识到，自己也即将遭遇危险。

一道滚烫的热焰袭来，方宴生慌忙逃跑，却被什么东西绊倒，重重摔在地上，晕了过去。

屋外，火势蔓延，方润月和方润年一同冲进火场，而方夫人得知方宴生去了江家玩耍，救儿心切，也冲了进去。

最终，方夫人将方宴生抱出火场，自己却不幸丧命。

方润月和方润年找到李珍珠所在的房间，破门而入，将其救出。但在几个时辰后，方润年忽然因无法呼吸而亡，大夫说，可能是因为吸入了过多烟雾。

这是方润月与李珍珠距离最近的一次相视，中间却隔着他大哥的尸体。

"珍珠……你没事吧？"方润月轻声问她。

李珍珠满脸黑灰，衣衫也破了多处，她不停地流泪，双眼通红地看了看方润月，哽咽到发不出声音。

江老爷得知鱼姑山上发生的灾祸，连夜赶回来，也是悲痛不已。自己家里发生了火灾，却连累好友夫妇双双丧命。

方润月豁出去了，说出是因为江夫人嫉妒李珍珠，蓄意将她烧死，门口的大锁就是铁证。

临到头来，阿蕾却反咬一口，说江夫人是无辜的，放火之人是方润月。

方润月面容已毁，心也死了，连夜逃亡，待风声过去，才又回到鱼姑山，躲在山洞里，过着人不人鬼不鬼的日子。

方润月对李珍珠的思恋，李珍珠和江夫人的仇怨，最终赔上了方宴生父母的性命，也赔上了方润月自己的一生。

这就是方润月在山洞里对方宴生说的，两条人命。

室内，蜡烛依然安静地烧着。

江流听完，已经呆若木鸡，他脑海中充斥着之前方宴生和方润月在山洞中的对话。

——"当年之事，与他无关，这不是欠债还钱，没有父债子偿的道理。"

——"准备了这么多年,我在这里等了这么多年,现在事到临头,你却下不了手了?"

　　——"这与下不下得了手并无关系,冤有头,债有主,我要的只是一个真相。"

　　——"一个真相就够了吗?那是两条人命!"

　　江流看着在暗夜中燃烧的烛火,声音颤抖地问方宴生:"这个江家……是哪个江家?"

　　方宴生沉声道:"江老爷名叫江禹斋。"

　　"不会的,不会的……"江流难以置信地摇头,"我大姨娘跟我爹的感情好得很,她对我也很好,如果真的像你说的这样,她不会对我这么好的!"

　　"你出生之时,江夫人便难产而死,想来也是报应。"方宴生看着江流的眼神中,蕴藏着很多情绪,"你大姨娘应当也明白罪不及你的道理。"

　　江流强忍着眼泪,道:"我娘很早就死了,可你二叔还是要让你报仇,什么意思?就是要杀了我?是不是我刚踏入浮生阁的时候,你就已经想好了一切?所以这次带我们来鱼姑山,就是为了血债血偿?"

　　柳音音站在二人中间,对江流道:"你先听方先生把话说完,他肯定不是这样的人。"

　　"那他是什么样的人?"江流看着方宴生,放声道,"你要报仇,要杀人、要放火都行,我们江家欠你的,你明着来就好了啊!为什么偏偏盯上我?盯上我也行啊,为什么要让我加入浮生阁,让我那么信任你,让我想一直跟着你这么干下去……到现在,才来告诉我,这一切都是骗人的!"

　　"江流,我没有骗你啊。"方宴生收起眼中那些道不明的情绪,温和地看着江流,"和你们在一起的这段时间,对我来说,也是生命中极为重要的经历,你们之于我,又何尝不是至亲家人呢?"

"你应该早点告诉我的,不应该骗我这么久……"江流崩溃大哭起来,"现在你要我怎么面对你?回去又要怎么面对我爹和我大姨娘?"

柳音音也是一脸痛色,双手遮面,靠在墙角,不知道该说什么。

方宴生看着二人,忽然无比释怀地笑了。"很长一段时间,我都在思考,创办浮生阁的原因到底是什么?"好像心底里一直有个声音跟他说:你必须这么做。

江家在十方城的势力太大了,单凭他和方润月,根本无法将那段往事大白于天下。他努力地在城中站稳脚跟,赢得话语权,是想有朝一日能与江家抗衡,说出当年真相,还二叔以清白,也告慰父母亡魂。

在浮生阁第一次见到江流的时候,他还以为这是老天对他的恩赐,将仇人之子送到了面前。这个少年,完全可以成为他日对付江禹斋的利器。

但他与方润月终究不同,不是那种可以让怨恨填满心间的人,在与江流交往之中,越发觉得,这是老天对他的又一次考验。

当年双亲亡故,二叔失踪,他流落他乡,被一个教书先生捡到,悉心栽培。

十八岁入十方城,谒见城主,诉说自己创办浮生阁的理想,想要传递真实以为鉴,想建立秩序之上的自由,想勾勒百姓心中的正义。他被城主嘲笑年少气盛、不切实际,却与少城主结缘,全力助他。

浮生阁,所承载的私心有几分?所承载的理想又有几分?这的的确确是他一直都没有想明白的问题。所以他总在半夜望着夜空,问天,也问心。

柳音音终于打破沉默,问道:"方先生,你现在想明白了吗?"

蜡烛燃烧得长长短短,短的一些,正在一根根熄灭。

刺啦一声,室内的光又暗了些。

"想明白了。"方宴生走到江流身边,一手拍了拍他的肩膀,道,"我并没有要在这里跟你了结恩怨的意思,带你们来,只是想说清楚这段往事。明日回十方城吧,事情总会有一个了结。"

浮生阁内,阿梨正在打扫屋子。

一想到方宴生他们三人拍拍屁股就跑出去逸游了,他的心情就跌到谷底,把扫帚一扔,埋怨着:"说出去玩就出去玩,怎么不带上我们?真不把我们下人当人啦!"

江小七端着水洗抹布,心情倒是很平静,道:"难得分开几日,我们过过自己的清闲日子也好啊。"

正说着,江流黑着脸回来了。

江小七:"少爷,你这么快就回来了啊!"

江流没有理他,径直往里走去。

紧接着,柳音音也低着头,闷声往里走。

阿梨:"音音,你房间里的老蟑螂生出小蟑螂了!"

柳音音没接话,对蟑螂一家全然不关心。

阿梨和江小七正纳闷着,看到方宴生也回来了。

阿梨:"阁主,你不在的这几天,程锦芝姑娘来过,送了支老好看的笔,人家对你可真是有心啊。我思来想去,不如你们处处看呗,我真的不忍心见你孤独终老……"

方宴生摆摆手,没有说话,往自己的房间走去。

待他走后,阿梨和江小七一人一边撑在桌子上,眼神对视,有点小伤心,也有点小气愤。出去玩就出去玩,不带他们就不带他们,但小礼物总要买的吧?都空着手回来,没有良心,还对他们爱搭不理的。

忽然,两人仿佛都看透了什么。

江小七:"他们好像吵架了。"

阿梨:"而且吵得很凶。"

江小七："我猜，是我家少爷看上了音音姑娘，被方先生横刀夺爱！"

阿梨："不，是音音看上了我家阁主，你家少爷以死要挟！"

江小七："也有可能，是音音姑娘和我家少爷情投意合，又分道扬镳，方先生劝和不成，反遭埋怨。"

阿梨："不，是音音姑娘对我家阁主死缠烂打，想要寻死，却被你家少爷拦下，她和你家少爷大吵一架后，你家少爷又去找我家阁主理论，理论无果，勃然大怒。"

…………

就这样，他们寻思了一整晚，也没有寻思出一个双方都满意的答案。

第二天，江流一早便回到了家中。

离开的这些日子，江府并无甚变化，梧桐依旧，豪宅依旧，江禹斋和十房姨太太也依旧。

江流默不作声，先去找了大姨娘李珍珠。

李珍珠正在屋内抄经书，看到江流进来，忙放下笔，站起身道："怎么一声不响就回来了？是不是钱又花完了？吃早食了吗？这里有糕点。"她年近四十，愈显风韵，浅笑的时候，真如珍珠一般，温温润润。

江流拿了一块糕点在手里，却没有吃，只道："大姨娘，我刚从鱼姑山回来。"

李珍珠面色一滞，旋即又笑道："怎么想到去那里了？"

江流回道："方先生带我们去散心。"

李珍珠没再问，只吩咐下人去取些银票来。自从江禹斋断了江流的花销，一直都是李珍珠偷偷塞钱给他，生怕他在外面吃一点苦。江流自小就觉得，若生母在世，大约也就同李珍珠待他一般。

"不用给我钱，我现在会自己挣钱了，够花的。"江流看向李珍珠，"大姨娘，你和爹曾经也在鱼姑山住过吧？怎么从来没听你们说起？"

李珍珠微微一惊,道:"你怎么知道的?"

江流道:"鱼姑山上,有认识你们的人啊。"

李珍珠尴尬地笑了一下,道:"你出生那一年,我们就搬来十方城了,自此就再也没有回过鱼姑山,也早就没有亲戚在那里了。你爹大概是觉得在山上的日子有些不尽如人意的地方,所以很早就吩咐过,不必跟你提起了。"

"只是这样吗?"江流轻轻一笑,并未表现出什么异样,"那大姨娘在山上,还有什么惦记的人吗?"

李珍珠十分诧异,似乎没明白江流在说什么,道:"惦记的人?我虽从小在那里长大,但少时好友也都已经出嫁,不在山里了。至于我爹娘,老爷体恤,当初是一起搬来了城里的。要说鱼姑山上……还真没有什么熟人了呢。"

江流追问:"方家呢?"

"隔壁的方家?"李珍珠怔了怔,想起陈年旧事,叹了口气,"太久远的事情了,不想也罢。"

江流再想问什么,李珍珠却已经有所警觉,问道:"你这孩子,是不是听别人说起了什么?"

江流摇摇头,道:"也没什么。还没去给爹请安呢,大姨娘,我先走了啊。"

在李珍珠沉思的目光中,江流快速离去。

正是花开之时,江府庭院中花树参差。

江禹斋近日迷上了打太极,每天早晨都在院子里打,他正使出一招神龟出海,转身的时候,便看到了江流。

他没有停下,继续打着招式,只淡淡说了一句:"回来了。"

"嗯。"江流在江禹斋面前站住,"爹,我想问你个事情。"

江禹斋又打出一招有凤来仪,面色还是淡淡的,道:"说。"

江流挺直着腰背,道:"我记得小时候有个照顾我的丫鬟,名叫阿蔷。"

江禹斋弓着步,稳稳推出一掌,漫不经心道:"是有这么个人。"

江流道:"为什么我五六岁的时候,她突然不见了?"

江禹斋道:"手脚不干净,打发了。"

江流道:"只是手脚不干净吗?"

江禹斋推掌的姿势顿了顿,瞥了眼江流,道:"你这么问,是什么意思?"

"我听说了一件事。"江流缓缓道来,"我出生那年,阿蔷串通一个外人,放火烧了我们老家的宅子。"

江禹斋的太极拳终于打不下去了,都来不及做一个收的动作,就匆匆站直了,目光有些严厉地看着江流,道:"你在胡说八道些什么?什么人跟你乱嚼舌根了?我早就告诫过你,乱七八糟的朋友不要结交!"

江流见父亲这般反应,心中已经信了八九分,又道:"我还听说,那外人姓方,因为和大姨娘有情,却被你横刀夺爱,所以一气之下放了把火,最后还害死了自己的哥哥嫂嫂。"

"住口!"江禹斋勃然大怒,"哪里听来的疯话?就敢回来乱编派!"

江流当然没有住口,而是继续追问道:"我就想问爹,那把火,真是那个人放的吗?还是说你为了包庇什么人,诬陷了他?"

"你这个小王八蛋!"江禹斋的眉头紧紧抽搐着,"这是跟你爹说话的态度吗?"

江流大声道:"你回答我,是不是像我说的这样?"

江禹斋无奈太极功夫没有练到家,不然立马就能抓住江流暴打一顿,眼下,他只有顺手抄起棍子,冲江流狠狠打了过去。

以往,江禹斋每每动手,江流都会到处乱窜,和他爹在宅子里玩猫捉老鼠的游戏。但这次江流一动不动,任由那根棍子打在了自己的腿上。

江流疼得单腿跪地,江禹斋也惊了,扔下棍子,急道:"打伤了吗?"

江流固执地看着江禹斋,道:"你还没有回答我的问题。"

"你这小兔崽子!"江禹斋无奈地骂了一句,高声吩咐下人:"快去请大夫!"

江府的下人着急忙慌去请大夫的时候,江小七已然腿快地溜之大吉,跑到浮生阁,添油加醋地诉说了江流的遭遇。

江小七:"我们家少爷可怜啊!话没说几句,就被老爷一顿打,老爷刚学了太极拳,那打起人来可不是一般的狠,少爷挨了好几棍子,现在已经半身不遂了。我可怜的少爷啊,年纪轻轻就这么残废了……"

好在浮生阁众人都知道江小七的说话方式,柳音音把这段话进行了翻译:"江流被他爹打了一下,现在躺在床上装残废。"

江小七说完话,才发现大厅里多了个人,身材佝偻,年纪似乎很大了,穿着件黑袍子,袍子的帽子还遮住了整张脸。

江小七:"这位客人是……"

方润月拉下帽子,露出那张斑驳变形的脸。

江小七抑制住想要惊呼的冲动,但拔腿就躲到了柳音音的身后。

方宴生看向方润月,问道:"二叔,你真的要去吗?"

方润月点头道:"我现在就这一个心愿,想再见她一面。"

原来,方宴生三人前脚离开鱼姑山,方润月后脚就跟在了他们的后面。他知道方宴生根本就给不了他想要的结果,便只能亲自前来,与江家做一个了断。更重要的是,他还想见李珍珠最后一面。

方宴生明白,方润月心意已决,谁也不可能阻止,便未多说什么,只是对江小七道:"带我们去江府,看望一下你家少爷,顺带拜访江老爷吧。"

"好嘞!"江小七热情带路。

江流瘫在床上,一只脚包成了粽子。

他想念江小七,以往这种时候,总有江小七在旁边解闷。

想着想着,江小七就出现了。

江流问:"你跑哪儿去了?"

"我去浮生阁通知了方先生和音音姑娘,让他们来救你。"江小七累得一屁股坐在床上,"他们现在已经在客堂了。"

江流立马从床上坐了起来。"他们来了?"

"都来了啊。"江小七补充,"还有一个长得跟鬼一样的老先生。"

"怎么他也来了!"江流面露慌张,跳下床急忙冲出门去。

江小七在后面喊:"少爷,要装一装啊!"

客堂内,江禹斋坐在主座上,客客气气地看着客座上的方宴生和柳音音,而对于那个站在一边黑帽遮脸的怪人,不闻不问已经是他能拿出的最好的态度。

自从进到江府,方润月就阴沉沉的,座位不坐,茶水不喝,江禹斋跟他说话,他也只回以冷笑。若不是方宴生在旁礼貌道歉,他早就把人轰出去了。

方宴生和江禹斋寒暄几句后,终于切入正题,道:"晚辈此次前来,其实是有一桩陈年旧事,想要问江老爷一个真相。"

江禹斋一愣,道:"你们不是来看江流的吗?"

方宴生道:"可顺道一看。"

江禹斋想到今日江流的反常,猜到约莫是同一件事,正色道:"什么陈年旧事?你说吧。"

方宴生刚要开口，江流就瘸着腿走了进来，一旁的下人要扶，都被他推开了。

江流看了看方宴生和柳音音，又看了眼方润月，最后看向江禹斋，神情有些紧张。

江禹斋看着这些人的眼神交流，心中已经猜测出了大半，对江流道："你早上跟我说的那些疯言疯语，就是他们告诉你的？"

江流冷静下来，道："既然人都到齐了，有什么事情，就摊开来说吧。"

"人还没有到齐。"方润月终于用他那沙哑的嗓音开口，"她还没到。"

"她？"江禹斋盯着方润月，隐隐有了预感，道，"阁下，不妨把帽子摘下来。"

方润月冷笑一声，并不作答，也不摘帽，只道："我要见李珍珠。"

"妇道人家，岂是你一个外人说见就见的？"江禹斋的话语中透着些怒气，"江府把诸位当贵客招待，也请诸位拿出贵客应有的礼节。"

方宴生道："二叔，既如此，我们便先把事情说明如何？"

"好，好。"方润月上前两步，站定在江禹斋面前。

江禹斋一听"二叔"这个称呼，看着方宴生的眼神起了变化，喃喃道："是你……"

方润月在江禹斋面前摘下了帽子。

江禹斋即便已经做好了心理准备，还是吓了一跳，强装镇定地坐在那里，道："你是方润月？"

方润月低笑："你还认得我啊。"

"自然认得。我与你大哥相交多年，当年也是他不惜性命，冲进我家里救人，可惜，好人不长命。"江禹斋激动得语声有些颤抖，看向方宴生道，"那么你……你是鉴儿？"

方宴生点点头。

"这么一说，跟你爹倒是有几分相似啊。"江禹斋走到方宴生面前，将他左看右看，"你爹娘过世后，我便想把你接到家中抚养，但找了你很久，都没有找到。老天有眼，若润年知道你长成这般模样，也当含笑了。"

方宴生低头不语，江禹斋的表情的确不像在装，但在事情说清楚之前，他也不想贸然回应。

"少在这里假惺惺！"方润月怒目而视，"兄嫂过世，侄儿当然是由我照顾。当年要不是你污蔑我放火，还报官抓我，他又岂会沦落他乡！"

"怎么是污蔑你？"江禹斋也拍案而起，"方润月，你扪心自问，当年若不是你，你大哥大嫂怎么会死于非命！"

"对！是因为我！若不是我和珍珠两情相悦，便不会有后来的一切！"方润月满目悲怆，"但放火的人，是你的原配夫人！那个女人蛇蝎心肠，想烧死珍珠不成，才误杀了我大哥大嫂！"

江禹斋余怒未消，听到这里，更是眸光凛凛，重重砸了个杯子。"你这个贼人！你自己心生歹意，觊觎珍珠，奸计不成，又想杀我夫人，是你得了失心疯，痴心妄想！你杀了自己的大哥，害死我的夫人，现在还跑到我家里来颠倒黑白，污蔑珍珠的清白！"

话至此处，竟出现了两个版本，方宴生和江流俱是震惊不已。

江流急切地问道："爹，当年到底发生了什么事？"

江禹斋缓了缓，屏退所有下人，说道："我答应过你母亲，此事不可让你知道，但事已至此，也没有什么好隐瞒的了。当年，也是我不好，在你娘怀着你的时候，纳了珍珠过门，你娘对此一直耿耿于怀，故而对珍珠分外苛责。这本是家事，可方润月不知怎的，对珍珠起了贼心，认定是你娘阻隔了他和珍珠的未来，所以便想将你娘除去。他把自己所有的钱都给了你娘的陪嫁丫鬟阿蔷，想与她里应外合，趁着珍珠外出之时，放火烧死你娘。"

方润月安静听着,眼中始终充斥着憎恶和愤怒。

江禹斋继续道:"阿蔷收了钱,也帮方润月做好了所有的准备,到那最后一步的时候,却突然怕了。想到你娘已有身孕,这一尸两命的事情,她终究不敢去做,于是,她痛哭流涕地跪在你娘面前,说出了这一切。你娘怒极之下,将恨意都转移到了珍珠身上,她将计就计,让人把珍珠叫了回来,而自己坐上珍珠的马车出了门。大火一起,润年和嫂夫人先冲了进去,方润月知道困在里面的人竟然是珍珠后,也冲了进去。"

江禹斋看着江流,目光中显出老态,道:"你早上问我阿蔷,其实当时出了那样的事情,我是想立即把她撵走的,但你娘心软,临死时还嘱咐,要留下她来照顾你。直到你六岁那年,我思来想去,怕这样心性的人会把你教坏,就给了她一笔钱,让她嫁人去了。"

江流走到方润月面前,问道:"是不是就像我爹说的这样?你骗了我们?放火的人根本不是我娘,而是你!"

方宴生坐在那里,一言不发,只觉得遍体生寒。

柳音音紧张地看着方宴生,生怕他做出什么异样的举动。

但方宴生并没有,从始至终,他连手指都没动一下。

"江禹斋,你可真是会编故事。"方润月变了形的嘴角,挑起讥诮的弧度,"到底是谁在胡说八道,你把珍珠叫出来,我们当着她的面对质!"

"珍珠,珍珠,你满口珍珠,"江禹斋近乎可笑地看着方润月,"可珍珠根本不认识你!"

这句话,狠狠地刺激了方润月,他豁然而上,一把抓住了江禹斋的衣领,大怒道:"她当然认识我!我们在鱼姑山山脚下结缘,我们才是应该一生一世在一起的人!"

"你撒谎!"门口传来李珍珠的声音。她听下人汇报后,担心江流又冲撞了江禹斋,便急匆匆赶来,到门口,听他们在诉说往事,便没有进来，直到现在，才终于忍不住冲了进来。

方润月看着珍珠，目光竟柔和了下来，眼中蓄满了泪水。"珍珠，你终于来了。"

李珍珠走至江禹斋身边，与他并肩站着，厉声对方润月道："我与你从不相识，为何编造谎言，毁我名声！"

方润月的满腔柔情戛然而止，不可置信地望着李珍珠，喃喃道："你不记得了？那天在山脚下，我给你捡了手帕，你后来回过头，冲我笑……"

李珍珠努力思索，回忆良久，才道："我记得是有人给我捡了手帕，但当时根本没注意那人是谁。你在火场将我救出，我十分感激你，但后来得知那场火就是你放的，便觉得你这人十分可怕。你烧成这样，也是罪有应得！在此前，此后，我与你都从未见过，谈何两情相悦！我虽为妾，却也知道恪守本分，礼法为上，你何苦要这样侮辱我！"

方润月的眼泪流了下来，他还在喃喃自语："你分明对我笑了啊……"

李珍珠无奈道："那根本不是对你！时隔太久，我已经不记得当时为何会转头笑了，也许是看到了什么好玩的事物，也许是看到了闺中好友，但绝不是对你！"

"啊！"方润月低低哀号了一声后，忽然仰天长笑，笑中带着无尽的寒意。

江流此刻方知，自己之前听信了方宴生的话，错怪了江禹斋和李珍珠，心中十分自责。他看向江禹斋，却见江禹斋只是神情宽慰地对他点了点头，表示并未放在心上。

方宴生听完江禹斋和李珍珠的话，也在心中发问：原来，二叔一直都在骗我？在经历了短暂的头痛欲裂后，他逐渐冷静下来，看向方润月。

方润月看似不经意地转开了视线。

沉默良久，江流道："方润月，你可承认我爹说的才是真的？我娘亲亡故多年，我不想她死后还背负上莫须有的罪名。"

方润月眼中一片空洞，一手撑着椅子，喉中发出低沉的呜咽。

在漫长的岁月里，他把自己活成了鬼，身上的唯一一点人性，就是对李珍珠的念念不忘。这段无望的感情让他痴狂，让他疯魔。

在李珍珠说出从来不认识他后，他的心就彻底死了，人也彻底死了。

方宴生看了看方润月那具空壳一般的躯体，对江禹斋和李珍珠长长一揖，道："这么多年，对江家造成的困扰，深感抱歉。我二叔骗人骗己，罪有应得，我爹娘的死，终究也要有个交代，我会将他带去衙门，请钟县令秉公处理。"

李珍珠眼中含泪，道："切莫说什么困扰，你父亲是我的救命恩人，他用自己的命换了我的命，这份恩情，永生永世也还不清。"

江禹斋对这后生晚辈也甚是心疼，道："鉴儿，你二叔所作所为，与你无关，你母亲因为深爱着你而离开，你千万不要往自己身上强加罪责，那样会让她走得不安。"

"我知道的。"方宴生的目光最终落在江流身上，"江流，抱歉，你还愿意跟我回浮生阁吗？"

江流转过身去，擦了把眼泪，没有说话。

江禹斋道："这孩子，就是死心眼，反应慢，过两天等他想明白了，自会回去的。"

方宴生点点头，走至方润月身边，将他扶起，道："二叔，我们走吧。"

方润月已然不知自己身在何方，也不知搀扶着自己的人是谁，颤颤巍巍地往门外走去。

柳音音跟随方宴生一同离开，临走，转过头对江流道："我们等你回来啊！你敢不回来，我就上门来找你！"

江流依然背对着他们，好像还在哭，脊背轻微抖动着。

《江湖快报》头条——"沉冤"

佛曰：爱欲于人，犹如执炬，逆风而行，必有烧手之患。

鱼姑山，有江、方两家，方某邂逅江家妾，误以为双双情动。

为成其情，蓄意纵火，反伤至亲性命。

自筑大梦，骗人骗己，一朝梦醒，了无生趣。

浮生阁主言：世事如大梦，当时时自省，汝身在梦中欤？

方宴生亲自写下了新的头条，将当年之事公之于众。

方润月在他的陪同下前往衙门自首认罪，自请关于大牢，至死都不想离开。

一时，城中哗然，议论纷纷。有人说，浮生阁主真是手段狠辣，大义灭亲，铁石心肠。也有人说，他这是为父母报仇，谨守孝道，理所应当。

浮生阁中，少了江流和江小七，变得分外安静。

夜晚，方宴生坐在房间门口发着呆，手里摩挲着一块玉佩。

柳音音在他身边坐下，问道："先生，其实对于你二叔的话，你一直有怀疑的是不是？"

方宴生并不否认，道："他确实一直疯疯癫癫的，这谎言，把自己也骗进去了，所以真相揭晓的时候，他根本无法承受。"

柳音音道："或许，他无法承受的事情还有更多，你爹娘被他害死，这也是他心中过不去的坎儿，而这段谎言，将他从无尽的自责中拉了出来。"

方宴生有些意外。"你现在看人心思，更深一层了。"

"我就是想跟你说，不要因为大义灭亲而自责，你做得对，你二叔早就没法在这世间活下去了，牢狱对他来说，反而是个好地方。"柳音音看到方宴生手中的玉佩,"这是你爹娘留给你的吗?"

方宴生道:"不是。"

柳音音道:"那是谁啊?"

方宴生道:"魏云深。"

魏云深,城主公子,人中龙凤。

关于方宴生和魏云深是如何结交的、关系到何种地步,柳音音没有再问。

拾贰 十方经纬

又到盛夏时节，近日十方城最热闹的事情，莫过于又一家民间小报开张了，名为：十方经纬。

这十方经纬坐落于妙灵街，位置稍偏，也不像浮生阁那般常有客人来往，似是不欢迎事主上门。自开业以来，十方经纬始终大门紧闭，至于老板是谁，有几个伙计，外人一概不知。

毕竟人人都好奇新鲜事物，十方经纬的第一份小报头条一发，便引得城中百姓争相购买。

柳音音挤在抢购的人群中，买到了最后一份小报，本着学习且竞争的态度，她认认真真地坐在院子里看了起来。

头条讲述了一个天价宝马的案子。有西域商人带着汗血宝马，前来十方城做买卖。买主花高价买下这马之后，却发现，汗血宝马是假，西域商人用了药水混淆视听。实则，这不过是普通的马匹，因带着去西域溜了一圈，回来便卖出了天价。

"这头条也没有很吸引人嘛。"柳音音咕哝着，往下看去，竟看到下面一篇文章的标题是：城主又娶五夫人，且看五房夫人斗智斗勇。

这多精彩啊！

柳音音拿着小报冲去方宴生房间门口，拍门道："方先生，这十方经纬果然不可小觑，城主的私生活都能乱写！难怪城中百姓看后，都传说，这十方经纬背后有城主资助，实力雄厚。"

方宴生打开门，拿过小报看了看，笑道："不用管他们，我们做好自己的事情就行。"

"但他们这么搞的话，《江湖快报》后面会很难做啊！"柳音音皱着眉，"我们这一期的小报，都没什么人买了，我们写猪肉注水，他们就写天价宝马，这不是故意的吗？难道接下来，我们也要写城主的私生活？或者干脆编个宫廷秘闻？"

"这不是浮生阁要做的东西。"方宴生淡定地将十方经纬的小报对折起来，还给柳音音，道，"不用理会别人，音音，以前是怎么样，现在还是怎么样。"

柳音音闷闷不乐，想说不太一样，因为江流不在了。但话在口中，没有说出来，怕惹得方宴生难过。

少了江流的浮生阁，冷冷清清的，柳音音想找人聊聊八卦，找不到，想出去寻找新的热点话题，也无人陪同，一时间还有些不习惯。

浮生阁的隔壁最近搬进来一户人家，家中有两女一男三个孩子，每天从天亮到半夜，尖叫、喧闹之声不绝于耳。柳音音不堪其扰，登门拜访，客客气气地提出，希望他们可以尽量声音轻一点。

对方一看便是富贵人家，那夫人一身锦缎，穿金戴银的，对柳音音说起话来轻声细语娇滴滴："对不起啊姑娘，我们也知道吵，但小孩子嘛，都是这样的呀，他们是管不住自己的……"

柳音音道："他们管不住，你应该管啊。"

两人还没商量出个所以然来，几个孩子就跑出来了，其中一个极为缺乏教养，上来就往柳音音脸上扔了一条蚯蚓，准确地说，是半条。

柳音音哪是个好欺负的？二话不说，抓着蚯蚓便往那小儿身上扔回去。

小儿见自己的花衣裳脏了，哇的一声大哭起来，另外两个孩子也跟着哭起来。

那夫人一看孩子哭了，顿时撒起泼来："你有病吧？跟小孩子闹什么脾气？小孩子不懂事你也不懂事吗？"

柳音音也怒气冲冲，道："六七岁的孩子上来就往人身上扔蚯蚓，这是懂不懂事的问题吗？这是有没有教养的问题！"

"你有教养？你有教养能欺负孩子？"

"别满口孩子孩子的，你有孩子了不起是不是？"

"有孩子就是了不起！"那夫人像是掌握了什么吵架的利器一样，"我看你就是嫉妒，你就是想生还生不出呢！想生还没人跟你生呢！"

"不是所有女人都像你这样，把生孩子作为人生的唯一目标！"柳音音觉得完全没有必要跟她再吵下去了，最后只说了一句，"你们如果再一天到晚吵个不停，我就有本事让你们整晚都睡不着觉！"

离开这户人家之后，柳音音就上街去买了个最大号的锣，但凡再惹她，晚上就等着听响锣吧！

这次吵架倒是给柳音音提供了一个小报的新思路，她决定做一期关于垂髫小儿调皮捣蛋，严重影响附近百姓生活的头条。

正当柳音音在准备新一期小报的时候，十方城内出现了一些奇怪的乱象，自立夏以来，骗财之事频频发生，所用手段也层出不穷。

一则两则的时候，看不出问题所在，三番五次之后，很多人都看出了苗头：这些受害者，都曾与浮生阁有过交集。

月初，前任城主师爷冯昊宣收到勒索信，信上说绑架了他的儿子，要他半个时辰内将一百两银子放在某客栈某房间内，如若报官，当即撕票。冯昊宣信以为真，筹了钱送过去，回家后，却见儿子已经回来，说根本没有被人绑架。

隔几日，脚本师莫笙又出事了，自他被揭露了抄袭一事后，脚本再也卖不出去，日子过得凄凄惨惨。有普世御医免费上门问诊者，说他得了绝症，只有一种神药可以医治，莫笙倾家荡产买下神药，后又发现自己根本没有得绝症。

月中，永信书院新入学的一个学子，因为家境贫寒，付不起学资而在院外哭泣，有人冒充书院中人，说可以用两贯钱申请减免学资，学子信以为真，给了两贯钱后，再也找不到那人。

又过几日，有人称猎得百只白狐，诱程锦芝以千金交换，程锦芝险些信以为真，但最后关头识破其计谋，报官捉拿，却被他逃脱。

本月，马琰卖出一份保险，不出几日，受保者亡故，马琰赔了大笔钱财后，发现买保险者与死者全无关系，人也不知所终。

前几日，陈瑞又报官说，有一个年轻女子日日往他家中跑，还认了陈老夫人做干娘，陈老夫人对其深信不疑，不料，这女子拿走家中所有值钱之物后，溜之大吉。

…………

钟县令看着面前摆的这一桩桩案子，头大无比。

与此同时，浮生阁隔壁的人家前来报案，说浮生阁半夜敲锣，吵得他们睡不着觉，孩子们哭闹不止。并且，《江湖快报》要将他们的隐私写成小报，即将发售，这将严重损害他们的个人利益。

钟县令只好把方宴生请来，道："曾经与你们浮生阁有过交往的人，都被骗了钱财，有人告发说，是浮生阁出卖了这些人的信息给骗财团伙。"

方宴生听钟县令一一念来，就已经料定，这个团伙根本不是为钱财而来，针对的其实是浮生阁。

钟县令试探着问道："方先生，你有何话说？"

方宴生一脸坦然，说道："我浮生阁，断不会收集他人信息贩卖，但既然事情已经发生，在下定当全力协助办案。"

钟县令叹了口气道："方先生，若你现在不能拿出直接的证据证明浮生阁是无辜的，那我只能暂时将你留下，公事公办了。"

方宴生坦然道："好，我相信钟县令能还我清白。"

柳音音新的小报还没有发出，就被衙门警告不可暴露他人隐私，故而这一期的《江湖快报》只能作废。

祸不单行，浮生阁主方宴生收集小报当事人信息，欺诈百姓，被关大牢的消息很快就传遍了十方城，浮生阁顿时信誉下降，《江湖快报》遭到众多百姓的强烈抵制。

浮生阁内，乱成一片，阿梨唉声叹气，时不时抹两滴眼泪，柳音音一天跑七八次衙门，要求见方宴生，都被衙役赶出，说这不合规定。

大门口被贴上了很多字条，上面写着各种污言秽语，说方宴生沽名钓誉，之前的所作所为，就是为了最后来这么一手，浮生阁就是个诈骗窝。

柳音音觉得蹊跷，浮生阁的小报一直被百姓们称道，一夜之间，怎么会墙倒众人推到这种地步？就连阿梨也愤怒地说："一定有人在背后搞鬼！"

每天都有人聚集在门口讨要说法，柳音音让阿梨爬上内墙偷偷查看一番，确认了这些人根本不是浮生阁的事主。

叫骂声越来越难听，忍无可忍之下，柳音音终于打开门跟人讲道理："我根本不认识你们，往日无怨，近日无仇，你们为什么天天这么来找麻烦？再不走，我可要报官了！"

为首的中年人满脸横肉，叫嚣着："就是这个娘儿们，是方宴生的得力帮手，之前那些坏事，她也都参与了！"

柳音音气道："方先生已经在衙门配合查案了，是非尚无定论，你们凭什么这么认定？"

岂料，对方根本就不是来讲道理的，此时大门一开，出来说话的又是个女人，可见浮生阁里没什么人了。他们一拥而入，二话不说，拿起东西就砸。

阿梨一看，这还了得，浮生阁里处处都是方先生的心血，如今他不在，也不能任人这么乱砸啊！他鼓足了平生最大的勇气，举着烧火棍就上去阻止："住手，都住手！放下那个砚台！"

对方非但不听，还将砚台往阿梨身上砸，阿梨忙后退一步，被砸到脚趾，疼得大叫一声。他不甘示弱，忍着疼冲上前，一棍子抽到了那人的胳膊。

两人扭打在一起，很快对方的人就围上来，众人的拳脚之下，阿梨倒在地上，被死死摁住。

柳音音想去帮阿梨，但自顾不暇。因为是女子，对方开始并不敢对她有过分的举动，但三四个人将她围住，也使得她无法脱身。

"你们这群无赖！"她慌乱之中扛起了一把椅子，明知跟人真动起手来，自己一定吃亏，还是奋力将椅子打到了正对面那人的头上。

人群被砸开了一个口子，柳音音扛着椅子冲向阿梨，对着围攻阿梨的人群奋力一砸，然后手脚并用，硬生生拉扯开了两人。

忽然，柳音音感觉到身后有人狠狠拽住了她的头发，将她整个人往后一带。柳音音的头皮剧烈疼痛，被那股拉扯的力量给拖到了地上。偷袭她的正是为首那人，他发起狠来，抽出一块不知从哪个家具上掉落的木板，对着柳音音的脑袋就拍下来。

柳音音惊恐地看着那块离自己越来越近的木板，心道：我不会就这么英年早逝了吧？之前就听说，人在临死时，眼前所有的事物都会放慢，纤毫毕现，让你看得清清楚楚。她看清了这个人眼里的血丝和露出的鼻毛，看清了他手指甲缝里黑漆漆的污秽，也看清了那木板上竖起的根根毛刺……等等，这已经不是放慢了，而是定住不动了？

下一个瞬间，木板掉到了地上，而举着木板的人在柳音音面前直直地倒了下去。

柳音音回过神来，看到站在那人身后的一个英武不凡的少年，方才正是他捧了个花瓶，将人打晕了。

柳音音一时间都不觉得脑袋疼了，破涕为笑："江流！"

江流伸手，把柳音音拉了起来，道："不光是我，大家都来了！"

在他身后，站着魏高昇、莲雾、程锦芝、郭文举、周晨洲、陈莲生，还有江吟夏。所有浮生阁曾经帮助过的人，都来了。

除了他们，还有很多江流从江家带来的家丁，此刻已经和这群闹事者打成一团，从人数上来看，很快就能把对方拿下。

阿梨已经被解救出来，看样子没有受什么重伤，只是鼻子流血了，衣服也破了。

江吟夏理了理柳音音凌乱的头发，紧张地问道："没事吧？"

"没事！"柳音音看着他们，有些担忧，也有些委屈，"你们不会相信，是我们把你们的信息出卖了吧？"

"真要相信那些鬼话，现在就不来了！"魏高昇言之凿凿，"半仙收徒弟还是有眼光的，你个小丫头片子，打死我也不信是个黑心肠的！"

"谢谢师叔！"柳音音感动地看着众人，"也谢谢你们！"

"我们都是受过浮生阁恩惠的人，信方先生，也信你。"莲雾一脸认真，"方先生在十方城所做的事情，有目共睹，若仅仅为了这么点谣言，就否认浮生阁之前的作为，那就委实成了墙头草！"

程锦芝道:"我们这些连环骗局的受害人,都表示浮生阁是无辜的,且已经将联名信送至衙门。还有什么能帮上忙的地方,你们尽管说。"

柳音音长舒了一口气,道:"这样一来,我相信钟县令会给出一个公正的判决。"

江家的家丁们很快就制服了几个打得最凶的,把他们捆了起来,扭送到众人面前。

"雇佣你们来的人,给了多少钱?"江流财大气粗,"回答得让本少爷满意了,我出双倍!"

还在和家丁们奋力搏斗的众人一听,果然便停下手,不再打砸了。

这才是真正的墙头草。

这群乌合之众口径一致,说都是带头那人指使的,他们只收钱办事,至于幕后是谁,完全不知道。

这个回答江流当然是不满意的,但也清楚从他们那里根本问不出什么,于是便留下带头的,把其余人都放回去了。

阿梨不忿道:"这些人是不是十方经纬雇来的?他们太下作了!一定要把方先生救出来,跟他们死磕到底!"

"还磕呢?你先照照镜子,自己都磕成什么样了!"江流一边给阿梨上药,一边数落,"你们才两个人,也敢跟他们打?不要命了啊?作为在浮生阁待得最久的人,你真是一点长进都没有!"

柳音音此时感觉到脑袋上被拉扯过的头皮又开始痛了,咧咧嘴道:"就你有长进?事情出了这么久,你怎么才回来!"

周晨洲赶紧解释道:"江公子是找我们去了。"

江流哼哼一声:"我能回来你就知足吧!"他说完,放下药箱,走到那带头的面前,使劲踹了一脚。

晕了很久的带头者这才转醒。

一排人居高临下看着他。

江流："你叫什么？"

魏高昇："父母是谁？"

郭文举："家住何处？"

陈莲生："受谁指使？"

那人一脸蛮横，眼睛看向别处，并不答话。

见他这么不配合，柳音音立即出了门，再回来的时候，手里已经抄着一把菜刀。她把菜刀架在那人脖子上，凶神恶煞般道："老娘脾气差得很，没时间跟你啰唆。装哑巴是吧？我数三下，再不说话就一刀下去，然后把你埋了。"

"邹小麦。"柳音音还没开始数数，他就老老实实答话了。

江流又问："谁派你来的？"

邹小麦道："不知道。"

柳音音的刀紧了紧。

邹小麦满头大汗，急道："我是真的不知道！我就见过那人一回，他出手阔绰，给了我一笔银子，让我来砸了浮生阁。但是从头到尾，他都在帘子后面，根本看不见脸！"

江流对柳音音道："我看他是真来气，既然没什么用，就直接埋了吧，也不用动刀了，省得还得洗。"

程锦芝道："那我和江姑娘去选地方。"

江吟夏默契道："埋哪里好呢？要不就埋茅厕边上？"

柳音音点点头，道："埋深点，正好我想在那边种棵树，人肉养分足，树应该能长得很快。"

邹小麦傻眼了，不是说浮生阁都是文化人吗？怎么比他还流氓？这么说是吓唬他的吧？不是真的要这么做吧……他急道："那么多人看着我进了你们浮生阁，要是我失踪了，官府一定会来查的。"

"你来砸场子之前，没打听打听我是什么人吗？"江流凑近他，低声道,"作为江家独子,钱多得花不完,这点封口费,本少爷还是塞得起的。"

江小七和阿梨配合默契,一左一右把邹小麦拖了起来。

邹小麦激动地大喊:"我真的不知道啊!干这种事情的人,也不能让我知道他是谁啊!"

柳音音道:"我们对你的话深信不疑,所以没用的人就赶紧处理掉得了。"

被拖到门口的时候,邹小麦终于灵光一现,慌忙道:"我想起来了!那人身上有种香味!"

柳音音问道:"什么香味?"

"说不清楚是什么味道,反正就是很香,我当时还想着,一个大男人熏得那么香,真是个娘娘腔。"邹小麦认真回忆,"虽然不知道是什么香,但我要是再闻到的话,一定能分辨出来,所以你们留着我吧,有用的!"

柳音音横着菜刀在邹小麦眼前晃了晃,威胁道:"要是敢骗人,我就把你剁成一块一块的再埋!"

邹小麦点头哈腰道:"我知道你们都是有本事的人,我有眼无珠,不该找你们麻烦!"

江流摆摆手,江小七和阿梨这才把人松开。

深夜的浮生阁,烛火通明。

桌上摆着一排熏香,邹小麦被反绑着双手,一种种熏香闻过去。

"这不是。"

"这也不是。"

闻到一半的时候,邹小麦喷嚏连连,求饶道:"不行了,鼻子都坏了,让我歇一歇吧。"

柳音音将排除的熏香全都拿走，看着剩下的一排，面色忐忑。

整个下午，他们分头行动，买回了十方城内所有种类的熏香，若还找不出来，那找出幕后之人的线索就又断了。

邹小麦歇了一阵后，继续闻熏香，终于，在对着一枚香片闻了又闻后，他点点头确认道："就是这个味道，这个闻着淡些，当时那人身上的味道比这个重很多，但我可以断定，就是它。"

程锦芝拿起香片闻了闻，道："此香名'逸隐'，出自十方城内的制香名家，游人醉。"

柳音音是听说过游人醉的，他们家的熏香，最大的特点就是贵。寻常人家用不起，而城中显贵则喜欢以此彰显他们的身份。很多豪门大户非他家的香不用，每月都会提前预订，定期去取，范围也着实不小。

莲雾道："明日一早，我就去问一问城内有哪些人买过这种香。"

程锦芝眼里显出几分顾虑，道："若能拿到这样的出货单，自然能把范围缩小，但游人醉开门做生意，怕是不敢得罪他们的客人。"

柳音音愁眉苦脸道："就是说很难咯……要不去偷？"

江流一笑，神神秘秘道："不难。"

江流说不难，就真的不难。第二天，他就成功说服江禹斋买下游人醉，成为这家铺子真正的幕后老板，下一步还要扩大店面，广开分店。

他在浮生阁的这一年多时间，跟江家联系不多，首富公子的气派全无，经常还会穷到跟柳音音借钱，如今拿出这番作为，惊得柳音音瞠目结舌。

事情进展得出奇顺利，他们很快就拿到了游人醉全年的售卖单据。不出意料，逸隐作为全店最贵的镇店之宝，买者寥寥，最近一个月之内，仅有三笔单子。

江家是一个，据江流所知，他们家本就常年使用游人醉的熏香，而这逸隐是六姨娘最近喜欢上的。

城西欧阳家,买者是个丫鬟,据说是为他们家老夫人添置的,也可排除。

剩下一个买家,让江流和柳音音都吓了一跳,竟是少城主魏云深身边的跟班。不言而喻,这使用熏香的人就是魏云深。

柳音音看着江流,怀疑道:"会不会是搞错了?要不再看看一个月前的单子?"

"不必。"程锦芝解释道,"我去店里了解了一下,'隐逸'香散得很快,即便存放不动,半月之后香味也会变淡。而邹小麦说了,那人身上的熏香味道十分浓重,这就说明是新香。"

柳音音纳闷道:"方先生能和这少城主结什么仇呢?我原以为是十方经纬的人干的。"

"都说十方经纬背后有城主撑腰,我看未必,"江流思忖着,"城主年事已高,哪里还会管这种事情?倒是这少城主,很可能与十方经纬大有关系。"

柳音音眉头紧皱,道:"这么位高权重,那方先生还有救吗?"

江流道:"天子犯法,尚且与庶民同罪,何况一个少城主?"

两人正说着,阿梨忽然急匆匆跑来,喊道:"我刚才整理东西的时候才发现,原来阁主出门前,写了一封信放在书房的桌上。"

"说的什么?"江流快速拿过书信,看了起来。

阿梨道:"阁主交代,若他一去不回,我们就自行决定去留。若要走,他为我们留了盘缠;若留下的因为他的事情有什么危难,就拿着他放在锦盒中的凤凰玉佩,去找少城主。"

阿梨说完,江流也刚好看完信。

"看来这件事情,果然与少城主有关。"柳音音不解,"但他到底是敌是友?方先生为什么还要让我们去找他呢?"

江流把信放下，道："是敌是友，一见便知，明日我们便去会一会他。"

彻夜无眠，江流和柳音音在书房里商量着明日要如何应对。

柳音音双手托着下巴，道："方先生到底隐瞒了多少事？要是早点跟我们说清楚，现在也不至于这么毫无头绪。"

"他是不想强行把我们牵连进来。"江流前段时间在家，反而把方宴生琢磨了个明白，"少城主都冒出来了，说明事情比较棘手，若是提前交代了，就好比拉着我们一起上贼船，想跑也跑不了了。"

"他以为我们会扔下他不管吗？"柳音音把玩着方宴生时常拿在手里的扇子，"太小瞧人了，我们才不会呢。"

"他就是想把选择的权利放在我们自己手里。"江流想着许久不见的方宴生，微微笑起来，"即便知道我们是什么样的人，也还是要一再问：喂，前面的路有点危险哪，你们确定要走吗？他就是这样的人。"

"才几天不见，我就有些想他了。"柳音音忽然有些伤感，"江流，明天去见少城主，你害怕吗？"

"我不怕，你呢？"

"我也不怕。"

阿梨在厨房忙忙叨叨到半夜，给两人送来了烤肉，切得小小一块的肉片，上面撒着芝麻和辣椒，闻上去就要流口水。

"吃饱了明天好上路。"阿梨笨嘴笨舌地说了一句。

江流和柳音音瞪着他，同声道："你才要上路！"

第二天一大早，江流和柳音音便拿着方宴生的凤凰玉佩，前往少城主的府邸长守阁。

阁中守卫森严，但凭着玉佩，他们一路通行无阻，来到了一处水榭。

水榭的帘子一拉开，便见锦衣华服的魏云深坐于案边，正专注地调着香，香味四溢。

这香，正是前天晚上邹小麦所辨认出的味道。

两人行礼之后坐下，魏云深放下了手中的工具，对江流笑道："去年我父亲设宴，曾与江老爷有过一面之缘。"

江流不卑不亢道："我也听我爹提起过你，评价还不错。"

魏云深将那枚凤凰玉佩放在手里摩挲着，笑道："你们可知这玉佩的来历？"

江流道："不知。"

魏云深道："我小时候，父亲每年都会在城内举办诗文会，为的是挑选最出色的人，作为我的伴读。有一年，遇到个极为出色的人才，但他拒绝留在我身边，而是希望我父亲能助他创办一家民间小报。他想得很多，有治世之才，为民计深远，但我父亲年纪大了，觉得他不过是在空想而已。那时候我也年轻，与他一拍即合，觉得做这样一份小报定有益处，可上达政令，下听民声，便暗中扶持他，慢慢做了起来。"

"这人，便是方先生吧！"柳音音脱口而出。

"没错。"魏云深回忆当初，犹觉历历在目，"我们彻夜长谈，如遇知音，后来，我不光为他提供了钱，还为他造出了神秘的名声。"

原来，所谓的青龙传说，白狐之子，妖精鬼怪，便是这么来的。

魏云深继续道："他在百姓心中有了地位，便是浮生阁在十方城中有了地位，所行之事，也便能令人信服。如今九年过去，距离我跟他约定的时间，还有一年。"

江流问道："你们约定了什么？"

"十年时间，让浮生阁成为十方城的民间喉舌，体察民意，拨乱反正，惩恶扬善，兼娱一时之乐。"魏云深看着手中的玉佩，缓缓道来，"若成，十年后任凭方宴生去留；若不成，他便入我麾下办事。"

柳音音问道:"十方经纬,也是你扶持起来的吧?"

魏云深点了点头。

江流疑惑道:"你与方先生的十年之约还差一年,突然搞出来这么个十方经纬,又处处与浮生阁作对,难不成是想毁约?"

"不错,我反悔了。"魏云深淡淡一句,"浮生阁在十方城的声望越来越高,百姓只看《江湖快报》,方宴生说什么,他们便信什么。若日后我与方宴生起了争执,他是不是也能对我口诛笔伐?"

"你作为少城主,怎么能这么言而无信?"柳音音心中又将他看低了几分,道,"方先生从来都没有私心,你所担心的事情,根本不会发生!"

魏云深道:"他没有,我却有。我父亲的身体越来越不行了,很快,我就会成为十方城的城主。我不能允许方宴生的存在影响到我的地位,故而,开始扶持另一势力。"

江流看着魏云深的眼神,流露出一丝敌意。"你不想让浮生阁继续开张,大可以跟方先生明说,他一个小小的民间小报老板,还能跟你对着干不成?但是雇人诋毁他、抓他去坐牢,还让流氓来打砸浮生阁,这种种行为,与你的身份相配吗?"

魏云深饶有兴致:"方宴生找的人不错,你们竟然全都猜到了。"

江流坦白道来:"你雇佣去砸浮生阁的那个人,我们已经抓到了,买凶杀人也得过过眼啊,竟然找了个胆小如鼠的。"

魏云深微微一怔,旋即笑道:"那又如何?他根本不知道是受何人指使。"

"邹小麦眼神不好,鼻子倒是灵光。"江流指了指案上的熏香,"这逸隐香,出卖了你。"

魏云深眼神一暗,闪过稍纵即逝的寒芒。

江流察觉到那一瞬间的杀机,道:"魏公子,来不及了,人还在我们手里，就连游人醉，现在也归我江家所有。你位高权重，即便人证物证俱在，我们也无法把你依律处置，但好在有浮生阁，好在有《江湖快报》，我们一纸头条，便能让你名誉扫地。虽不至于一败涂地，但等你做了新城主，想要再收复民心，怕也不那么容易。"

柳音音补充道："你也不用想着现在就把我们关起来或者灭口，因为关于你如何胡作非为的那份小报，昨夜就已经写好了。"

魏云深都气笑了："你们胡乱写我？"

柳音音姿态昂然："是啊，但凡你能想到的恶行，上面都有。"

魏云深脸色沉静不动，问道："你们想怎么样呢？"

江流道："放了方先生，后面的事情，一切好商量。"

"依你。"魏云深沉容敛息，最后说了一句，"不管你信与不信，我从来也没想把他怎么样。"

魏云深站起，离开。

柳音音紧张地看着江流，小声问："方先生能回来了吗？"

江流道："一定能。"

"想不到啊，江流，"柳音音由衷赞叹，"你吓唬人的本事还真不小，越来越像方先生了。"

江流皱皱眉，道："其实我刚才，还真有点害怕呢。"

他没有告诉柳音音，当心里特别害怕的时候，他就逼着自己去想，若现在换作方宴生会怎么做？这样想着，话也就顺其自然地说了。

当晚，魏云深一身便装，亲自去了关押方宴生的牢房。

这间牢房明显就是特意整理过的，地面干净，桌案整洁，一盏油灯下，方宴生在安安静静地看书。

听到牢门打开的声音，方宴生抬头一看，见是魏云深，便放下书，站了起来，道："你来了。"仿佛是在自家招待一个如约而来的朋友。

魏云深的目光停驻在方宴生脸上,道:"今日你的人来找我了。"

方宴生:"柳音音?"

魏云深:"还有江流。"

方宴生一怔,哑然而笑:"走都走了,又回来。"

魏云深将自己带来的一壶酒放在桌上,道:"许久没有跟你一起喝酒了。"

两人隔着桌案对坐,魏云深一边斟酒,一边说道:"你教的人也不错,刚知道我想要什么,便能以此威胁我把你放了。宴生,越是这样,我越舍不得放你走。"

"你总是对我赞誉过高。"方宴生目光平静,"云深,我早就说过,我有的,其实你都有,你不必对我过分忌惮。"

"你总是过于谦虚,这一点我很不喜欢。"魏云深目光锐利地盯着他,"我确实不忌惮现在的你,但以后呢?谁知道你会变成什么样?"

方宴生笑道:"有的人一直在变,有的人却始终不变。"

魏云深冷笑一声,道:"你不想在我身边做事,这一点也永远不会变。"

方宴生:"你知道就好。云深,如果浮生阁的存在让你心里不痛快了,我可以离开十方城。"

魏云深:"果真要走?"

方宴生:"散漫惯了。"

魏云深一脸的冰冷和寡淡,将酒杯推到方宴生面前,道:"你也知道,我是宁可我负人,不让人负我的,让你活着出去,绝无可能。"

方宴生眼中蕴起一丝笑意,拿起酒杯,看着杯中剔透的酒,道:"下的什么毒?"

"穿肠即死,不会太痛苦。"魏云深也拿起了酒杯,"我已事先服了解药,陪你喝这最后一杯。"

方宴生道："敬你。"

"这都留不下你？"魏云深兴致索然。

"生死非小事，只是我更不愿违心。"方宴生毫无惧意，一饮而尽。

魏云深也喝下酒，将杯子一扔，站了起来。

方宴生笑问："这就走了？"

"走了。"魏云深甩袖而去。

方宴生拿起酒壶，又给自己倒了一杯，抿了一口，道："酒是好酒，何必骗我说下了毒？让我心里怪害怕的。"

走至一半的魏云深又折返了回来，气道："偏要当面点破？你就不能让我潇洒一回？"

"抱歉，我这人什么都好，就是嘴碎了点。"方宴生喝完一杯酒，站起身，深深一揖，"云深，慢走，多谢。"

"山高路远，你也保重！"魏云深转过身，这次，他头也不回地快步走了。

方宴生看着魏云深的背影，缓缓散开温和的笑容。

九年前，方宴生第一次见到魏云深。

彼时，他在诗文会中拔得头筹，受城主约见，地点是在府中的后花园。侍卫带着他穿过一条花丛小径时，他看到一个与他年纪相仿的少年，仰面躺在一块大石头上，诵读《大雅》。

"无竞维人，四方其训之。有觉德行，四国顺之。訏谟定命，远犹辰告。"读到这里的时候，他停了下来，反复吟诵，"訏谟定命，远犹辰告。訏谟定命，远犹辰告……"

方宴生也停下了脚步。

侍卫在一旁催促道："方公子，城主在等着你呢。"

这一催，那少年便听见了，从石头上转过脑袋，看着方宴生，嘴里还是那句:"讦谟定命,远犹辰告。"

方宴生笑着接下去:"敬慎威仪,维民之则。"

少年从石头上爬起来,石头太高,他险些摔一跤,方宴生上去将他一把扶住。结果那少年拉着方宴生的手,一时不放,只道:"读书人?这么聱牙的诗,你也背?"

方宴生道:"恰好喜欢这篇。"

少年又道:"为何喜欢?"

方宴生道:"立贤明德,仁恕其心,为君鉴长久,为民计深远。"

少年笑道:"我叫魏云深,你叫什么?"

"方宴生。"

侍卫又催,道:"公子,这位是今年诗文会的榜首,城主正等着见他呢。"

魏云深将手中的书扔给了随从,道:"我与你同去。"

方宴生与城主见面,交谈并不顺利。城主觉得,做民间小报不过玩乐而已,除了荒废时间,无大益处,远不如官报直接有效。

方宴生知道说服不了城主,当下请辞。

城主觉得方宴生虽然有点小才,但想法与大势有别,这样的人留在魏云深身边一起读书,怕是会把人带偏,便只赏赐了些银两,随他去了。

方宴生郁郁寡欢,行至门口,却见魏云深又跟了上来,道:"宴生留步,你刚说的那报馆,要花多少钱筹建?"

方宴生面带疑惑。

魏云深认真思考着,道:"一千两之内,我立马帮你搞定,若要再多,需给我些时间想想办法。"

方宴生明白过来他的意思,展颜一笑,道:"不需要那么多的。"

魏云深高兴起来:"那好,这就着手去办。"

方宴生不解:"为何帮我?"

魏云深道:"其在于今,兴迷乱于政。颠覆厥德,荒湛于酒。"

方宴生了然。

当日,魏云深留方宴生吃晚饭,吃了晚饭,依依不舍,又拿出最好的酒招待他,两人相谈甚欢,都以为遇到了彼此人生中的知己。

酒过三巡,魏云深问他:"报馆的名字想好了吗?"

方宴生道:"浮生。"

"浮生长恨,浮生若梦,"魏云深喃喃,"丧气是丧气了点,不过人活一世,本就不易,好,就定这名字。那小报叫什么?想好了吗?"

方宴生客气道:"请公子赐名。"

魏云深忽然问他:"贵庚?"

方宴生道:"十八。"

"巧得很,我们竟一般大。"魏云深笑道,"叫我云深就好。"

"好,云深,"方宴生也笑,"小报的名字,就交由你想了。"

"江湖……快报!"魏云深很快就想出了名字,又解释道,"庙堂之下,便是江湖,小报流传之速度,要快不要慢,你觉得如何?"

方宴生点头道:"很好,朗朗上口,好记。"

魏云深解下腰间佩玉,交给方宴生,道:"你这个朋友我交了,就算违背父亲,我也必定倾一己之力,助你达成所愿。你也莫要负我,无论如何,都尽心竭力去做,好坏,我们一同承担。"

"好。"方宴生郑重应允。

魏云深最后喝醉了,歪头歪脑,笑呵呵道:"宴生啊,我从小到大,都没什么朋友,遇到你真好,我们要一直做朋友,活到白发苍苍的时候,也这样在一起聊天喝酒……"

方宴生轻声道:"我曾经也没有朋友,今夜之后便有了。"

乌云蔽月,夜色笼罩。

正当江流和柳音音在大堂里来回踱步,惴惴不安的时候,方宴生踏着月色回来了。

"方先生,你真的回来了!"柳音音急急迎上去,一把拉住方宴生,仔细检查他有没有断胳膊断腿,"呀,完好无损不说,好像还胖了些。"

"放心,安然无恙。"方宴生对她轻轻一笑,转而看向江流,道:"回来了?"

江流之前的心结还没有完全过去,哼了一声,傲然道:"浮生阁也有我的心血在里面,本少爷想走就走,想回就回!"

"有你惦记着便很好。"方宴生满意地点点头,"这样,我就可以放心地把浮生阁交给你了,但往后不能再叫浮生阁了,需改个名字,行事也要低调些,不要与十方经纬对着干。"

江流和柳音音俱是一愣,同时开口。

江流:"交给我做什么?你不干了?"

柳音音:"先生不会是要走吧?"

方宴生道:"你们去见了魏云深,可知晓我创建浮生阁的用意?"

柳音音道:"魏公子跟我们说了。"

"浮生阁既然已经如你们所愿做起来了,就别这么轻易放弃吧?"江流急得有些语无伦次,"魏云深那个人,既然肯放你回来,应该没有我们想的那么大奸大恶,你再去跟他商量商量,让他别干什么十方经纬了,我们浮生阁多好呢?如果实在不行,我们就不做小报了,还在这宅子里,干点别的,卖鱼卖肉?卖臭豆腐也行啊!为什么你就不能留在十方城?"

"人的理想是会变的,所以曾经志同道合的朋友,也许走着走着就分道扬镳了。我和魏云深能从好友走向末路,和你们,也是一样的。"方宴生说着,见阿梨拿来干净衣服,要给他换上,便道:"洗完澡再换吧。"

阿梨难得十分勤快，道："那我去准备洗澡水！"说完一溜烟儿又跑下去了。

方宴生看向江流，问道："你可记得，子路、曾皙、冉有、公西华侍坐那篇？"

江流翻了个白眼，道："不记得是要挨我爹棍子的！"

方宴生笑道："曾点说，他的治世主张是'暮春者，春服既成，冠者五六人，童子六七人，浴乎沂，风乎舞雩，咏而归'。我初时尚不明白，后来渐渐知道，此种场景，才是政通人和的太平之世。所谓自由，是要建立在秩序之上的，以文乱法，以武犯禁，都比不上建立起长远的秩序。"

柳音音疑惑道："这种秩序，就是律法？"

"律法只约束行为，而此种秩序，约束人心。"方宴生的眼神深邃而坚定，"如果世上有什么可以凌驾于律法之上的东西，那就是公道人心。"

柳音音懵懵懂懂地点了点头，不是特别懂，权且理解为世道人心吧。

江流语带威胁，道："你一走，我们立马就写个头条，说出魏云深和十方经纬的所作所为，大不了两败俱伤。想让浮生阁从此不复存在，魏云深也得好几年没法安安稳稳做他的城主！"

"这又有什么所谓呢？"方宴生淡淡道，"别说气话了，浮生阁不在了，还有十方经纬，十方经纬不在了，也会有其他的小报出现，叫什么名字不重要。"

他创建浮生阁，有一部分原因是私心，却也真的想帮助魏云深建立起某种秩序，而今，这片江湖的秩序正在慢慢滋生，而他也是时候去往另一处江湖了。

云破月出，风雾苍茫。

方宴生看了看窗外的天色，道："我累了，想歇一歇。"

江流和柳音音默默离去。

当晚，方宴生在他的房间里泡了很久的澡，然后慢慢收拾东西，准备天一亮就启程离开。

江流和柳音音在大堂里琢磨了一晚上的头条。

《江湖快报》头条——"万古缘何如长夜。"

浮生阁，方宴生与魏云深所共建，于十方城，立足十年，无愧天地。

云深公子恐其声望之高，有碍城主地位，故又建十方经纬，欲意得平衡。毁名誉，砸报馆，一手遮天，翻云覆雨。

可叹人之情绪境遇，高低起伏尽在他人掌握，使其乐便乐，使其哀便哀。信时尽信，不信时，恶意滔滔如洪水猛兽。群众莽莽，无怪乎，圣人不出，万古如长夜。

长夜漫漫，浮生阁主无言将行，浮生将歇，唯愿锦观街上再起楼阁，承浮生意，一如往常，体万民意，察众生情。

江流："真的要这样写吗？"

柳音音："不可以吗？"

两人又是彻夜无眠，看着星河等天亮。

天蒙蒙亮的时候，柳音音忽然站起来，把写好的内容都撕了。江流默默看着，也不阻止。柳音音又从柴房里把邹小麦拖了出来，将他一脚踹出了浮生阁。

"好好做人去吧！"柳音音菜刀一扬，"被我知道你干坏事，迟早还来收拾你！"

江流看着第一抹霞光升起，欲言又止了一会儿，对柳音音道："我这两天累得腰酸背痛的，回家休息去了啊！"

柳音音略显落寞，问道："还回来吗？"

江流道："不知道。"

柳音音又问:"不送一下方先生吗?"

江流道:"不送了,送来送去,有个什么意思。"

阿梨抹着眼泪,悲悲戚戚地把浮生阁大门口的匾额拆了下来,用袖子把上面的灰尘擦了又擦。方宴生让直接扔了,但是他舍不得呀,木头是上好的木头,留着吧,万一以后穷困潦倒了,还能换几个白馒头吃呢。他这般想着,悄悄地把匾额藏到了自己的行李中。

最后一期的《江湖快报》如期发行,没有头条,没有八卦,只留一行八字:

江湖夜雨,来日方长。

尾声 人语驿边桥

如无数个普普通通的清晨一样,天光亮起的时候,十方城门口已经游人如织。

夜市的摊位刚刚收起,早市的摊位就快速摆了开来,小贩们忙忙碌碌,多数都精神抖擞,也偶有睡眼惺忪的。一排排早点铺陈着,豆腐脑、糖油饼、胡辣汤、汤饺子、炸油条……整条大街都飘着香喷喷的早食味道。

这景象,和方宴生初来十方城的时候没有什么两样。

阿梨跟在方宴生身后,背着重重的行囊,打了个哈欠,问道:"阁主,吃包子吗?"

"吃。"方宴生在就近的一家早食铺子里坐下,"老板,来一屉包子,一碟油饼,两碗豆腐脑。"

"好嘞!"

东西很快上齐,两人默默吃了一会儿,阿梨终于忍不住道:"不跟他们告个别吗?"

方宴生吃完最后一口包子,道:"告别何用?徒增伤感而已。"

阿梨叹了口气,眼中流露出不舍,用勺子在豆腐脑的碗里舀啊舀。"我现在,也很伤感。"

方宴生出言安慰道:"不用太过牵挂,江流和音音会相互照拂的。"

"我不是伤感他们。"阿梨几乎要掉下一行眼泪,"我伤感的是,再也见不到小七了。我们小七多讨喜啊,成天咋咋呼呼的,让冷漠的我都不那么冷漠了……"

方宴生不再说话,冷漠吃饭。

吃完东西,方宴生和阿梨继续赶路,行至城外驿站,准备雇一辆马车。

却见驿站边的桥下停着一辆马车,站在边上跟马说着话的那个人,怎么看都很眼熟。

阿梨眼睛都直了,大叫一声:"小七!"

"阿梨!"江小七看到他们,大喜地挥着手,"快过来啊,马车都准备好了!"

方宴生和阿梨往那边走去,边走,阿梨还边和江小七喊话。

阿梨:"你们家少爷真是客气啊,连马车都给我们准备好了!"

江小七:"不光准备了马车,还有一个月的口粮!"

阿梨:"感天动地!我正担心干粮没带够,路上要饿肚子呢!"

两人走近马车的时候,马车里,一双手狠狠地撩开了帘子,大怒道:"你们吵死了!本少爷一晚上没睡觉,这会儿还不让我好好睡!"

方宴生看着一脸起床气的江流,惊讶道:"你要与我们同行?"

"不然呢?"江流没好气,"我思来想去一整晚,反正也闲着无聊,倒不如和你一起,去一片新的江湖,建立新的秩序。"

方宴生一时错愕。

江流的手还拉着帘子,催促道:"快上来啊,我手都酸了。"

方宴生正要上车,却听见身后有人狂奔而来的声音:"等等我!等等我!"

柳音音跑得气喘吁吁,小包袱在身后一颠一颠。她跑至江流跟前,一手搭在马车上，上气不接下气地道："你……你怎么也来了？"

江流没回答她，反而问道："你怎么这么慢？"好似一早便猜到了柳音音会来。

"去看了看我师叔，得跟他道个别呀。"柳音音说着，喘匀了气，自顾自爬上了马车。

方宴生随后也上去，留阿梨在外和江小七一起赶车。

马车够大，三个人在里面也不觉拥挤。

方宴生问柳音音："江流是闲着无聊，你呢？"

"我也无聊啊。"柳音音一本正经，"还要活那么久呢，一个人多孤单，我从小就觉得，就算要饭，也得有人一起要才热闹。"

江流道："你就这点出息！"

"出发啦！"江小七和阿梨高喊着，挥动了马鞭，马车开始往前走。

柳音音心情甚好，哼一会儿小曲，问道："我们去哪里啊？"

方宴生笑："随便走，看到哪里风物喜人，百姓可爱，就在那里定居。"

柳音音："我们还开报馆吗？宅子还叫浮生阁吗？"

方宴生："看心情，卖鱼卖肉，卖臭豆腐，民生相关，都是好营生。"

柳音音："不如我们摆个地摊吧？那是我小时候的梦想。"

方宴生："坐在地上收钱、数钱，想想确实很不错啊……"

江流从枕头下面抬起脑袋："你们能不能让我睡会儿觉啊！"

方宴生拉开帘子，看着车窗外，脸上露出一丝笑意。他知道，此去江湖，又是长路漫漫，但往后的日子，应当不会寂寞。

【全文终】

图书在版编目（CIP）数据

江湖快报/天爱著．－－南京：江苏凤凰文艺出版社，2024.6
 ISBN 978-7-5594-8617-2

Ⅰ.①江… Ⅱ.①天… Ⅲ.①长篇小说－中国－当代 Ⅳ.①I247.5

中国国家版本馆CIP数据核字（2024）第083299号

江湖快报

天爱 著

特约监制	穆　晨　谢佳卿
责任编辑	白　涵
特约编辑	王　静
插画授权	青团子
装帧设计	桃　乐
出版发行	江苏凤凰文艺出版社
	南京市中央路165号，邮编：210009
网　　址	http://www.jswenyi.com
印　　刷	天津中印联印务有限公司
开　　本	880毫米×1230毫米　1/32
印　　张	9.5
字　　数	241千字
版　　次	2024年6月第1版
印　　次	2024年6月第1次印刷
书　　号	ISBN 978-7-5594-8617-2
定　　价	49.80元

江苏凤凰文艺版图书凡印刷、装订错误，可向出版社调换，联系电话：025-83280257